무협지
無俠誌

무협지 5
최필 新무협 판타지 소설

초판 1쇄 찍은 날 § 2002년 12월 6일
초판 1쇄 펴낸 날 § 2002년 12월 12일

지은이 § 최필
펴낸이 § 서경석

편집장 § 문혜영
편집책임 § 이종민
편집 § 장상수 · 박영주 · 권민정
마케팅 § 정필 · 강양원 · 이선구 · 김규진

펴낸곳 § 도서출판 청어람
등록번호 § 제1081-1-89호
등록일자 § 1999. 5. 31
어람번호 § 제2-0155호

주소 § 경기도 부천시 원미구 심곡1동 350-1 남성B/D 3F (우) 420-011
전화 § 032-656-4452 팩스 § 032-656-4453
http://www.chungeoram.com
E-mail § eoram99@chol.net

ⓒ 최필, 2002

값 7,500원

ISBN 89-5505-487-4 (SET)
ISBN 89-5505-549-8 04810

※ 파본은 본사나 구입하신 서점에서 교환하여 드립니다.
※ 저자와 협의하여 인지를 붙이지 않습니다.

◆ 무림출사 武林出師

5

최필 新무협 판타지 소설

무협지

無俠誌

도서출판
청어람

목
차

제1장 당무산 대 당수정 / 7
제2장 수백지로공(水伯之怒攻) / 43
제3장 나비의 꿈 / 73
제4장 석금이, 거지 되다 / 111
제5장 고수열전 / 147
제6장 기문둔갑 / 185
제7장 부러진 환(環) / 223
제8장 우리는 소림으로 간다 / 255

1장 당무산 대 당수정

초식 동물이 온순할 것이란 편견은
대개 경험의 오류에서 비롯된다.
초식 동물 중에는 간혹 들소나
코끼리 같은 동물도 있는 것이다.

당무산 대 당수정

폭염(暴炎)!

비무장 안에서 대치하고 있는 무산과 당수정의 몸으론 흥건한 땀이 고이기 시작했다. 막상 이를 갈며 서로 노려보고는 있으나 선뜻 공격할 수 없었던 것이다.

무기 없이 빈손으로 비무에 나선 무산으로 인해 당수정은 얼마간 갈등을 느껴야 했다.

간혹 짓궂고 얄밉게 굴기는 했지만, 돌이켜 보면 무산은 늘 자신을 배려해 주고 있었다. 더욱이 위험을 무릅쓰고 같은 편에 서주곤 했다. 반면 받는 것에만 익숙한 자신은 무산을 위해 아무것도 해준 것이 없었다.

'무림맹 비무대회에 나간다면 나는 한낱 병아리에 불과하겠지? 하지만 저 녀석이라면 무슨 일을 낼지 알 수 없어. 당문을 위해 내가 져줘야 하는 건가?'

당수정은 장창으로 무산을 겨눈 채 어수선한 보법만을 반복하고 있었다.
'하지만 이건 자존심이 달린 문제야. 그러니까 당연히 저 녀석이 내게 져주는 것이 바람직해. 아니야, 지금 사적인 감정을 개입시킬 때가 아니지. 과연 아버지는 누구를 응원하고 계실까? 아마도… 저 녀석이겠지? 에이, 차라리 져달라고 애원을 할 때 그냥 져주겠다고 말하는 건데 그랬어!'
단상 위의 당개수를 흘낏 쳐다본 당수정은 더욱 갈피를 잡을 수 없었다.
당개수의 얼굴에는 심란한 표정이 역력했다.
하필이면 그들 부부가 같은 백호의 패를 잡는 바람에 당개수로서는 누구 한 사람만을 응원할 수 없는 처지일 것이다. 그럼에도 당문의 위신을 세우기 위해선 무산이 절대적으로 필요하다는 사실을 인정하고 있는 듯했다.
'저 녀석은 말은 그렇게 했어도 보나마나 또 내게 일부러 지려고 할 거야. 아니, 정말 그럴까? 저놈도 자존심이라는 게 있는데 설마 져주려고 할까? 하지만 이번 한 번만은 내가 무조건 져줘야 하는 거 아냐?'
당수정은 머리를 설레설레 흔들며 복잡한 표정을 지었다.
"왜? 빈틈이 안 보이냐? 히히. 그래, 네 실력으로는 언감생심일 거다. 사실 소문만 무성했지, 네 무공이 무공이냐? 에라~ 이 안하무공아!"
당수정의 갈등을 아는지 모르는지 무산은 실실 웃으며 당수정을 약 올리기 시작했다.
하지만 무산 역시 난감한 노릇이었다. 물론 당수정과는 다른 이유에서였다. 그는 이기느냐, 아니면 져주어야 하느냐로 고민하고 있는 것이 아니었다. 정말 질 것 같아 그것이 걱정되었다.
막상 빈 몸으로 올라오기는 했으나 장창을 보는 순간 왠지 모를 섬뜩함이 느껴졌다. 당수정에게 주눅이 들어 있는 만큼 제 기량을 발휘할 자신도 없었다.

'이거, 여기서 지면 무슨 망신이야? 몽둥이라도 하나 들고 나올 걸 그랬나? 그나저나 요즘 내가 왜 이러지. 안하무공? 무식한 것들하고 놀다 보니 꾸준히 품위가 떨어지고 있군. 헤헤헤.'

무산은 새삼 한숨을 내쉬며 마땅한 무공을 머리 속에 떠올려 보았다.

사부 일소천 밑에서 온갖 잡다한 무공을 배우기는 했으나, 사실 뚜렷하게 보여줄 만한 무공은 하나도 없었다. 물론 쇠락할 대로 쇠락한 당문의 신진들쯤이야 어떻게 요리할 수는 있겠으나, 상대가 당수정이라면 얼마간 사정이 달랐다.

적어도 당수정은 그렇게 호락호락한 상대가 아니었다. 물론 무산에 한해선 더욱더.

더구나 무기까지 들고 있고, 무엇보다 무산에게 지는 것을 죽기보다 싫어하는 성격이었다. 필시 죽기를 각오하고 덤벼들 것인데, 그러다 보면 초인적인 힘까지는 아니더라도 그에 가까운 위력을 발휘할 것 같았다.

'맞아, 저 계집애가 정신력 하나는 끝내주는 계집앤데 무슨 일이 벌어질지 장담할 수 없지. 기회만 닿으면 저 창으로 내 심장을 찍어낼 계집애야, 저 계집애가……'

생각이 거기에까지 닿자 무산은 바르르 몸이 떨려왔.

시간은 다시 무심하게 흘렀지만, 두 사람의 대치 국면엔 좀체 변화가 생기지 않았다.

근 일각의 시간이 지날 무렵, 단상 위에 앉아 있던 오당마환의 금마가 노성을 터뜨렸다.

"지금 이 자리는 당문의 미래가 걸려 있는 중요한 자리다. 도대체 언제까지 그렇게 맴만 돌 생각이냐? 폭염 아래에 앉아 있는 우리 원로들의 모습이 보이지 않느냐?"

오당마환으로선 당수정과 무산이 한 조가 되어 비무를 겨루게 된 것이 무엇보다 즐거운 일이었다. 하지만 그들이 너무 시간을 지체하자 서서히 짜증이 일기 시작했다. 어느 쪽이든 한쪽이 실려 나가는 꼴을 한시라도 빨리 보고 싶을 뿐이었다.

어쨌거나 오당마환으로 인해 무산과 당수정은 더 이상 시간을 지체할 수 없게 되었다.

"네놈 때문에 밤이 두려웠다. 호호, 하지만 이제 걱정하지 않아도 될 거야. 그 알량한 거시기를 이 창에 꿰어주마. 우리의 악연이 그 흉측한 물건으로 인해 시작되었으니, 나를 너무 원망치 마라!"

먼저 공격에 들어간 것은 당수정이었다.

그녀는 머리 위로 한차례 장창을 휘둘러 시선을 흩어놓은 후 곧장 무산을 향해 장창을 찔러 들어왔다.

"헉……!"

무산이 무엇보다 놀란 것은 그 장창이 향한 곳이 자신의 거시기였기 때문이다.

아무리 원한이 사무쳤다고는 하나, 자신은 어엿한 남편이었다. 바람을 피운 것도 아니고, 변태적 행위를 강요한 것도 아닌 만큼 아내 당수정의 그 일격은 충격적일 수밖에 없었다.

무산은 현란한 신법을 펼치며 아슬아슬하게 장창을 피했으나 가슴이 서늘할 정도의 위협을 느껴야 했다.

[이 당나귀 같은 계집애야, 차라리 내 심장이나 목을 노렸으면 이렇게 억울하진 않을 거야. 네가 감히 남자의 자존심을 짓뭉개? 그래, 네가 나 무산의 전의에 불을 지피고 기름을 붓는구나. 설사 이 비무에서 살아남

는다 해도 평생 독수공방하며 송곳으로 허벅지를 찌르며 살게 해주마.]

계속되는 당수정의 공격에 무산은 손을 곧게 치켜세운 후 곧장 허공으로 비상하며 싸늘하게 전음을 날렸다.

무기가 없는 만큼, 용등연검법의 제일초식인 청단비상을 이용해 일단 당수정을 제압할 필요가 있었다.

무산은 수직으로 솟구쳐 오르며 빠르게 회전했다. 하지만 허공의 정점까지 치솟았던 그는 한순간 빈틈을 보일 수밖에 없었다. 막상 멋들어지게 솟구치기는 했으나 미처 다음 동작을 계산해 두지 못한 것이다.

장창이 당수정의 손을 떠나 무산을 향해 날아온 것은 무산의 회전이 막바지에 다다랐을 무렵이었다.

"옴마얏!"

무산은 경망스런 비명을 내지르며 다급하게 몸을 비틀어 장창을 걷어찼다.

피슛—

장창은 무산의 발길질에 튕겨 비무장 밖으로 떨어져 나갔다. 그야말로 간발의 차였다.

문제는 그 다음이었다. 무산은 장창을 차낸 바로 그 순간 균형을 잃으며 그대로 땅바닥으로 곤두박질하기 시작한 것이다.

'젠장, 멋진 모습으로 착지해야 하는데…….'

하지만 그것은 생각뿐이었다. 무산이 마땅한 낙법을 생각하며 몸의 균형을 잡으려 할 때, 당수정이 빠르게 달려오더니 무산을 향해 발차기를 해온 것이다.

[멍청이, 이번 한 번만은 져주겠어. 하지만 아프게 차기만 해봐, 그때는 정말 거시기를 잘라 버릴 거야. 너 자는 동안 말이야.]

당수정의 전음이었다.

그녀는 결국 무산을 무림맹 비무대회에 내보내기 위해 자신이 져주기로 한 것이다. 즉 그녀가 지금 무산을 향해 발차기를 한 것은 구경꾼들을 의식한 눈속임이었다. 무산은 그저 가볍게 발을 뻗어 당수정과 일초를 나누는 것으로 승자가 될 수 있다.

하지만 그것은 어디까지나 당수정만의 생각이었다.

"끄아아— 하으—"

쿵!

무산은 채 발을 내뻗을 생각도 하지 못한 채 그대로 당수정의 발에 거시기를 가격당하며 바닥에 나동그라졌다.

"허허헉……! 끄아아아……!"

바닥을 한참 구르고 나서도 무산은 차마 입으로 새어 나오는 비명을 틀어막을 수 없었다. 양물도 양물이었지만, 어정쩡한 자세로 떨어지는 바람에 허리에 상당한 충격이 왔던 것이다.

"왜 그랬어, 이 바보야! 이번만은 내가 져준다고 했잖아. 네가 예뻐서 그런 결정을 한 줄 알아? 우리 당문과 아버지를 위해서 어쩔 수 없이 내린 결정이란 말이야. 그런데… 그런데……. 흐흐흑!"

당수정은 바닥에 내려서자마자 다급하게 무산에게 다가갔다. 그리고 고통스럽게 바닥을 나뒹구는 무산의 모습을 보며 코끝이 찡해지는 것을 느꼈다. 결국 이번에도 무산은 당수정 자신을 위해 못 당할 꼴을 당하고 있다는 생각에서였다.

'으허헉! 이 악마 같은 계집애……. 하고많은 신체 부위 중에 왜 하필 여기야……? 끄아아— 어라, 하지만… 이 계집애가 정말 울고 있는 것 같은데?'

온몸으로 번져 오는 고통에 치를 떨면서도 무산은 뭔가 상황을 반전시킬 만한 일이 벌어지고 있다는 것을 깨달았다.

당수정이 뭔가 큰 착각을 하고 있었던 것이다. 무산 자신은 분명 정당하게 패한 것이지만 그녀는 그렇게 생각하고 있지 않았다.
'그래? 그렇단 말이지?'
생각이 거기에 미치자 무산은 고통도 잊은 채 앞날에 대한 장밋빛 계획을 수립해 가기 시작했다.
"수정……! 울지… 마… 시오……. 당신을 위해 내가 해줄 수 있는 것이… 고작……."
무산은 당수정의 엉덩이를 슬쩍 어루만지며 최대한 애절한 목소리를 이끌어냈다.
한순간의 빈틈도 허용치 않는 무산의 손길! 비록 당수정은 의식치 못했으나 주위의 모든 구경꾼들은 결코 그 손길의 행방을 놓치지 않았다.
'하지만 이 못된 계집애야, 왜 하필 거기를… 걷어찬 거야?'
온몸의 혈맥을 비틀어놓는 듯한 고통에 가쁜 숨을 몰아쉬며 무산은 빠드득, 이를 갈았다.
"당수정 승!"
잠시 후 당수정의 승리를 알리는 양정의 음성이 비무장에 울렸다. 백호의 주인까지 가려진 것이다.
정오를 한참 넘긴 연무장으론 여전히 뜨거운 햇빛이 내리쬐었고, 당문의 식솔들은 이제 서서히 지쳐 가고 있었다.
하지만 무림맹 비무대회에 참가하게 될 인원이 아직 완전히 확정된 것은 아니었다. 본선 비무에서 패한 네 명의 패자에겐 머지않아 생길 또 한 명의 패자와 겨룰 기회가 주어질 것이기 때문이다.

본선 최종 비무는 중식(中食)을 마치고 얼마간의 휴식을 취한 후 유시(酉時)부터 다시 치르기로 되어 있었다.

이미 4강이 결정되긴 했으나, 보다 신중을 기하기 위해 4위에 한해 재검증의 절차를 갖게 되는 것이다.
앞서 설명한 바와 같이 4강에 오른 네 명은 두 명씩 짝을 지어 승부를 가리는데, 그 승부에서 승리한 두 명을 우선 선발하고, 패한 두 사람이 다시 비무를 겨루어 승리한 한 사람을 선발하게 된다.
그로써 세 명에게 무림맹 비무대회에 참가할 자격이 먼저 주어진다. 남은 한 사람은 본선 비무 진출자 중 탈락한 다섯 사람 중에서 다시 추려 낸다.
즉 처음에 패했던 네 사람 중에서 한 사람의 승자를 뽑고, 그에게 4위와 다시 비무를 겨룰 기회를 주어 그 비무에서 이기는 사람을 최종 선발하게 되는 것이다.
일단 4강에 오른 인물들을 살펴보면 청룡의 주인이 된 당비약, 주작의 주인이 된 음개, 현무의 주인이 된 당유작, 그리고 방금 전 뜻하지 않게 백호의 주인이 된 당수정 등이었다.
하지만 이들 중 한 명은 새로운 인물로 교체될 수도 있다. 따라서 아직 사신의 주인이 확실히 가려졌다고는 할 수 없었다.
당문 문주이자 무산의 장인인 당개수가 아직 미련을 버리지 못한 이유도 거기에 있었다.
"몸은 좀 어떤가. 못난 내 여식 때문에 자네가 고생이 많군."
본선 진출자들을 격려한다는 평계로 식사 시간을 틈타 잠시 무산에게 들른 당개수가 나직한 음성으로 말했다.
당개수 역시 몇 차례 무산의 뛰어난 무공을 확인한 만큼, 방금 전 무산의 패배가 당수정에 대한 배려였다고 생각하고 있는 눈치였다. 비록 타구봉법을 포기한 비무였다고는 하나, 무산의 실력은 당수정과 견줄 바가 아니라는 것이 당개수의 생각이었던 것이다.

무산은 다소 찔리는 구석이 있었지만, 굳이 자신에게 유리하게 왜곡된 오해들을 바로잡을 마음은 없었다. 어쩌면 이번 기회에 당수정을 제대로 길들여 놓을 수 있을지도 모른다는 기대가 있었기 때문이다.

"헤헤, 장인어른. 이런 게 사나이들의 애로 아니겠습니까? 하지만… 어헉… 뜻하지 않게 허리를 다쳐 남은 비무를 제대로 치를 수 있을지… 으허헉……!"

무산은 모처럼 나온 오리 요리에 젓가락을 뻗다가는 그대로 멈춰 서며 말했다.

척추로 전해지는 묵직한 통증 때문이었다. 비스듬한 각도로 엉덩방아를 찧으며 떨어진 탓에 목덜미까지 뻐근하게 굳어오는 느낌이었다.

"아니, 허리를 다쳐? 이 사람아, 남자에게 있어 그곳만큼 중요한 데가 어디 있다고! 이거야 원. 좀 조심하지 않고……."

당개수는 당혹스런 표정으로 무산의 어깨에 손을 짚었다.

"쯧쯧… 내 못난 여식 때문에 자네가 이런 고통을 당할 때마다 미안한 마음을 감출 수 없네. 하지만 그에 앞서 자네는 내 아들일세. 그리고 내 유일한 희망이야! 만사에 조심하고 또 조심하게!"

애잔한 당개수의 음성이 무산의 귓전에 맴돌았다.

"아버님……!"

무산은 괜히 코끝이 찡해지는 것을 느낄 수 있었다. 고아로 자라 따뜻한 정 한번 받아보지 못한 자신이었다.

돌이켜 보면 당문에 들어온 이후, 당개수가 자신에게 보여준 호의와 기대는 단순히 사위에게 장인이 가질 수 있는 그것과 달랐다. 늘 따뜻한 배려와 관심으로 무산을 지켜보고, 또 그의 편에 서주었다.

물론 무남독녀인 당수정에 대한 애정이 그런 식으로 무산에게까지 옮겨온 것이겠으나, 무산은 당개수로 인해 새삼 가족의 훈훈한 정을 느낄 수 있었다.
"그래, 무슨 할 말이라도 있는 겐가?"
당개수는 다시 따뜻한 미소를 보이며 물었다. 무산이 애틋한 눈빛으로 자신을 바라보고 있었기 때문이다.
"예, 그것이 저······."
"아니, 왜, 비무를 겨루지 못할 만큼 고통이 심한 겐가?"
무산이 머뭇거리자 당개수는 그에게 바짝 다가서며 당혹스런 음성으로 물었다.
"저, 그것이 아니고··· 배가 고파서······."
무산은 들고 있던 젓가락을 깔짝거리며 침을 꿀꺽 삼켰다.
당개수가 자신을 붙잡고 이야기하는 동안 다른 사내들이 오리 요리를 거의 바닥내고 있었던 것이다.
"음··· 파하하, 파하하하······! 이런, 이 늙다리가 또 주책을 부리고 있었구먼. 그래, 어서 식사를 해야지. 그래야 힘이 솟지. 파하하하······!"
당개수는 그제야 무산의 어깨에서 손을 떼며 화통한 웃음을 웃었다. 그리고 천천히 등을 돌렸다.
'아버님! 분골쇄신합지요······.'
무산은 하마터면 눈물을 보일 뻔했다.
누군가가 자신에게 이 정도의 관심을 보여주고 있다는 것 자체가 감동스러웠다. 무산은 너무 외롭게 자라온 것이다.
'그러고 보면 수정이 고 계집애도 나를 좋아하는 것 같단 말이야? 히히, 나에게 져줄 생각을 하고 있었단 말이지? 히히히, 그래, 좀만 더 길들이면 양처럼 고분고분해질 수도 있을 거야. 푸히히히.'
무산은 마지막 남은 오리 고기 한 점을 잽싸게 젓가락으로 잡아채며 가슴 뿌듯해했다. 누군가에게 사랑받고 있다는 것, 무산으로선 무엇보다

달콤하고 감미로운 경험이었다.

그런데 그때였다.

「그렇게 좋습니까요?」

비무 내내 잠잠하던 휘두백이 전음을 보냈다.

[햐~ 요놈의 물귀신. 네놈의 조언은 더 이상 필요없느니라. 이제부터는 나 무산이 어떻게 마누라를 길들이는지 확실히 보게 될 것이다.]

「쯧쯧쯧, 제가 보기에 주인님은 아직 멀었습니다요. 히히히, 하지만 손네에게 아직 비장의 무기가 있으니, 언제든 아쉬우면 말씀만 하십시오. 히히히! 그나저나 오리 요리에 어째서 오리 간이 빠졌습니까요? 모처럼 별식 좀 즐겨볼까 했더니… 쩝!」

[이런 빌어먹을 물귀신, 밥맛 떨어지니까 썩 기어들어 가거라.]

무산은 휘두백이 말을 할 때마다 몸이 간질거리는 것 같았다. 마치 이가 기어다니는 것처럼 뭔가가 스멀거리는, 아주 더러운 느낌이었다.

「이렇게 나오시면 이 물귀신이 섭섭합니다요. 아쉬울 때만 찾으라고 제가 멸사봉주(滅私奉主)하고 있는 줄 아십니까요?」

[에라, 이— 지저분한 종놈아. 이제껏 네놈이 가르쳐 준 저질스런 방법들 때문에 변태로 몰린 걸 생각하면 이가 갈리느니라. 그나저나 너, 몸 좀 씻고 다녀라. 물귀신이라는 놈이……]

「……!」

당무산 대 당수정

　방금 전까지도 연무장을 후끈 달구고 있던 한여름 땡볕이 서서히 식어 가며 서산을 향해 기울고 있었다.
　유시(酉時)가 가까워오자 본선 참가자들은 숙소를 벗어나 다시 비무장으로 하나둘 모습을 드러내기 시작했다.
　점심 식사를 마치고 약 두 시진가량 휴식을 취하긴 했으나, 본선에 진출한 참가자들은 얼마간 녹초가 되어 있는 듯했다. 무산이라고 해서 다를 바 없었다. 허리의 통증이 온몸으로 번진 것인지 이제 손가락 끝까지 짜릿짜릿 통증이 오는 것 같았다.
　하지만 의외의 소득도 있었다. 무산이 겨루게 될 패자 부활전이 생각보다 손쉽게 치러지게 된 것이다. 패자 네 명 중 세 명이 비무를 포기했기 때문이다.
　우선 당비약의 부살도에 스스로 머리를 들이받아 혼절했던 당천이 제외되었다. 아직까지 깨어나지 못한 만큼 자연히 탈락된 셈이다. 자신의 유성추에 이마를 정통으로 찍힌 양벽의 사정은 보다 끔찍했다. 그는 아예 두개골에 금이 가 한동안은 운신조차 못할 상처를 입게 되었다.

하지만 음개에게 패한 어린 당해소만은 스스로 비무를 포기했다. 들리는 말로는 음개에게 패한 직후 기권을 선언하고 무해 사부에게 달려갔다는 것이다. 아마도 음개와의 비무가 큰 가르침이 된 듯했다.

덕분에 무산은 마지막 비무에 부전승으로 오르게 되었고, 그 상대는 4강에 오른 인물 중 두 번에 걸쳐 패하게 되는 인물이 될 것이다.

하지만 현재로써는 무산 역시 비무를 겨룰 만한 상태는 아니었다. 허리를 크게 다친 것인지 걸음을 옮기는 것조차도 힘든 상황이었다.

"멍청이, 좀 괜찮아?"

비무장으로 향하던 길에 당수정이 다가와 은밀한 목소리로 물었다.

'이런 싸가지없는 계집애, 아직도 멍청이냐?'

무산은 은근히 불쾌해하면서도 어떤 방식으로 대처할까 고민했다. 어쨌거나 모처럼 화해할 수 있는 분위기가 형성된 만큼 신중할 필요가 있었다.

"괜찮냐니까?"

당수정은 다소 걱정스런 음성으로 다시 물었다.

'이 계집애가 지금 날 걱정하는 게 맞지? 헤헤, 좋았어. 이번에야말로 확실히 녹여주지!'

무산은 속으로 쾌재를 부르면서도 고통스런 표정을 짓는 것을 잊지 않았다.

"수정……! 어쩌면 이번 비무가 내겐 마지막이 될 수도 있다는 생각이 드는구려. 사실… 걷는 것조차 힘에 부친다오. 하지만… 당신과 장인어른을 위해… 최선을 다해보겠소."

"……"

무산의 말에 당수정의 눈가로 눈물이 내비치려 했다. 당수정 역시 여리고 여린 여자였던 것이다.

'어쭈구리, 전혀 여성스런 모습인걸?'

곁눈질로 당수정의 표정을 살피던 무산은 회심의 미소를 지었다.

드디어 당수정의 약점을 간파했다는 자신감이 통증의 발원지인 허리로부터 마구 솟구쳤던 것이다.

"수정……! 미… 안하오……! 자꾸 불길한 예감이 들다 보니, 그동안 차마 하지 못했던 말을……."

무산은 손을 들어 두 눈을 지그시 누르며 젖어드는 목소리로 말했다.

정말이지 완벽한 연기였다. 과거 용문마을의 처자들을 한 방에 보냈던 황금빛 미소보다 값진 눈물 연기였다.

"도대체… 왜… 왜 그래… 요……."

드디어 당수정의 눈가에 눈물이 살짝 내비쳤다.

당수정은 의외로 분위기에 약한 여자였다. 무산이 새로운 방식으로 공략하자 속수무책으로 무너지고 있었던 것이다.

'이얏~호! 그래, 바로 그거야. 왜 그래요? 히히히, 드디어 가슴에서 우러난 존칭이 나왔군. 그래, 원래 남편에게는 그런 존칭을 써야 하는 거야. 너, 당나귀 같던 계집애가 비무를 통해 많은 것을 느끼고 배운 모양이구나. 히히히!'

무산은 너무 좋아서 하마터면 배시시 웃을 뻔했다. 하지만 어렵게 이룬 성과를 한 번의 실수로 날려 버릴 만큼 우매한 무산이 아니었다.

"수정… 내가 의외로 심한 상처를 입은 듯하구려. 하지만 걱정 마시오. 당신의 명예를 지켜주기 위해 목숨을 걸겠소. 둘 중 하나요. 이번 비무에서 이기거나… 죽거나……. 허리가 부러지고 무릎이 꺾이더라도, 숨통이 붙어 있는 한 다시 일어서겠소……. 이기거나 죽지 않고선 비무장을 나오지 않을 테니 걱정 마시오. 나는 결코… 당신의 남편으로서 명예를 더럽히지 않을 것이오. 여보— 사… 랑하오!"

쿠쿠쿵!

하마터면 당수정은 앞으로 고꾸라질 뻔했다.

'사… 랑하오?'

당수정은 갑자기 머리가 멍해지며, 눈앞의 사물이 하얀 빛에 휘감기는 것을 느꼈다.

멍해진 머리에서 끊임없이 '사… 랑하오!' 라는 무산의 음성이 맴도는 것 같았다.

"서방님……!"

어느 한순간, 당수정은 걸음을 딱 멈춘 채 무산의 얼굴을 지그시 바라보았다.

연무장의 많은 시선이 그런 닭살 돋는 광경을 놓칠 리 없었지만, 정작 당수정에겐 아무것도 보이지 않았다. 그저 황홀할 만큼 멋지고, 아름다운 무산의 모습만이 두 눈에 담겨질 뿐이었다.

「정말 유치해서 못 보겠네! 닭살이 마빡까지 치고 올라오는군. 주인님, 이렇게 자신을 속여가며 이룬 성과는 하루를 넘기기 어렵습니다요.」

잠자코 있을 휘두백이 아니었다.

정작 무산이 진가를 발휘하며 당수정 길들이기에 성공하자 배알이 꼬여 참을 수가 없었던 것이다. 그러다 보니 종놈다운 비어(卑語)와 어투가 적절하게 섞여 나왔다. 비로소 얼마간 종놈다워진 것이다.

[히히히, 이놈아. 애초에 늙고 살찐 할망구나 꼬시던 네놈에게 조언을 구한 내가 어리석었느니라. 돌이켜 보면 나 무산은 용문마을의 기린아. 황금빛 미소 하나로 모든 처자들의 심금을 울리던 화려한 나날의 주인공이었느니라. 히, 히, 히……!]

「쯧쯧. 저 계집애, 정말 이상한 취향이야. 이런 하수의 사탕발림에 넘어오다니…….」

[휘두백, 이놈. 앞으론 마님이라고 부르거라.]

「…….」

유시(酉時). 비록 해가 길긴 했으나 폭염은 이미 가라앉아 있었다.

연무장으론 오전과 마찬가지로 당문의 식솔들이 가득 들어찼고, 단상 위의 원로들 역시 빠짐없이 나와 있었다.

애초 이번 비무대회 방식을 결정한 것은 오당마환이었다. 당비약이 본선의 4강을 겨루는 비무에서 패할 것을 대비해 굳이 패자부활전의 항목을 둔 것이다.

오당마환은 당비약을 완벽하게 누를 수 있는 상대가 무산뿐이라고 생각했다. 그런데 만약 4강을 겨루는 비무에서 당비약이 무산을 만나게 된다면 패할 것이 자명했고, 그럴 경우 당비약은 무림맹 비무대회의 출전 자격을 박탈당하게 된다.

그것은 최악의 경우였다. 하지만 결코 그 가능성을 배제할 수도 없었다.

그 점을 고심하던 오당마환은 결국 패자부활전이라는 복잡한 절차를 만들어 어떻게 해서든 당비약에게 무림맹 비무대회의 출전 자격을 주려 했던 것이다.

하지만 막상 그 혜택을 입게 된 인물은 바로 자신들이 경계해 마지않던 무산이었다.

오당마환의 안색은 굳을 대로 굳어 있었다. 반면 당개수는 안도의 한숨을 내쉬며 비무를 지켜볼 수 있게 되었다. 비록 무산의 상태가 좋지 않다는 것은 알고 있으나, 그는 무산이 반드시 무림맹 비무대회의 출전 자격을 따낼 것이라고 확신하고 있었다.

"최종 비무의 심판은 나 토마가 직접 맡는다."

한차례 징이 울린 후, 오당마환의 토마가 비무장 안으로 들어서서 좌중을 둘러보며 입을 열었다.

얼굴 전체가 검버섯으로 덮인 대원로가 심판을 자청한 만큼 연무장의 분위기는 자못 숙연해졌다. 토마는 만약의 경우, 암수를 써서라도 당비약을 보호하기 위해 심판을 자청한 것이다. 하지만 정작 그의 등장으로 인해 당문의 비무대회는 그 격을 높일 수 있게 되었다.

당문 역사상 처음 개최되는 비무대회인만큼, 어딘가 어색하거나 미비한 구석이 있었던 것이 사실이다. 비록 매끄럽게 이어가고는 있었으나, 워낙 일천한 경험이다 보니 자칫 긴장이 풀릴 수도 있었다. 그런데 최고 원로인 토마가 심판을 자청한 만큼 비무대회는 이제 서서히 열기에 휩싸이기 시작했다.

"이미 방식은 알고 있으리라 믿는다. 각각 청룡, 주작, 백호, 현무의 주인이 된 당비약, 음개, 당수정, 당유작은 이번 비무를 통해 진정한 사신의 주인 자격이 있는지 검증받게 될 것이다. 자, 방금 전 호명된 참가자들은 비무장 안으로 들어와 각자 하나씩의 죽편(竹片)을 골라라."

토마는 미리 준비해 두었던 죽통을 치켜들며 지시를 내렸다.

4강을 가리는 비무에서 양정이 했던 것과 마찬가지로, 죽편을 이용해 조를 나누기 위해서였다. 그 죽통에는 각각 용(龍)과 봉(鳳)이라 적힌 죽편이 두 개씩 들어 있었다. 그것으로 상대를 결정짓게 되는 것이다.

비무장 안으로 들어선 당비약과 음개, 당수정, 당유작은 토마의 지시에 따라 각각 하나씩의 죽편을 집어 들었다.

"자, 이제 자리로 돌아가 호명을 기다리거라."

지그시 눈을 감은 채 죽통이 비기를 기다리던 토마가 단호한 음성으로 말했다.
 죽편을 나누어 쥔 네 명의 참가자들은 자신이 선택한 죽편을 살피며 다시 자리로 돌아갔고, 연무장 안으론 잠시 정적이 감돌았다.
 '봉(鳳)……? 그래, 상대가 누구든 운신도 못할 만큼 처절하게 밟아놔야 해. 그래야 우리 서방님이 무림맹 비무대회에 나갈 수 있단 말이야…….'
 자리로 돌아온 당수정은 자신의 죽편을 살피며 각오를 다지고 있었다.
 무산이 엄살을 떤 덕분에 당수정은 그의 상태가 퍽 좋지 않다는 것을 알게 되었다. 만약 그 상태로 비무에 임했다가는 정말 죽어서 비무장을 나오게 될지도 모르는 일이었다.
 그런 사태를 막을 수 있는 방법은 단 한 가지였다. 당수정 자신이 이번 비무, 아니, 최악의 경우엔 다음 비무에서라도 상대를 처절하게 쓰러뜨리는 것. 그렇게 된다면 상대는 무산과 겨룰 수 없게 되므로 자연히 탈락하고, 그 자리를 무산이 꿰차게 되는 것이다.
 '그래, 이번만은 내가 우리 서방님을 지켜줘야 해. 서방님……? 호홋, 영 쑥스러운걸. 하지만… 나를 사랑한다고……? 호호홋. 진작 그렇게 말할 것이지……!'
 당수정은 여전히 귓전을 맴돌고 있는 무산의 목소리를 즐기며 살며시 미소 지었다.
 "자, 용(龍)의 비무를 먼저 시작하겠다."
 잠시의 정적을 깨고 토마의 호명이 떨어졌다. 그러자 당수정 옆에 앉아 깊은 상념에 잠겨 있던 당유작과 음개가 천천히 몸을 일으켜 비무장 안으로 들어갔다.
 '그렇다면 비약 오라버니가 봉(鳳)……?'
 당수정은 싸늘한 시선으로 당비약의 모습을 곁눈질했다.

우—웅……!

비무의 시작을 알리는 징 소리에 맞추어 당유작과 음개가 정중하게 포권을 취했다.

음개는 당해소랑 겨룰 때와 마찬가지로 허리에 세 개의 단검을 꽂고 양손에는 하나씩의 단검을 쥐고 있었다.

반면 당유작은 이제까지와는 달리 3척 길이의 비교적 짧은 면도(緬刀)를 든 상태였다. 면도는 도신의 두께가 얇은 기형도의 일종으로, 연검처럼 흐느적거리며 휘어지는 특성을 가지고 있어 다루기가 쉽지 않았다.

"허허, 오전에는 양 대협을 만났는데, 이번엔 음 대협과 만나게 되었구려. 그나저나 양 대협의 이마는 좀 어떻소이까?"

당유작은 입가에 미소를 띠며 가볍게 입을 열었다.

"뭐, 조금 금이 가긴 했으나 워낙 단단한 머리이다 보니 별로 걱정은 되지 않소."

음개는 웃음기없는 대답을 건네며 손에 들고 있던 단검을 가볍게 어루만졌다.

음개 역시 당유작과는 얼마간 서먹한 관계였으나, 양벽과는 달리 무의미한 농담을 주고받으며 시간을 끌고 싶어하지 않았다.

"에— 어쨌거나 비무가 끝난 다음 술이나 한잔하며 회포를 풀어봅시다."

당유작은 어쩔 수 없다는 듯 차르릉, 한차례 면도를 휘두르며 곧장 대련 자세에 들어갔다.

연무강은 다시 정적에 휩싸였고, 당유작과 음개 두 사람의 느린 걸음만이 길게 그림자를 늘이고 있었다.

비록 검에서 면도로 무기가 바뀌긴 했으나, 당유작의 움직임은 여전히 깃털처럼 가벼웠다. 아니, 오히려 몸 자체가 면도와 일치되어 부드럽게 휘고 펼쳐지며 자유자재로 흐르는 듯했다. 아무리 빈틈을 찾으려 해도 찾아지지 않았다.

음개는 손에 들린 단검을 휘휘 돌리며 꾸준히 당유작이 밟고 있는 방위를 살폈다. 일정한 보법이 없는 것 같지만 어딘가 익숙하다는 생각이 들었던 것이다.

'천(天), 지(地), 인(人). 그래, 그 삼재(三才)를 교묘하게 응용하고 있다. 둥근 하늘과 네모진 땅, 그리고 그 중심에는 사람을 두었다. 부드러우면서도 절도가 있고, 그 중심이 흩어지지 않는 이유가 거기에 있었어……!'

음개는 머리 속으로 당유작의 균형을 깨뜨릴 비책을 생각하며 지그시 미소를 지었다.

'음… 분명 양벽과는 다르다. 이미 내 보법을 읽고 있어. 하하, 가히 경천위지지재(經天緯地之才)인 것만은 분명하지만, 그것만으론 부족하다는 것을 가르쳐 주지. 음개, 곧 천외천(天外天)을 보게 될 것이다.'

당유작 역시 화려한 미소로 화답하며 음개의 움직임에 집중해 갔다.

연무장 안으론 여전히 무거운 정적만이 감돌았다.

'거, 인간들 되게 뜸 들이네. 어쭈구리, 자세는 있는 대로 잡고 있어요. 고만고만한 녀석들이 아마 머리 속으로는 절정고수들도 생각해 내지 못할 우주적 해법들을 찾기 위해 고민하고 있을 거야. 마치 팽 영감을 보고 있는 듯한 느낌이군……!'

두 사람의 움직임을 지켜보는 무산은 점점 지쳐 갔다.

허리의 통증이 심해 정지된 자세로 앉아 있는 것조차 고역이었던 것이다. 생각 같아서는 비무고 뭐고 다 포기하고 침상에 누워 얼음찜질이라도 받고 싶었지만, 당수정의 눈치가 보여 그럴 수도 없었다.

'어휴— 어느 쪽이 되든 한 놈이 죽어나야 내게 살길이 열리는데? 그나저나 당수정 저 계집애가 아까 내 말의 이면에 담긴 간절한 애원을 이해했으려나? 그래, 수정아. 네가 한 놈을 박살 내야 이 서방님이 살아나느니라…….'

무산은 살며시 고개를 돌려 당수정의 표정을 살폈다.

"타핫—"

기합을 내지르며 음개가 날아오른 것은 그 순간이었다.

애초 두 사람이 유지한 거리는 7장가량이었으나 그 거리는 순식간에 좁혀졌다. 음개는 양손에 들고 있던 단검을 서로 엇갈리게 마주한 자세로 허공의 한 정점에서 빠르게 당유작을 향해 쏟아져 들어갔다.

차르릉……!

당유작은 한차례 몸을 휘돌리며 곧바로 음개를 향해 면도를 뻗었다. 그는 음개의 시선을 흩어놓기 위해 그 자리에서 몸을 회전시킨 것인데, 예상대로 음개는 잠시 멈칫하며 공중에서 균형을 잃었다.

하지만 그것은 당유작의 착각이었다. 음개는 이미 당유작의 방위를 어느 정도 읽고 있었던 것이다. 방금 전 음개의 동작이 일순 멎었던 것은 균형을 잃었기 때문이 아니다. 허리에 꽂고 있던 단검을 신발에 부착시키기 위해서였다.

오히려 그 동작은 전광석화처럼 빨랐다.

음개는 양손에 잡고 있던 단검으로 면도를 쳐내며 허리를 굽혀 회전해서 당유작의 키를 넘었다. 그리고는 곧장 허리를 펴 신발에 박힌 검으로 당유작의 등을 찍어 내렸다.

"헉!"

당유작은 거대한 공포를 느끼며 다급하게 바닥을 향해 몸을 날렸다.

쇄액—

예리한 파공음이 그의 등을 가볍게 스쳤고, 파공음이 멎을 즈음엔 당유작의 등으로 한줄기 선혈이 찢겨진 옷을 적시며 흘러내렸다.

'방금 전 그것은 살기였다……!'

낙법을 펼치며 바닥을 구르다가 튕기듯 일어선 당유작은 길게 한숨을 내쉬었다.

전혀 예측하지 못한 공격이었다. 단순히 무공의 우열을 가리기 위한 비무였다면 결코 나올 수 없는 공격이었다. 음개의 공격은 분명 강한 살기를 머금고 있었던 것이다.

'무서운 자다. 승부욕이 지나치거나 욕망이 큰 인물이다. 위험한 상대야……!'

당유작은 싸늘한 표정으로 면도를 들어 음개를 겨누었다. 자칫 목숨을 건 싸움이 될 수도 있겠다는 생각이었다.

하지만 정작 몸을 떨고 있는 것은 음개였다.

'당유작, 역시 한 수 위다. 결코 내가 상대할 만큼 가벼운 인물이 아니야.'

방금 전의 일격은 어쩌면 음개가 보여줄 수 있는 최고의 공격이었다.

음개는 자신의 무공이 양벽의 실력과 엇비슷한 정도라는 사실을 잘 알고 있었다. 그런 만큼 당유작이 자신보다는 한 수 위라는 사실을 인정할 수밖에 없었다. 그래서 선택한 것이 방금 전에 펼쳤던 변칙 공격이었다.

물론 그 공격엔 강력한 살기가 실려 있었다. 아마 그렇지 않았다면, 당유작의 등에 상처를 남기는 대신 그의 면도에 가격당해 지금쯤 바닥을 구르고 있었을 것이다.

'이제 승산은 없다. 내가 선택할 수 있는 것은 다음 비무를 대비하는 것뿐이야……!'

음개는 머리 속으로 또 하나의 그림을 그리며 천천히 당유작에게 다가

갔다.

음개는 이미 당유작의 보법에서 그가 자신과는 무공의 수위가 다른 인물이라는 사실을 직감하고 있었다. 오전에 치러진 양벽과의 비무를 지켜볼 때까지만 해도 어느 정도 겨루어볼 만한 상대라고 여기고 있었으나, 막상 당유작과 대치하자 그가 이제껏 자신의 실력을 감추고 있었음을 깨달았다.

'제발……!'

당유작과의 거리가 4장 정도로 좁혀지는 순간, 음개는 다시 한 번 허공으로 뛰어올랐다. 그리고 단검으로 당유작의 양 어깨를 공격해 들어갔다.

양손이 벌려져 있는 만큼 안면이 비어 있어 당유작이 면도를 뻗기라도 한다면 그대로 당하게 되는 자세였으나, 음개는 자신의 자세를 바꾸지 않았다.

'이건 뭐지……?'

다소 황당한 음개의 공격에 당유작은 당혹스러워했다. 채 일 촌도 걸리지 않는 시간 동안 음개의 의도를 파악해야 했기 때문이다.

'동귀어진이라도 하겠다는 것인가? 하지만 왜……?'

더 이상 생각할 겨를이 없었다.

당유작은 곧장 면도를 뻗었다. 길이에 있어서라면 단연 단검을 지닌 음개보다는 면도를 지닌 자신이 유리했다.

하지만 음개가 어떤 이유에서든 동귀어진을 생각하고 있다면 그 길이는 무의미했다. 결국 음개의 단검은 자신의 양 어깨를 파고들 것이기 때문이다.

차르릉……!

어쩔 수 없는 선택이었다. 당유작은 음개를 찔러 들어가던 면도를 도

중에 비틀어 휘두르며 단검을 쳐냈다. 만약 음개가 동귀어진을 생각하고 있다면 그의 단검을 쳐내는 것이 최선이었기 때문이다.

채쟁—

음개의 양손에 들려 있던 단검은 당유작의 면도에 휘감기듯 쓸리며 맑은 쇳소리를 냈고, 잠시 후 당유작의 몸이 그대로 뒤로 눕혀졌다.

"헉!"

그야말로 전광석화였다. 밀려나듯 뒤로 누웠던 당유작은 면도로 땅을 찍어내며 그 탄력을 이용해 역회전했던 것이다. 그 순간 치켜 올려진 당유작의 두 발은 떨어져 내리던 음개의 복부를 정확히 가격했다.

그것이 끝이었다. 음개는 신음을 내뱉으며 그대로 비무장 밖으로 나가떨어졌다.

하지만 천천히 몸을 일으키는 당유작의 얼굴엔 뭔가 미심쩍다는 표정이 남아 있었다. 음개는 마치 그러한 상황을 예측이라도 하고 달려든 것 같았기 때문이다.

'처음엔 무서운 살기, 그리고 이번엔 자신의 목숨을 걸었다. 음개……! 어쩌면 당문에서 잠자고 있는 진정한 잠룡일지도 모른다……!'

당유작은 고개를 돌려서 비무장 밖에 쓰러져 있는 음개의 모습을 내려다보았다.

짐작대로였다. 천천히 몸을 일으키고 있는 그의 얼굴에 잠시 미소가 스쳐 지나가고 있었다.

"당유작 승!"

토마 역시 묘한 눈길로 음개를 바라보다가, 제법 굵고 단호한 음성으로 당유작의 승리를 알렸다. 그로 인해 용(龍)의 주인이 가려졌으나, 그 비무를 지켜보는 많은 이들은 저마다 얼마간의 의구심을 남겨야 했다.

당수정이라고 해서 다를 바 없었다. 그녀는 음개의 얼굴로 스쳐 지나가던 미소를 떠올리며 왠지 모를 오싹함을 느꼈다.
'음개라… 조심해야 할 자로군……!'

3
당무산 대 당수정

"이번엔 봉(鳳)의 비무다."

토마의 굵직한 음성이 다시 연무장에 울려 퍼졌다.

자리에 앉아 운기조식을 하고 있던 당수정은 천천히 자리에서 일어났다. 그리고 자신과 함께 몸을 일으킨 사촌 오라비 당비약과 눈을 마주쳤다.

'언젠가 한 번은 겨루게 될 상대였지.'

당수정은 길게 한숨을 내쉰 후 고개를 돌려 무산의 얼굴을 쳐다보았다.

[수정, 사랑하오……!]

당수정의 눈길을 의식한 무산은 정말이지 애절한 마음으로 전음을 보냈다. 그녀의 승패에 따라 자신의 앞날이 좌우될 것이라 생각하니, 없던 애정이 새록새록 피어나는 것 같았다.

하지만 당수정은 무산의 그 말에 다시 한 번 현기증을 느꼈다.

'어머, 내가 왜 이러지? 마음을 진정시켜야 하는데…….'

그녀는 얼굴까지 붉히며 재빨리 고개를 돌렸다.

무산에게 무슨 말인가를 해주고 싶었지만 차마 용기가 없었다. 그저 콩닥콩닥 뛰는 가슴을 진정시키며 전의를 불태울 뿐이었다.

'서방님… 제가 반드시 지켜 드릴게요…….'

비무장 안으로 들어선 당수정은 다시 한 번 다짐하며 당비약 앞에 섰다.

우—웅……!

비무의 시작을 알리는 징 소리가 울렸고, 당수정과 당비약은 서로를 향해 정중하게 포권을 취했다. 하지만 두 사람의 눈에서는 불꽃이 튀고 있었다.

생각해 보면 늘 어딘가 꺼림칙하고 뒤틀린 느낌이었다.

당비약은 자신의 자리를 당수정에게 빼앗긴 듯한 생각 때문에 피해 의식에 젖어 있었고, 그런 당비약의 시선을 느낀 당수정은 그를 견제하며 빈틈을 보이지 않으려 노력했다. 비록 표면으로 드러나지는 않았지만, 두 사람은 늘 경쟁 관계를 유지해 왔던 것이다.

"한동안 적조했구나, 수정아."

먼저 입을 연 것은 당비약이었다.

그는 형식적인 미소와 함께 담담한 음성으로 인사를 건넸다. 하지만 눈빛에선 여전히 알 수 없는 증오가 불타오르고 있었다.

"호호, 오라버니가 워낙 바쁘시니 함께 어울릴 시간이 있어야지요. 언제 가족끼리 식사나 함께 하시지요."

당수정 역시 가볍게 미소를 내비치며 화답했다.

"그래, 일단 비무를 마쳐야겠지? 하하, 강호의 여협으로 소문난 당수정과 겨루다니, 오늘 내 일진이 그리 좋은 편은 아닌가 보구나."

"오라버니도 참……! 당문에서 오라버니의 무공을 따라올 자가 있을까요? 좀 봐주면서 하세요. 이 누이가 부탁드립니다."
 당수정은 장창을 겨누고 뒤로 한 발 물러섰다.
 당비약 역시 당천과 겨룰 때 사용했던 부살도를 머리 위로 한번 크게 휘두르며 미소를 머금었다.
 '오늘 당문의 진정한 주인이 누구인지 알게 해주마!'
 당비약은 어금니를 꽉 깨물며 속에서 솟구치고 있는 불길을 집어삼켰다.
 '그렇게 쉽지는 않을 거예요, 오라버니. 나 당수정이 당문의 주인이라는 것을 인정하도록 만들겠어요. 그것도 아주 처절하게……. 우리 서방님을 위해서 말이죠.'
 당수정은 창끝을 휘휘 돌리며 천천히 당비약을 향해 다가갔다.
 그녀는 당비약의 부살도에 담긴 사연을 잘 알고 있었다. 하지만 그것으로 인해 당비약이 품고 있는 엉뚱한 복수심까지 이해해 주고 싶지는 않았다. 그것은 적어도 아버지 당개수에 대한 모독이었기 때문이다.
 당비약은 호흡을 가다듬으며 부살도의 끝을 바닥에 닿도록 늘어뜨렸다. 그리고 조용히 눈을 감았다. 그는 태양을 등진 채 서 있었으므로, 길게 늘어진 그림자가 당수정의 발치에까지 닿고 있었다.
 당비약이 들고 있는 부살도는 족히 50근은 나가는 어마어마한 무게였다. 그런 까닭에 사실상 당비약이 그것을 다루는 것은 아직까지는 무리였다. 그것을 휘두를 경우 원심력이 가해져, 실제보다 몇 배에 가까운 무게를 감당할 힘이 필요했기 때문이다.
 부살도를 다루기 위해선 힘도 힘이지만, 무엇보다 무게 중심, 즉 고도의 균형 감각이 있어야 했다. 하지만 현재로썬 두 가지 모두 힘에 부쳤다.

그런 점에서 본다면 부살도를 선택한 것 자체가 무리였다. 당천과의 황당한 승부는 단순히 운이었고, 적어도 당수정을 상대하기 위해선 다른 무기를 골라잡았어야 했다.

하지만 당비약은 어렴풋이 자신의 승리를 점치고 있었다. 이제껏 당수정과 비무를 겨룰 기회는 없었으나, 적어도 자신이 어린 당수정에게 당할 만큼 형편없다고 생각하지는 않았다. 더욱이 그녀와의 비무는 당문의 차기 문주를 노리고 있는 그에게 상당히 상징적인 의미가 담긴 일전이기도 했다.

당수정조차도 자신이 당비약에 비해 아직 무공의 수위가 낮다는 것을 인정하고 있었다. 비록 강호에 알려진 이름만으로 따지자면 당수정 자신이 단연 유명한 것이 사실이었다. 그러나 그것은 어디까지나 귀수삼방에게 배운 암기나 독공, 계략을 바탕으로 한 것이었다. 순수하게 무공만으로 겨룬다면 역시 당비약은 버거운 상대였다.

'부살도……! 그래, 어쩌면 가능성이 있을지도 몰라……. 승패를 가르는 것은 속도다.'

한동안 당비약의 자세를 살피던 당수정은 장창을 빠르게 휘돌리며 당비약을 향해 찔러 들어갔다.

휘휘휙……!

'당수정, 너는 잘못 생각하고 있다. 승패를 가르는 것은 힘이다!'

당비약의 두 눈이 번쩍 뜨인 것도 그 순간이었다.

"핫!"

당비약은 짧은 기합을 내지르며 이제껏 바닥에 닿아 있던 부살도를 힘껏 들어 올렸다.

당수정의 장창은 이미 지척에서 회전하며 그의 가슴을 찔러 들어오고 있었으나 피하거나 막기엔 아직 충분한 거리였다.

채채챙……!

부살도가 당비약의 뻗쳐진 손과 직선을 이루는 순간, 당수정의 장창은 부살도를 휘감고 회전하며 빠르게 파고들어 갔다.

당수정으로선 당비약의 한 수에 순간적으로 위협을 느끼고 있었으나, 서로 무기를 직선으로 뻗고 있는 상황에서라면 단연 당수정 자신에게 유리했다. 비록 부살도가 보통의 도에 비해 상당히 긴 길이였으나, 자신이 들고 있는 것은 장창이었던 것이다.

'무모하다……!'

당수정은 언뜻 이해할 수 없다는 표정을 지으면서도 기회를 놓치지 않기 위해 지체없이 공격해 들어갔다.

채채챙……!

부살도를 휘어 감으며 수없이 마찰을 일으키던 창날이 드디어 그것을 완전히 집어삼키며 당비약의 손목을 찍어 들어가는 순간이었다.

"합!"

당비약은 부살도로 장창을 밀어내며 빠르게 몸을 휘돌려 당수정의 어깻죽지에 수도(手刀)를 날렸다.

"헉……!"

번개처럼 신속한 몸놀림이었다.

당수정은 낮게 비명을 내지르며 그대로 무너져 내렸다. 그녀의 손에 들려 있던 장창은 멀리 비무장 밖으로 튕겨 나가 바닥을 굴렀다.

비무장은 침묵에 휩싸였고, 태양은 어느새 서산에 닿고 있었다.

당비약의 승리는 순발력과 경험에서 비롯된 것이었다. 당수정 역시 부살도가 장창을 쳐낼 수 있는 상황임을 잘 알고 있었다.

하지만 그녀는 자신의 빠른 손놀림을 믿고 있었다. 부살도의 무게를 감안한다면, 그것이 움직이기 위해 힘이 실리는 순간 장창에 진동이 느꺼지는 것은 당연한 일이었다.
 당수정은 그 진동을 통해 부살도가 뻗어 나갈 방향을 읽을 수 있으리라 자신하고 있었다. 그렇게만 된다면 가벼운 장창이 부살도를 쉽게 피해갈 수 있다고 확신한 것이다. 하지만 그것이 패인이었다.
 당비약은 당수정의 장창이 자신의 손목을 노리며 찍혀져 내려오는 순간을 기다렸던 것이다. 비록 길이와 속도에서는 밀렸으나, 상대의 마음을 읽고 기다리다가 순발력을 이용해 일격을 가할 만큼 그는 노련했다.
 '내가 방심한 것인가……?'
 어깻죽지로 전해져 오는 강렬한 통증을 느끼며 당수정은 멍하니 땅바닥에 시선을 주고 있었다. 아버지인 당개수와 운신조차 힘든 무산의 얼굴이 눈앞으로 스쳐 지나갔다. 도저히 믿어지지 않는 결과였다.
 "당비약 승!"
 토마의 한마디가 다시 비무장을 갈랐다. 어느 때보다 활기 차고 유쾌하며, 단호한 음성이었다.

 연무장은 어느새 석양에 젖어가고 있었다.
 당수정과 당비약의 비무가 끝난 후 반 시진 동안 휴식 시간이 주어졌으나, 막상 연무장을 벗어나는 이들은 없었다.
 다만 단상 위의 원로들만이 잠시 차를 즐기기 위해 별채로 들어갔고, 그나마 새로운 비무가 시작되기 일각 전에 일찌감치 돌아와 다시 자리에 앉았다.
 다음으로 치러질 비무는 3위를 가리기 위한 것으로 용, 봉의 비무에서 패한 음개와 당수정이 맞붙게 되었다.
 하지만 당수정의 몸은 정상이 아니었다.
 "수정, 그 몸으로 비무에 나갈 수 있겠소?"

무산은 걱정스런 음성으로 당수정에게 말을 건넸다.
당비약과의 비무에서 오른쪽 어깻죽지에 일격을 당한 당수정은 그 충격으로 오른 어깨가 탈골되고 말았다. 비록 방금 전 무산이 뼈를 맞추어 주기는 했으나 한동안 오른팔을 사용하기 힘들 듯했다.
"서방님… 우리 둘 모두 무림맹 비무대회에 참석해야 해요. 그러자면 무슨 수를 쓰든 음개를 쓰러뜨려야 합니다. 지금 서방님의 몸 상태를 감안한다면 운신도 못할 만큼 아주 처절하게 밟아놓는 수밖에요. 이번 비무가 마지막 기회예요."
당수정은 통증이 느껴지는지 얼굴을 일그러뜨리며 대답했다.
'서방님……? 얘가 오늘 왜 이러지? 어휴— 이 야릇한 기분은 또 뭐야? 안쓰럽기도 하고, 감싸주고도 싶잖아? 이거 이 계집애에게 이런 감정을 품게 될 줄이야……!'
무산은 갑자기 달라진 당수정의 태도에 얼마간 당혹감까지 느껴야 했다.
[야, 휘두백. 너 들었냐? 얘가 지금 나보고 서방님이란다. 흐히히, 너 여자한테서 이런 말 들어본 적 있냐? 흐히히……!]
서방님이란 그 한마디는, 이제껏 짓밟혀 온 무산의 자존심을 화려하게 부활시키는 마력을 지니고 있었다.
「참 좋기도 하겠습니다. 주인님이 아직 여자의 속성을 몰라서 그렇게 방방 뜨는데, 아까 말씀드렸던 것처럼 저런 급격한 변화는 오히려 위험합니다요. 어쩌면 저 계집애가… 아니, 마님이 오늘 밤 주인님을 독살하기 위해 수작을 부리는 건지도 모릅니다요.」
[……]
「참고로 말씀드리자면, 우리 주인마님도 주인영감을 독살하려고 저랑 작당을 한 적이 있는데, 주인영감을 방심케 하기 위해 한동안 그렇게 알

랑거렸습니다요.」

[휘두백… 너 정말 이상한 물귀신이다. 남의 가정에 평화가 찾아오는 게 그렇게 배가 아프냐? 난 정말 너 같은 놈은 처음 본다.]

「…….」

2장 수백지로공(水伯之怒攻)

초식 동물 중에는 간혹
코끼리 같은 동물이 있다.
마찬가지로, 물귀신 중에도 간혹
휘두백 같은 놈들이 있다.

1

수백지로공(水伯之怒攻)

"불을 밝혀라!"

비무장으로 들어선 토마가 묵직한 음성으로 말했다.

연무장은 이제 어둠에 묻혀가고 있었다. 폭염을 쏟아내던 태양이 서산으로 기우는 것과 동시에 날씨가 갑자기 흐려지며 먹구름이 몰려들었다.

소나기라도 한차례 퍼부을 것 같은 분위기였으나 비무를 미룰 수는 없었다.

토마의 명령이 떨어지자마자 장정 20여 명이 싸리나무를 묶어 만든 홰에 불을 지폈다. 그리고 그 횃불을 든 채 비무장 주위로 빙 둘러섰다.

"이번 비무는 사신(四神)의 자격을 재검증하는 자리가 될 것이다. 음개와 당수정, 비무를 계속 할 수 있겠느냐?"

토마는 비무장 밖에 대기하고 있던 음개와 당수정에게 물었다.

치열한 비무였던 만큼 둘의 몸 상태를 확인하기 위해서였다. 하지만 토마의 시선은 오른쪽 어깨를 어루만지고 있는 당수정 한 사람에게 머물고 있었다.
 어차피 눈엣가시였으므로 기권을 받아낼 수도 있었으나, 현재의 상태에선 그것 역시 득 될 것이 없었다.
 당수정이 기권하게 될 경우 본선 첫째 비무의 패자 중 유일하게 남은 무산이 당수정 대신 무림맹 비무대회의 참가 자격을 얻게 되는데, 장기적으로 보았을 때 그것은 당비약과 오당마환에게 더 불리하게 작용될 소지가 있었다. 무산의 무공은 현재로썬 당문 젊은이들 중 최고였기 때문이다.
 "물론입니다."
 "예!"
 음개와 당수정은 동시에 대답하며 비무장 안으로 들어섰다.
 잠시 후 비무의 시작을 알리는 징이 울렸고, 두 사람은 서로에게 포권을 취했다. 하지만 포권을 취하면서도 당수정은 어깨의 통증으로 인해 고통스런 표정을 지어야 했다.
 '이런… 고통이 심한 모양이군?'
 그 표정을 놓칠 음개가 아니었다.
 음개는 당유작과의 비무에서 기량 차이를 확인하자 깨끗이 그 비무를 포기하고 이번 비무를 기다려 왔다. 당유작에게 무모한 일격을 가하며 그가 머리 속에 그렸던 그림은 바로 이런 상황이었다.
 어차피 실력으로 당유작을 상대할 수 없다면, 보다 호락호락한 상대와 만나 승리하면 되는 것이었다. 음개가 당유작의 공격을 최소한으로 완화시킨 후 피하지 않고 그대로 맞아 패한 것은 자신의 몸을 보호하기 위한 계략이었다.
 '그 몸으로 과연 나를 상대할 수 있을까? 한쪽 팔은 아예 사용하지 못할 듯한데……?'

음개는 결코 무림맹 비무대회를 포기할 수 없었다. 양정과 음정 두 사부 밑에서 가르침을 받는 동안 그는 자신 안에 내재해 있는 욕망을 보았던 것이다.

'당수정, 너를 제물로 삼게 되어 미안하구나. 하지만 이대로 썩기엔 내 욕망이 너무 크다. 나는 좀 더 큰물에 나갈 필요가 있다.'

음개는 잠시 당수정의 얼굴을 쳐다보다가 천천히 손을 뻗어 허리에 차고 있던 채찍을 빼 들었다. 그는 당해소와 당유작을 상대할 때와는 달리, 이번엔 채찍과 검으로 승부하기로 했다. 당수정이 여전히 장창을 들고 비무에 나설 것을 알고 있었기 때문이다.

확실히 단검으로 장창을 상대하는 데는 얼마간 무리가 있었다. 자신이 민첩한 동작에 의지하고 있는 것과 마찬가지로, 당수정 역시 속도와 기교에 의존하고 있는 이상 무기의 선택이 무엇보다 중요했다.

'만만치 않은 인물이다.'

당수정은 막연히 음개가 자신보다 한 수 위일지도 모른다고 생각했다.

음개가 양정, 음정 원로의 제자라는 것은 누구나 아는 사실이었다. 하지만 그들이 어느 정도의 실력을 가지고 있는지 아는 이들은 드물었다.

물론 당유작과의 비무를 통해 음개의 실력을 얼마간 짐작할 수는 있었으나, 그 비무에서 음개가 보여준 공격은 어딘가 미심쩍은 데가 있었다.

'하지만 나는 더 이상 물러설 곳이 없어……'

당수정은 왼손에 잡은 장창을 바닥에 늘어뜨리며 음개의 움직임을 살폈다.

무엇보다 신경 쓰이는 것은 음개가 들고 있는 채찍이었다. 당수정 자신이 두 손을 모두 사용할 수 있는 상황이라면 어떻게든 견제할 수 있겠으나, 한쪽 손밖에 사용할 수 없는 상황에서 채찍은 꽤나 부담스러운 무기였다.

검이 찌르기와 휘두르기에 초점이 맞추어져 있다면, 창의 일반적인 용도는 찌르는 것에 한정되었다. 창의 유용함은 그 길이에 있다 해도 과언이 아닌데, 상대가 채찍을 들었다면 자칫 그 장점이 무용지물이 될 수 있었다.

당수정은 음개의 공격을 기다릴 수밖에 없는 상황이었다. 섣불리 선제공격에 나섰다가는 곧바로 반격을 받을 것이 뻔했기 때문이다. 만약 자신의 장창이 음개의 채찍에 휘어 감기기라도 한다면 모든 것이 끝장이었다.

하지만 음개 역시 먼저 공격해 들어올 생각이 없는 듯했다.

"상처가 심한 것 같구려. 내가 5초식을 접어주겠소. 만약 그 안에 나를 쓰러뜨리지 못한다면 스스로 비무를 포기하시오. 내 제안을 받아들이겠소?"

한동안 당수정의 자세를 살피던 음개가 담담한 음성으로 말했다.

비록 당수정을 꺾어야 할 상황이기는 했으나, 상처 입은 여자를 상대로 승리를 얻어내는 것이 못내 마음에 걸렸던 것이다.

음개는 비록 당문에 몸을 담고는 있었으나, 당수정과 정식으로 인사를 나눈 적은 없었다. 내외(內外)를 가려서라기보다는 서로 마주할 기회가 없어서였다. 그들이 서로 존칭을 하는 이유도 거기에 있었다.

"대협의 배려를 모르는 바는 아니나, 저는 그렇게 느긋한 상황이 아닙니다. 그냥 둘 중 한 사람이 쓰러질 때까지 비무를 겨루길 원합니다."

음개의 제안이 솔깃한 것은 사실이었으나 당수정은 단호하게 거절했다.

지금으로썬 지구전을 펼치며 어떻게든 음개의 빈틈을 찾아내는 것이 급선무였다. 사실 음개가 5초식을 접어준다고 해서 그를 누를 자신이 있는 것도 아니었다.

"그렇다면 할 수 없구려. 자, 먼저 공격하겠소."

말을 마친 음개는 채찍을 늘이고 검을 치켜든 채 곧장 당수정을 향해 걸어갔다.

일정한 보법이나 수비의 자세 따위는 찾아볼 수 없는 걸음걸이였다. 마치 묶어놓은 닭을 잡기 위해 식도를 들고 다가가는 요리사처럼 덤덤했다.

'지금 나를 무시하는 거야?'

당수정은 음개의 행동이 은근히 불쾌했으나, 한편으론 온몸에 소름이 돋는 듯했다. 지금 자신의 형편으론 그런 음개조차 상대하기 버거웠던 것이다.

'그래, 채찍을 들고 있는 손만 견제하면 된다! 하지만 검으로 창을 쳐낸 후 채찍으로 공격해 들어온다면……?'

당수정은 머리 속이 복잡해졌다.

반면 당수정에게 다가서고 있는 음개의 얼굴엔 미소가 드리워져 있었다. 이미 승리를 굳힌 듯한 표정이었다.

무산의 전음이 들려온 것은 두 사람의 거리가 5장여로 좁혀졌을 때였다.

[수정, 당신이 창을 뻗는 즉시 음개는 채찍으로 그 창을 휘어 감을 것이오. 그렇게 하도록 내버려 두시오. 그 다음엔 정확히 창의 길이만큼만 거리를 유지하시오. 단, 창에 감긴 채찍이 풀어지지 않도록 끊임없이 공격하며 빈틈을 노려야 하오.]

당수정은 흠칫하며 곁눈질로 무산의 표정을 살폈다.

'채찍을 휘감고 거리를 유지해? 내가 힘에서 달릴 텐데……?'

영 자신이 없었다. 하지만 이미 음개가 5장 앞에 다다라 있었으므로 더 이상 고민할 수 없는 형편이었다.

"하얏!"

당수정은 날카로운 기합과 함께 앞으로 한 걸음을 내디디며 왼손을 치켜 올려 장창을 회전시켰다. 장창은 빠르게 음개를 향해 뻗어 나가며 예리한 파공음을 쏟아냈다.

"헛……!"

음개는 일순 동작을 멈추고 뒤로 물러서며 다급하게 채찍을 휘둘렀다.

차르륵……!

음개의 채찍이 똬리를 트는 뱀처럼 장창을 타고 회전하며 찰싹 달라붙었다.

음개는 전혀 예상치 못했던 공격에 내심 당혹스러워했다.

너무 갑작스러웠으므로 미처 검으로 창을 쳐내거나, 장창을 빗겨 들어가며 당수정의 손목을 공략할 생각조차 하지 못한 것이다. 그저 채찍으로 창을 휘감고, 재빨리 손을 비틀며 장창의 방향을 바꾸어놓기에 급급했다.

[수정, 결코 쉴 틈을 주어서는 안 되오. 마치 토끼를 몰듯 음개를 중점에 둔 채 그 주위를 빠르게 회전하시오. 창끝으론 진위뢰(震爲雷:주역의 한 괘. 큰 산이 진동해서 울린다는 의미로 천둥 소리를 상징한다)의 방위를 공략하고, 발은 간위산(艮爲山:움직이지 않는 산을 의미하며, 진위뢰와는 반대되는 괘이다)의 방위를 밟으며 흐르지 않는 듯 흐르시오.]

무산은 타구십팔초 중 사족앙천을 변형한 초식을 전음으로 설명하며 당수정의 일전을 거들었다. 당수정에게 당장 필요한 것은 수려한 창법보다는 순간순간의 변형과 속도에 의존하는 타구봉법이었기 때문이다.

다행히 당수정은 주역과 진법, 보법에 상당히 조예가 깊었으므로 어렵지 않게 무산의 설명을 이해할 수 있었다. 물론 창으로 봉법을 펼치는 형국이 되었으나, 그것이 절묘하게 음개의 공격을 막아내는 데 쓰이고 있었다.

　무산의 전음에 따라 당수정이 움직임으로써 비무의 분위기는 묘하게 변해갔다.

　당수정은 창의 손잡이를, 음개는 창날을 잡은 형국이 되어 비무는 당수정에게 훨씬 유리하게 진행되고 있었다.

　비록 힘에 있어 당수정이 밀리긴 했으나, 빠르게 회전을 하며 창끝으로 복잡하고 화려한 공격을 펼쳐 음개를 공략했기 때문에 음개는 점점 수세에 몰릴 수밖에 없었다. 또한 장창의 움직임이 복잡한 방위를 이루어가면서 음개가 잡고 있는 채찍의 손잡이와 창날의 거리도 점점 좁혀지고 있었다.

　음개는 장창을 잡아챌 엄두도 내지 못한 채 그저 채찍을 놓치지 않기 위해 당수정을 따라 맴돌았다.

　하지만 그런 형국은 결코 오래가지 않았다.

　'허허, 이것 참 고약하군. 하지만 너와 놀아주는 것도 여기까지다.'

　한순간 음개는 채찍으로 창을 끌어당겨 당수정의 균형을 깨뜨렸다. 그리고 곧바로 몸을 휘돌려 창의 몸통에 팔을 걸친 후 발을 뻗어 강하게 창을 쳐냈다.

　음개는 수세에 몰리면서도 꾸준히 당수정의 공격을 분석하고 있었다. 문제는 음개가 주역에 상당히 능통해 있었기 때문에 당수정의 공격과 보법을 풀어내는 데 그다지 오랜 시간이 걸리지 않았다는 점이다.

　"헉!"

　손잡이를 통해 강하게 전해져 온 진동으로 인해 당수정은 창을 놓친 채 균형을 잃고 바닥에 나동그라졌다.

　반면 음개의 손에는 이제 창과 채찍, 검이 들려져 있었다. 사실상 더 이상의 비무는 무의미한 것이나 다름없었다.

'쯧쯧, 그러게 빈틈을 주지 말라니까. 그나저나 저 녀석 꽤나 변태적인 자세군! 감히 누워 있는 내 마누라를 내려다보며 채찍을 주무르고 있어?'

무산은 고개를 저으며 한숨을 내쉬었다. 이제 자신이 다시 당수정과 비무를 겨루거나 기권을 하는 수밖에 없었다.

그런데 그때였다.

「주인님, 제법 야릇한 장면이긴 합니다만 채찍을 들었다고 모두 변태로 보는 시각은 꽤나 편협합니다요. 음… 우리 주인마님은 제가 채찍을 휘두를 때마다 몸부림을 치곤 했습죠. 하지만 주인마님이나 전 그것이 결코 변태적이라고 생각하지 않았습니다요. 그것은 남성 중심의 사회에서 주눅 들어 사는 동안 어쩔 수 없이 퇴화해 버린 여성 본능을 일깨우는 몸부림이었습죠. 채찍은 인간을 억압하는 제도와 윤리를 한 방에 깨뜨려 버리는 신선한 충격, 즉 개혁의 한 상징이라고 할 수 있습니다요. 지금 음개가 보여주고 있는 저 자세 역시 어딘가 선구자적인 면모가 느껴질 만큼 신선하지 않습니까요?」

무산의 생각까지 훔쳐보고 있는 것인지, 휘두백이란 물귀신 놈이 또 주접을 떨며 전음을 보내왔다.

[휘두백, 너는 정말 종놈으로 살기엔 아까운 놈이었구나. 너 정도 말발이면 약 장사를 해도 잘 먹고 살았을 거다. 멍석말이를 당해 강물에 버려지지도 않았을 거고……. 이런 불쌍한 종놈, 아니, 불쌍한 물귀신 놈……!]

무산은 다시 한숨을 내쉬며 중얼거리듯 전음을 보냈다.

휘두백 따위를 상대해 주고 싶은 마음은 없었지만, 왠지 마음이 허탈해지다 보니 짜증을 내는 것조차 귀찮았다.

「헤헤, 주인님, 너무 상심 마십시오. 제가 힘 좀 써봅지요. 히히하……!」
 휘두백은 소름 돋는 웃음소리를 남긴 채 무산의 몸에서 쑥 빠져나갔다. 무산이 뭐라고 답하거나 말릴 겨를도 없었다.

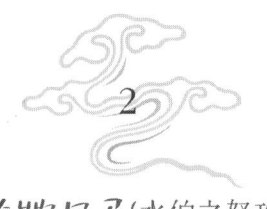

수백지노공(水伯之怒攻)

"오늘은 내 운이 더 좋은 것 같소이다. 다음 기회에 다시 겨루어봅시다."

한동안 말없이 당수정을 내려다보던 음개가 나직한 음성으로 말했다. 무기도 빼앗겼으니, 이제 기권을 하라는 이야기였다.

'아야… 어깨가 다시 빠진 모양이야. 하지만……'

당수정은 탈골되었던 어깨를 어루만지며 비통한 마음에 잠겼다.

돌이켜 보면 아버지 당개수를 믿고 자신이 너무 설쳐 댔던 것은 아닌가 하는 생각도 들었다. 당문에는 자신이 알지 못하는 고수들이 조용히 웅크려 있었던 것이다.

비록 몸이 좋지 않은 상황이긴 했으나, 자신이 멀쩡했다 하더라도 음개를 상대할 수 있었을까 하는 의구심을 떨칠 수 없었다.

'하지만… 지금 일어서지 않는다면 모든 게 끝이야……'

당수정은 아버지 당개수와 무산의 얼굴을 떠올리며 빠드득, 이를 갈았다. 그리고 천천히 몸을 일으켰다.
"호호, 음 대협. 원래 제 전공이 권법입니다. 모처럼 창술을 펼치려다 보니 엉성하게 꼬여 버렸군요."
당수정은 미소를 만들어 보이며 담담하게 말했다.
'흠, 정신력 하나는 높이 사줄 만하군. 당문의 젊은이 중에선 그래도 나은 편이야……!'
음개 역시 다소 놀라기는 했으나 표정은 여전히 담담했다.
"하하, 마침 잘되었구려. 나 역시 권법을 좋아하오. 우리 다시 한 번 겨루어봅시다."
손에 들고 있던 창과 검, 채찍을 바닥에 내려놓은 음개가 환하게 웃으며 처음에 그랬던 것처럼 포권을 취했다.
음개는 불필요한 형식이나 틀을 좋아하지 않는 인물이었다. 목적을 위해서라면 수단과 방법 또한 가리지 않았다. 당유작과의 비무에서 보여준 행동은 그의 그런 사고방식을 잘 드러내는 한 예였다.
하지만 그는 자신의 행동이 비겁했다거나 공정치 못했다고는 생각지 않았다. 다만 차선책을 찾는 것에 충실했을 뿐이다.
음개는 그 누구보다 공정한 것을 좋아했으며, 명분을 이용할 줄 아는 인물이었다. 방금 전 그가 무기를 버린 것은 그 두 가지를 모두 취하기 위해서였다.
우선 그는 상처를 입은 데다 무기까지 잃은 당수정에게 무기를 휘둘러가면서까지 이기고 싶은 생각이 없었다. 공정한 것을 좋아했기 때문이다. 하지만 그것이 다가 아니었다. 무기를 버리고 권법으로 겨루어 당수정을 두 번 이김으로써 명분을 쌓고 싶었던 것이다. 그것은 당유작에게 패함으로써 실추된 명예를 회복하는 길이기도 했다.
'저 인간, 좀 무서운 면이 있군.'

음개의 행동을 지켜보던 무산은 턱을 긁으며 잠시 생각에 잠겼다.
 어쨌든 당수정에게는 다시 한 번의 기회가 주어진 것이지만 마냥 기뻐할 일은 아니었다. 어깨가 탈골된 상태로 권법을 겨룬다는 것 자체가 무리였다.
 '권법이라······?'
 무산은 혹시 당수정에게 도움이 될 만한 것이 없을까 궁리했으나 마땅한 것을 생각해 내기가 어려웠다. 사부 일소천에게서 주워들은 많은 권법들이 있기는 했으나, 전음으로 그것을 알려준다고 해서 당수정이 당장 그 무공을 펼칠 수도 없는 노릇이었다.
 '에라, 될 대로 돼라. 어쨌거나 둘 중 하나는 무림맹 비무대회에 참가하게 되었으니, 핑곗김에 고수들 구경은 할 수 있지 않겠어?'
 무산은 차라리 잘되었다는 생각이었다. 사실 자신이 무림맹 비무대회에 나간다고 해서 당문의 위상이 높아질 것 같지는 않았다. 욕 안 먹을 정도의 실력을 가지고는 있었으나, 그것이 고수의 세계에서까지 인정되는 것은 아니었다.
 당문처럼 꿀꿀한 문파에서도 4강에 들지 못한 자신이다. 쟁쟁한 거대 문파의 후학들이 실력을 겨루게 될 무림맹 비무대회에서라면 그야말로 망신만 당하기 십상이었다. 차라리 부상을 핑계로 기권을 해버리는 것이 나을 것 같았다.
 '하지만 역시 안쓰럽단 말이야.'
 무산은 다시 고개를 저어가며 당수정을 바라보았다.
 쿠르릉··· 쿠쿵······!
 횃불을 흔드는 한차례의 바람과 함께 멀지 않은 곳에서 천둥 소리가 들려왔다.
 비무에 정신이 팔려 제대로 살피지 못했으나 이미 오래전부터 먹구름이 몰려왔고, 남쪽으로부터 번갯불이 반짝였다. 조만간 시원하게 소나기가 쏟아져 내릴 것 같았다.

'혹시 휘두백이……?'

무산은 머리를 스치고 지나가는 생각에 재빨리 고개를 돌려 주위를 살폈다.

"음 대협, 이번엔 제가 제안 하나를 하지요. 아무래도 권법에선 제가 앞설 것 같으니, 음 대협만 괜찮다면 5초식을 접어주고 싶군요. 만약 그 안에 음 대협이 저를 쓰러뜨리지 못하면 깨끗하게 비무를 포기하시지요."

당수정은 살짝 미소를 내비치며 당돌하게 말했다. 이미 한차례 기가 꺾인 상태이긴 했지만, 기죽은 모습을 보여주고 싶지 않았던 것이다.

하지만 음개는 아주 유쾌한 웃음으로 당수정의 제안을 물리쳤다.

"하하하, 역시 강호를 떠들썩하게 할 만한 여협이시구려. 명불허전이라더니, 당 사매의 배짱이 가히 그러하오. 하지만 나 역시 그렇게 느긋한 상황이 아니니, 당 사매의 말대로 쓰러질 때까지 한번 겨루어봅시다."

음개는 아예 사매라는 호칭으로 당수정의 기를 죽이며 비꼬듯 말했다.

사실 방금 전 음개가 했던 말이 당수정에게는 '빈 수레가 요란하구나'로 들릴 만큼 불쾌했다. 그럼에도 당수정은 그저 어금니를 지그시 무는 것으로 화를 달래야 했다. 이미 한차례 그에게 패했기 때문이다.

"그럼 저 역시 먼저 공격을 해보겠습니다."

당수정은 방금 전 탈골된 어깨를 스스로 끼워 맞추며 단호하게 말했다. 이깨의 동증이 현기증을 불러일으킬 만큼 깊으나 전혀 내색하지 않았다.

'혈도를 공격하는 수밖에 없다.'

당수정은 한쪽 어깨가 정상이 아닌 만큼 최대한 신속하게 비무를 마치고 싶었다. 하지만 자신의 권법은 사실상 내세울 만한 것이 못 되었다.

다만 기습적인 타혈이라면 승부를 낼 수 있을 것도 같았다.

당수정은 휘청이듯 몸을 비틀며 음개를 향해 빠르게 돌진해 들어갔다. 두 사람의 거리는 순식간에 좁혀졌으나 음개는 별다른 움직임 없이 당수정의 공격을 기다렸다.

'제발 속아주어야 할 텐데……'

가슴 높이에서 좌수를 들어 올린 당수정은 빠르게 손목을 뒤집으며 화선유불장의 초식을 전개해 나갔다. 하지만 공력이 제대로 실리지 않은 만큼 위력적인 공격은 되지 못했다.

'이거 실망인걸……!'

음개는 자신의 옆구리를 향해 뻗어오는 당수정의 일장을 교묘하게 피하며 두 손을 위아래로 펼쳤다. 그리고 학(鶴)이 날개를 접듯 우아하면서도 신속한 동작으로 당수정의 어깨를 향해 치고 들어갔다.

'지금이닷……!'

당수정은 몸을 휘돌리며 양손을 뻗쳐 위아래에서 찍어 들어오는 음개의 손목을 쳐냈다. 탈골되었던 오른 어깨로 묵직한 통증이 전해졌으나 머뭇거릴 시간이 없었다.

그녀는 멀쩡한 좌수를 치켜 올려 자신을 향해 찍어 내려오던 음개의 공격을 막아냈는데, 그 충격으로 좌수가 밀려나고 있었다. 그 순간 두 눈에 선명하게 들어온 것이 음개의 천돌혈(天突穴)이었다.

천돌혈은 목뼈 아래에 있는 요혈로, 자칫 죽음을 부를 수도 있는 급소였다. 하지만 힘을 조절하기에 따라 그 충격의 정도를 달리할 수도 있었다.

"하얏!"

당수정은 밀려나고 있던 좌수를 교묘하게 비틀어 손가락을 펼치며 음개의 천돌혈을 공략해 들어갔다.

"파핫……!"

"헉!"

찰나의 차이였다. 당수정의 손가락이 음개의 천돌혈에 아슬아슬하게 닿는 순간 그녀의 복부로는 음개가 내지른 일장이 정확히 박혀들었다.

쿵……!

뒤로 나가떨어진 당수정은 세 바퀴나 구르고서야 간신히 바닥에 등을 붙일 수 있었다.

후두두둑……!

이제껏 참고 있었다는 듯 굵직한 빗방울이 쏟아져 내리며 그녀의 얼굴을 적시기 시작했다. 온몸을 뻐근하게 적시는 통증……! 오른쪽 어깨가 또다시 빠져 버린 것 같았다.

하지만 음개 역시 상당한 충격을 받은 것이 분명했다. 약하게나마 천돌혈을 가격당한 만큼 허리를 굽히고 목을 움켜쥐며 고통스레 컥컥거리고 있었다. 그의 등으로도 굵은 빗줄기가 사정없이 내리꽂히고 있었다.

'일어나야 해……!'

당수정은 몸을 일으키기 위해 안간힘을 썼다. 하지만 생각처럼 쉽지 않았다. 온몸의 힘이 빠져나간 듯, 손가락 끝이 부르르 떨려올 뿐이었다.

'사부님들… 사실 난 평범한 여자로 살고 싶었어요……. 예쁜 옷 입고 수나 놓으며, 그렇게 편안하게 살고 싶었어요…….'

당수정의 두 눈에서 따뜻한 눈물이 흘러나왔다.

하시만 그것은 귀유삼방에 대한 그리움이나 자신의 처지에 대한 연민 때문이 아니었다. 오로지 복부에서 전해지는 묵직한 통증, 그리고 탈골된 어깨의 아픔 때문이었다.

'호호, 농담이에요. 사부님들, 그런데 그거 아세요? 내 눈물이 참 따뜻한데, 나는 그걸 자꾸 까먹어요. 눈물이 흐를 때만 내 눈물이 참 따뜻하구나 하고 깨닫게 되죠……. 그만 일어나야겠지요? 이대로 쓰러지면 안 되니까… 나는 당수정이니까…….'

당수정은 크게 입을 벌리고 거센 빗줄기를 삼켰다. 조금씩, 아주 조금씩 흩어진 공력이 모아지는 느낌이었다.

'하나, 둘… 셋……!'

당수정이 몸을 일으켰을 때, 주위는 조금 더 어두워져 있었다. 이제껏 비무장을 밝히던 횃불이 빗줄기에 꺼져 가고 있었기 때문이다.

"음 대협, 빨리 끝내야 할 것 같군요."

당수정은 담담하게 말한 후 신발을 벗었다. 질퍽해진 신발 때문에 걸음이 무거웠던 것이다.

"하하, 평생 잊지 못할 비무가 될 듯하구려."

어느새 목덜미의 고통을 잠재운 음개가 씁쓸하게 말하며 하늘을 쳐다보았다. 하지만 거센 빗줄기로 인해 눈을 뜰 수가 없었다.

"갑니다……!"

짧은 한마디를 외치며 당수정이 음개를 향해 내달렸다.

"좋소……!"

음개는 크게 숨을 들이키며 우수(右手)에 공력을 실었다. 단 일 격, 그것으로 승부를 가늠하기 위해서였다.

"하얏!"

탈골된 어깨를 왼손으로 부여잡은 채 당수정은 허공으로 몸을 솟구쳤다. 그리고 몸을 던지다시피 전방으로 떨어져 내리며 회전했다. 그 순간 그녀의 오른발은 음개의 정수리를 찍어 내리고 있었다.

"합!"

음개의 입에서도 거의 동시에 기합성이 터져 나왔다. 온몸의 공력을 실은 우수를 뻗어내기 위해…….
"헉!"
쿵!
…….
정적에 휩싸인 비무장. 모든 이들의 시선이 그 한곳에 모아지고 있었다. 그러나 횃불이 꺼진 비무장은 어둠에 묻혀 있었다.
세상을 쓸어버릴 것처럼 쏟아져 내리던 비는 거짓말처럼 잦아들었다.
'수정……!'
무산은 심장이 조여오는 듯한 느낌에 크게 숨을 몰아쉬어야 했다.
방금 전 두 사람의 비무는 그야말로 목숨을 건 일전이었다. 단순히 무림맹 비무대회의 참가 자격을 얻기 위한 비무라기보다는 자기들 스스로와의 치열한 싸움이었던 것이다.
"불을 밝혀라……!"
잠시 후 토마의 굵직한 음성이 터져 나왔고, 몇몇 사내들의 부산한 발걸음 소리에 이어 다시 횃불이 밝혀졌다.
화르륵……!
기름을 먹인 듯 횃불은 자잘한 빗줄기들을 집어삼키며 활활 타올랐다. 그 불빛 아래로 드러난 비무장의 정경……!
…….
"당수정 승!"
목에 무엇인가가 걸린 듯한 음성이 늙은 토마의 입을 비집고 터져 나왔다.

3
수백지노공(水伯之怒攻)

「주인님, 이제까지 거느렸던 종놈 중에 저처럼 훌륭한 종놈 있었습니까?」

"저… 휘두백아, 사실 종놈은 네놈이 처음이다. 당문에 들어오기 전까지는 나도 종놈이나 진배없었어."

「…….」

"그렇다고 나를 우습게 보아서는 안 되느니라."

「뭐, 좀 실망스럽긴 하지만, 솔직한 주인님의 자세가 마음에 듭니다요. 가졌었던 것을 가졌었다 하고, 못 가졌었던 것을 못 가졌었다 하는 것이 참 가진 자의 자세 아니겠습니까요.」

"휘두백아, 너는 정말 종놈 같지 않은 종놈이구나……."

「히히, 우리 마님도 가끔 그렇게 말하곤 했습죠. 제가 고난도의 기술을 선보일 때마다, '휘두백아, 너는 종놈이 아니라, 아흐흐… 예술가구나, 예술가… 아흐흐!' 라고 말입니다요.」

"……."

무산은 녹초가 되어 있었다.

하지만 뜨끈한 물이 담긴 욕조에 들어앉자 온몸의 피로가 서서히 사라지는 느낌이었다.

약 한 시진 전, 당수정이 음개를 쓰러뜨림으로써 당문의 비무대회는 끝이 났다.

더불어 용(龍)과 봉(鳳)으로 선발된 당유작, 당비약을 필두로 당수정과 무산이 합류하는 것으로 무림맹 비무대회에 참가할 네 명의 인물이 확정되었다.

그야말로 기적이었다.

어둠에 묻혀 있던 비무장에 횃불이 밝혀지는 순간, 무산은 가는 빗방울에 젖은 채 두 발을 딛고 서 있는 당수정의 모습을 볼 수 있었다. 그리고 그녀의 발치에는 미동조차 않고 쓰러져 있는 음개가 있었다.

마지막 일격을 주고받은 두 사람의 희비는 그렇게 확연히 갈리게 된 것이다.

쉽게 믿어지지 않는 결과였다. 당수정은 초주검의 상태였다. 오로지 정신력 하나로 힘겹게 마지막 일격을 가했지만, 그 정도의 공격에 호락호락 무너질 음개가 아니었다. 하지만 어찌 되었든 결과는 당수정의 승리였다.

"당수정 승!"

토미의 입에서 그녀의 승리를 알리는 말이 떨어지기 무섭게 당수정은 질퍽한 비무장 바닥으로 무너지듯 쓰러져 버렸다.

빗줄기가 다시 거세진 것도 그 순간이었다.

무산은 급히 비무장으로 뛰어 올라가 당수정을 들쳐 업었다. 그리고 신방(新房)을 향해 정신없이 달렸다.
당수정의 몸은 만신창이였다.
무산은 우선 그녀를 침상에 눕힌 후 옷을 벗기고 시녀를 불러 목욕물을 준비케 했다. 세 번째 빠진 어깨를 다시 끼워 맞출 때, 이미 혼절해 있던 당수정은 움찔하며 고통스러워했다. 그런데 그 순간 무산은 그녀의 고통이 자신에게 전이되는 듯한 느낌을 받았다.
욕조에 담긴 당수정의 몸을 정성껏 씻기고 안마하는 동안도 마찬가지였다. 이제껏 한 번도 느껴보지 못한 묘한 감정이 무산의 마음을 아프게 파고들었다.
"내가 너를 정말 사랑하는가 보다……!"
무산은 자신도 모르게 새어 나온 그 말에 스스로 놀라야 했다. 하지만 그것도 잠시, 그는 어금니를 깨물며 다짐했다.
'다시는, 두 번 다시는… 네가 이런 고통을 겪지 않게 할 거야. 내가 널 지킬 거야……!'
당수정을 침상에 눕힌 후, 무산은 한동안 그녀 옆에 앉아 온몸을 주무르며 간호했다.
하지만 얼마 후 자신의 몰골이 형편없다는 것을 깨달았다. 비에 흠뻑 젖어 있었고, 발은 온통 진흙투성이였다.
허리의 통증도 마찬가지였다. 당수정의 숨결이 잦아드는 것을 보며 긴장이 풀리자, 고통과 피로가 일시에 찾아왔다. 손가락 끝까지 쑤셔왔다.
무산은 조용히 몸을 일으켜 욕탕으로 향했다.
당수정이 어떻게 음개를 꺾을 수 있었는지 알게 된 것은 욕탕에 들어가고 나서였다.
옷을 훌훌 벗어젖힌 후 따끈하게 데워진 욕조에 몸을 담그는데 물속에서 갑자기 뭔가가 불쑥 튀어나오며 배시시 웃었다. 휘두백이었다.

「히히히! 주인님, 저 휘두백은 이럴 때 보람을 느낍니다요.」

"……."

「주인 내외 분을 위해 멸사봉주(滅私奉主)하는 이 종놈의 모습이 아름답지 않습니까요? 히히히, 음개란 작자는 아직까지도 자기가 왜 비무에서 졌는지 알지 못할 겁니다요.」

휘두백은 튀어나온 눈알을 가끔씩 혀로 핥아대며 히죽히죽 웃었다.

"역시 네놈이……."

무산은 고개를 설레설레 저으며 미소를 내비쳤다. 사건의 전말을 눈치챘기 때문이다.

무산의 짐작은 틀리지 않았다. 얼마 전, 그 비무장 안에는 당수정과 음개 외에 물귀신 휘두백이 있었다.

멀리 천둥이 치며 먹구름이 밀려오는 것을 확인한 휘두백은 곧장 무산의 몸을 빠져나가 비무장을 배회하기 시작했다. 그리고 얼마 후 빗줄기가 거세게 몰아치자, 빗물이 고인 바닥을 미끄러져 다니며 당수정을 도울 기회를 엿보았다.

비무장이 비에 젖은 이상 그곳은 물귀신 휘두백의 세상이었다. 기회는 오래지 않아 찾아왔다.

당수정이 마지막 승부수를 띄웠던 것이다.

그녀는 탈골된 어깨를 부여잡은 채 허공에서 회전해 내리며 오른발로 음개의 정수리를 찍어 내렸다. 그러나 그 공격은 거의 자포자기에 가까운 것이었다. 단발로 끝나는 공격이다 보니 반격을 대비할 수도 없었다.

그 한 번의 공격이 무위로 끝날 경우, 일격에 당할 사람은 당수정 자신이었다. 그것을 누구보다 잘 아는 이가 음개였다.

음개는 당수정의 몸 상태는 물론 생각까지 읽고 있었으므로, 슬쩍 몸을 피하며 공력이 실린 우수를 뻗어내리려 했다. 하지만 그것은 마음뿐이었다. 어찌 된 일인지 자신의 몸은 꿈쩍도 하지 않았다.
 휘두백이었다. 물이 고인 비무장을 미끄러져 다니며 기회를 노리던 그가 한순간 음개의 몸을 덮쳐 공격을 방해했던 것이다.
 "헉……!"
 당수정의 발뒤꿈치가 음개의 정수리를 찍어 내리는 순간 그의 입에서 짧은 비명이 새어 나왔다. 그리고 도저히 믿어지지 않는 그 결과에 당혹해하며 바닥으로 쓰러져 내렸다.
 그 시간, 당수정 역시 바닥을 구르고 있었다. 미처 균형을 잡지 못한 채 바닥으로 곤두박질친 것이다. 온몸의 통증이 그녀의 몸을 짓누르는 것 같았다. 천근만근의 무게였다.
 "불을 밝혀라!"
 토마의 음성에 이어 부산한 발걸음 소리가 들려왔다. 시간이 없었다.
 '일어서야 해……!'
 아직 의식이 깨어 있는 만큼 몸을 일으키기 위해 악을 썼지만 손가락 하나 까딱할 힘이 없었다. 정말이지 만신창이가 된 것이다.
 그런데 이상한 일이었다. 갑자기 누군가가 자신의 몸을 일으켜 세우는 것 같았다.
 '사부님들……?'
 당수정은 보이지 않는 힘에 이끌려 몸을 일으키면서 귀수삼방을 생각했다. 사부들이라면 죽어서라도 자신을 지켜주기 위해 당문을 맴돌 것 같았다. 그렇지 않다면 그 보이지 않는 힘의 정체를 설명할 수 없었다.
 화르륵……!
 잠시 후 횃불이 밝혀졌고, 당혹감과 의심에 차 있는 토마의 얼굴이 눈에 들어왔다.
 당수정은 토마를 향해 웃음을 내보였다. 그 싸움은 자신과의 싸움이었고, 오당마환과의 싸움이었으며, 질곡처럼 자신을 감싸고 있던 '여성'과의 싸움이었던 것이다.

"당수정 승!"

목에 무엇인가가 걸린 듯한 음성이 늙은 토마의 입을 비집고 터져 나왔다.

바로 그 순간, 당수정은 질퍽한 비무장 바닥으로 무너지듯 쓰러져 버렸다. 그것이 당수정이 기억할 수 있는 모든 것이었다.

「히히히, 뭐 그렇다고 그렇게 감동할 건 없습니다요. 종놈이 주인을 위해 한 몸을 바치는 것은 당연한 일입지요. 솔직히 주인님이 원하시기만 한다면 전 주인님과 잠자리까지도 함께할 수 있습니다요.」

비무장에서의 자신의 활약상을 신나게 떠들어대던 휘두백이 튀어나온 눈으로 야릇한 눈빛을 건넸다.

"야, 휘두백. 너 정말 취향이 독특한 놈이구나."

무산은 흠칫 뒤로 물러서며 말했다.

'휘두백 이놈은 아무리 보아도 물귀신보다는 색마가 되었어야 할 놈이야. 암컷 수컷 가리지 않는 잡식성에, 어떠한 상황이나 말도 색(色)과 연관 짓고서야 마음 편해하는 습성, 맞아 죽고서도 정신 차릴 줄 모르는 질긴 근성… 두렵다!'

무산은 바르르, 몸이 떨려오는 듯했다. 한동안 잠잠하던 두통이 다시 시작되고 있었다.

「히히히, 말이 그렇다는 겁니다요. 이쨌든 제 충성심을 보여 드렸으니 저를 흩어버릴 생각은 접어주시길 바랍니다요. 히히히. 사실 제가 무슨 죄가 있겠습니까요. 억울하게 죽은 것입죠. 종놈 된 도리로 마님의 명을 거역할 수 없어 동침을 한 것인데… 그렇지 않습니까요?」

"음… 그래… 그런 해석도 가능하지…….."
「역시 뭔가 통하는군입쇼. 히, 히, 히……!」

한편 후원에 자리한 오당마환의 별채에서도 늦은 시각까지 황촛불이 타오르고 있었다.
오당마환이 평소처럼 다실(茶室)에 모여 앉아 차를 나누는 중이다.
이미 해시(亥時)가 끝나갈 무렵이었으나 오당마환은 좀체 잠자리에 들 생각을 하지 못했다. 그저 가끔씩 찻빛으로 잘 우러난 다기(茶器)를 바라보며 무엇인가 깊은 생각에 잠겨가는 눈치였다.
"우리가 당문의 후학들을 너무 모르고 있었다는 생각이 들더군."
손아귀의 찻잔을 지그시 누르고 있던 금마가 한숨을 내쉬며 말문을 열었다.
"무슨 말씀입니까, 형님?"
화마는 입으로 가져가던 찻잔을 멈춘 채 금마의 표정을 살폈다.
수마와 목마, 토마 역시 마찬가지였다. 사실 그들도 오늘 치러진 비무 대회를 보며 저마다 느끼는 바가 있었다.
"당문의 후학들 중엔 생각했던 것보다 많은 인재들이 있었어."
"형님도 그렇게 보셨습니까? 허헛, 저 역시 많은 생각을 했습니다. 적어도 본선 비무에 진출한 아이들은 하나같이 쓸 만하더군요. 당문의 피가 그 아이들 몸속에 흐르는 것을 느낄 수 있었습니다."
"그래, 특히 당유작과 음개라는 아이들은 제법 탐이 나더군."
"솔직히 전 당수정, 그 아이 역시 다시 보게 되었습니다."
묵묵히 이야기를 듣고 있던 토마가 찻잔을 내려놓으며 낮게 한숨을 내쉬었다. 말은 않고 있었으나 당수정이 보여준 정신력은 그들 오당마환에게 충격을 주었던 게 사실이다.

"그래, 그 아비보다는 전대 문주였던 당사략 사형을 닮아 있다는 생각이 들더군. 후훗, 당비약이 예사 인물이 아닌 것은 확실하나, 당수정 또한 만만치 않겠어."

금마는 토마의 말에 수긍하며 얼굴에 수심을 드리웠다.

오늘 비무대회에서 금마는 몇몇 인물들을 유심히 살폈다. 처음에는 그저 당비약과 당수정, 무산에게 관심이 쏠려 있었으나 취설의 제자인 당유작, 음정과 양정의 제자인 음개 역시 눈길을 끌었다.

특히 당유작의 경우, 그 무공의 깊이를 절반도 보여주지 않고 쉽게 용(龍)의 주인이 되었다는 생각을 지울 수 없었다. 취설이 신비에 싸인 인물인 것처럼 그의 제자 역시 정체를 정확히 파악할 수 없었던 것이다.

반면 그가 가장 관심을 기울였던 무산은 의외로 맥없는 비무를 펼친 듯했다. 비록 그 상대가 당수정이었던 만큼 얼마간 손속에 사정을 둔 것으로 생각할 수도 있었으나, 금마가 보기에 꼭 그런 것 같지만은 않았다. 어딘가 설익은 느낌이었다.

"자네들 생각을 듣고 싶네. 내 보기에 당비약 하나로는 당문의 주도권을 거머쥐는 데 무리가 따를 듯해. 그 공천이란 놈은 그렇다 쳐도, 본선에서 패한 음개와 양정, 당해소는 아까운 인재들이야. 그 아이들을 포섭할 필요가 있다고 보는데……."

금마는 아우들의 표정을 일일이 살펴보며 말했다.

어차피 현재로썬 당수정과 무산을 축으로 하는 당개수 일파를 견제하는 게 급선무였다. 그러기 위해선 취설은 물론 양정과 음정까지도 자신의 편에 서게 해야 했다.

하지만 오당마환 자신들은 취설과 그다지 원만한 관계를 유지하지 못하고 있었다. 양정과 음정도 크게 다르지 않았다.

금마의 머리 속에는 이미 당문의 차기 문주를 만들어내기 위한 대략의 계획이 세워져 있었다. 문제는 자신들을 지지해 줄 세력이 얼마나 될 것인가였다. 여기엔 또 당비약이 얼마나 큰 활약을 하느냐 하는 것도 중요하게 작용했다.

우선 현 문주인 당개수에게서 약점을 잡아낸 후, 그의 실정을 도마 위에 올려 일선에서 물러나게 한다는 것이 금마의 복안이었다.

당개수의 자질 문제를 공론화하는 것은 크게 문제될 것이 없었다. 시비거리는 얼마든지 만들어낼 수 있었기 때문이다.

중요한 것은 그 이후의 일이었다. 당개수를 몰아내기 위해선 자신들에게 공조할 세력이 필요했고, 그 세력은 적어도 당개수를 지지하는 세력보다 양적, 질적으로 우세해야 했다.

현재 당문에는 당개수의 정책에 불만을 품고 있는 세력이 제법 있다. 하지만 반대로 당개수의 편에 서 있는 자들도 많았으며, 반당개수의 입장을 표명하고는 있으나 오당마환 자신들과 뜻이 다른 세력들도 있었다.

이런 상황에서라면 당개수를 문주 자리에서 내친다 해도 혼란만 가중될 뿐이다. 일단 분열이 시작되면 자칫 통제가 불가능한 상태까지 확산될 수도 있고…….

물론 서열이나 힘으로만 따지자면 오당마환 자신들이 단연 으뜸이었다. 하지만 이미 일선에서 물러난 자신들이 앞에 나선다면 반대급부가 생겨나기 마련이다. 현재로썬 당비약에게 힘을 실어주는 수밖에 없었다.

"하하, 형님, 어쨌거나 우리 비약이는 오늘 비무대회에서 전승으로 봉(鳳)의 주인이 되었습니다. 서열로 따지더라도 그중 가장 위에 있으니 그 자체로 또 하나의 세력을 형성했다 할 수 있습니다. 더욱이 앞으로 무림맹 비무대회가 열리기까지는 얼마간의 시간이 더 있습니다. 당장은 그 아이의 무공 증진에 힘을 쏟는 것이 최선입니다."

화마가 유쾌한 웃음을 웃으며 방 안의 분위기를 바꾸기 위해 너스레를 떨었다. 그의 입장에서 보자면 결코 서둘러선 안 될 일이었다.

"형님, 제 생각은 다릅니다. 당비약 그 아이가 당문의 18위를 움직이는 위치에 있다고는 하나, 지난번 용문에서 많은 부하들을 잃음으로써 그 지지 기반이 약화되었습니다. 솔직히 오늘 비무대회 또한 비약이에게 실(失)로 작용할 소지가 있습니다. 비록 당수정을 꺾기는 했으나 당유작이라는 막강한 경쟁자를 탄생시키고 말았으니까요. 물론 비약이에게 무공을 가르치는 일이 급하긴 하나, 이 참에 음개나 당해소 같은 아이들을 끌어올 필요가 있습니다. 전 금마 형님의 의견에 전적으로 동의합니다."

시종 침묵을 유지하고 있던 수마가 무겁게 입을 열었다.

"바로 보았네. 하지만 그러기 위해선 양정과 음정을 먼저 설득할 필요가 있지. 그들은 이번 비무대회에 나름대로 불만을 품고 있을 거야. 자기 제자들이 모두 탈락했으니 말일세. 그것도 취설의 제자인 당유작과 당개수의 딸인 당수정에게 처절하게 당했으니, 얼마간 그들과 멀어질 수밖에 없을 거야. 아마 양정과 음정은 실추된 자신들의 입지를 세우기 위해 새로운 돌파구를 마련하려 하겠지. 이때 우리가 손을 내밀어주어야 해. 당비약 역시 당해소 등의 젊은 인재를 포섭하는 데 얼마간 공을 기울여야 하고……"

금마는 입가에 묘한 미소를 머금으며 고개를 주억거리기 시작했다.

'그래, 이제부터는 세력 싸움이다!'

3장
나비의 꿈

나비에게
애벌래와 번데기, 나비의 삶 중
어느 순간이 가장 행복했는지 묻는다면
나비는 과연 어떤 대답을 할까?

나비의 꿈

사천성 중심가에 위치한 한 식당.

점심 먹을 시간이 한참 지났는데도 식당은 손님들로 북적이고 있었다. 음식 맛이 좋기로 소문이 자자한 집이었으므로 사람들은 늦은 식사를 하거나 차를 즐기기 위해 굳이 그 집을 찾았던 것이다.

"음식이 입에 맞는가? 더 먹고 싶은 것은 없는가?"

"히히, 나 신경 쓰지 말고 영감이나 많이 먹어라. 석금이는 뭐든 잘 먹는다."

"……"

우적, 우적, 우기적!

"여기 이 차노 마셔보게. 향이 그만일세. 어허, 그러나 체하겠구먼. 음식은 얼마든지 더 시켜줄 수 있으니 천천히 좀 먹게. 보는 내가 다 불안하네그려!"

"이야, 영감은 거지라면서 돈도 많은가 보다. 히히히, 그런데 거지들은 다 영감처럼 친절한가? 옛날에 해구신 할아버지도 무척 좋은 사람이었는데……."

"……."

우적, 우적, 우기적!

그렇지 않아도 감회에 젖어 있던 천우막은 양해구의 이야기가 나오자 눈시울까지 붉어지는 듯했다. 너무나 그리운 이름이었던 것이다.

마침 천우막이 돌아온 날이었으므로 무산은 사천성 내에서 음식 맛이 제일 좋기로 소문난 수미각(秀味閣)으로 석금이를 데려왔다. 처음 만나는 두 사람이 혹시 서먹해하지는 않을까 하는 걱정 때문이었다.

하지만 무산의 생각대로 석금이는 먹는 데에 정신이 팔려 지극히 천연덕스럽게 천우막을 상대하고 있었다. 먹을 것 사주는 사람은 모두 좋은 사람이고, 자기 편이라고 생각하는 사람이 바로 석금이였기 때문이다.

"그래, 그동안 고생이 얼마나 많았는가, 이 사람아……!"

천우막은 애정 어린 눈빛으로 석금이를 바라보며 말했다.

사실 무산이 보기에 석금이의 모습이 그다지 사랑스럽지는 못했다. 원래 생겨먹기를 곰탱이처럼 생겨먹은 데다가 화상까지 입은 탓에 석금이의 얼굴은 가관이었다. 없어진 눈썹과 머리카락은 그렇다 쳐도 군데군데 화상의 흔적이 남아 흉측하기까지 했다.

하지만 순박한 웃음만큼은 여전히 일품이었다.

"헤— 솔직히 산적질해 먹을 때는 무척 고생 많았다. 배가 고파서 행인들한테 덤볐다가 죽도록 얻어터지곤 했다. 여기 우리 두목도 그렇게 만나게 된 거지만… 히히!"

"두목?"

석금이의 이야기에 귀를 기울이던 천우막은 영문을 모르겠단 표정으로 무산의 얼굴을 빤히 쳐다보았다. 그도 그럴 것이 무산은 자신의 과거

중 불리하다 싶은 것에 대해선 철저히 침묵을 지켜왔던 것이다.

"헤헤, 천 방주님, 석금이가 산골에서 혼자 자라다 보니 표현이 좀 서툴러서……. 두목이라는 게 아마 정신적 지주라는 의미일 겁니다. 헤헤. 석금아, 앞으로 사람들 앞에선 그냥 형님이라고 부르거라. 우린 형제나 다름없잖니?"

무산은 석금이의 어깨를 툭툭 두드리며 다정하게 말했다.

"형님? 히히, 그래. 두목이랑 석금이랑은 형제나 다름없다. 두목이 처음으로 산적질하던 날 석금이 죽을 뻔했는데 두목이 목숨을 구했다. 히히, 우린 피로 맺어진 형제다."

"……."

석금이의 말에 천우막은 다시 한 번 무산의 얼굴을 빤히 쳐다보았다.

'후우… 석금이 이놈은 내 과거를 너무 많이 알고 있어…….'

무산은 괜히 주위를 둘러보는 척하며 천우막의 시선을 피했다.

'어쨌든, 사람은 죄짓고는 못 사는 거야.'

생각해 보면 인연이란 것이 참 묘했다.

석금이를 처음 만날 때만 해도 자기들이 이렇게 가까운 사이가 되리라 곤 상상도 하지 못했다. 그저 덜떨어진 산적 놈을 어떻게 요리할까 궁리하다가 아예 산채에 들어앉게 된 것인데, 같이 지내다 보니 또 정이란 게 들고 말았다.

천우막과의 인연 역시 마찬가지였다. 처음엔 이 미친 거지고수를 어떻게 따돌릴까 고민했으나, 이제는 이렇게 한자리에 마주 앉아 즐겁게 식사를 나누는 사이가 되었다.

"무산 아우, 그동안 석금이를 돌봐준 은혜, 내 죽어서도 잊지 못할 걸세."

한동안 무산을 바라보던 천우막이 젖은 목소리로 말했다.

오늘 천우막은 부쩍 늙어 보였다. 비록 행색이 초라해 늙은이처럼 보이긴 했어도, 그는 언제나 유쾌하고 당당한 모습이었다. 하지만 석금이를 앞에 둔 지금은 달랐다.

어쩌면 양해구를 기다리며 살아온 또 하나의 세월이 한꺼번에 그를 덮친 것이었는지도 모른다. 마치 봇물이 터지듯, 그 세월의 흔적이 한순간에 나타난 것이었는지도 모른다.

"천 방주님, 저야말로 석금이를 잘 부탁드립니다. 물론 방주님의 인격을 아는 만큼 안심이 됩니다만, 석금이는 때가 묻지 않은 사람입니다. 자칫 사람들에게 이용당하거나 짓밟힐 수도 있습니다. 부디 우리 석금이를 지켜주십시오."

무산 역시 감회에 젖어 눈시울이 젖어들 것 같았다.

천우막은 오늘 당장 석금이와 함께 천진으로 떠날 예정이었다. 그렇게 되면 이제 석금이와는 오랫동안 만나지 못하게 될 것이다. 혹, 무림맹 비무대회에서 만날 수도 있겠으나, 과연 석금이의 무공이 그 짧은 시간 안에 큰 진전을 이룰 수 있을지는 의문이었다.

"이야~ 저 사람들 먹는 오리구이 정말 맛있겠다."

앞에 놓인 접시를 모두 비운 석금이는 옆 자리에 놓인 오리구이에 눈독을 들이며 일부러 크게 소리를 내질렀다. 그리고는 천우막의 표정을 슬금슬금 살폈다. 제 딴에는 머리를 쓴다고 쓴 것이었다.

'어휴, 이 속 보이는 놈······!'

무산을 설레설레 고개를 저었으나 천우막은 황망히 자리에서 일어나 점소이를 불렀다.

"여보게, 여기 오리구이하고 술 좀 더 내오게."

모처럼 마신 술로 천우막은 얼굴이 벌겋게 달아올라 있었다.

석금이를 만난 것이 더없이 기뻤기에 그는 무산과 석금이가 따라주는 술을 마다하지 않고 마셨던 것이다. 제대로 따지자면 천우막이나 석금이나 모두 양해구의 제자이므로 사형제 간이 될 것이나 워낙 특이한 사연이 있는 만큼 천우막은 석금이를 제자로 거두기로 했다.

"사부영감, 내 술 받아라. 히히……!"

"오냐, 석금아. 석금이 네놈도 이 술 받아라. 하하하!"

천우막과 석금이는 서로 죽이 맞아 곤드레만드레 취해 있었다.

식당에 온 지 근 한 시진가량이 지났을 뿐이지만 그들이 비운 술병은 차마 헤아릴 수 없을 만큼 많았다. 천우막은 오늘 내 길을 떠나기로 한 일도 잊은 채 끊임없이 술을 마셔댔고, 무산은 말리지 않았다. 취해야 하는 날이 있다는 것을 잘 알고 있었던 것이다.

하지만 얼마 후 일행은 술잔을 내려놓아야 했다. 한 여인 때문이었다.

"잠시 실례하겠습니다."

천우막이 앉아 있는 식탁으로 다가온 여인은 포권을 취하며 정중하게 인사했다.

"저를 알아보시겠습니까?"

여인은 곧장 천우막을 바라보며 말했다.

천우막과 무산, 석금이는 동시에 고개를 들어 빤히 그녀를 쳐다보았다. 어딘가 낯이 익긴 했으나 술에 취한 만큼 쉽게 떠올릴 수 없었다.

하지만 무산은 곧 그녀를 알아보았다. 그나마 술을 덜 마신 까닭이기도 했으나, 한번 눈에 담아둔 여자 잊기를 죄악시하는 성격 때문이기도 했다.

"혹… 지난번 파검 구용각과 함께 있던 낭자가 아니시오?"

"어, 그러고 보니 그때 그 처자가 맞는 듯하군. 그런데 여기는 무슨 일로……."

무산이 입을 열자 천우막도 비로소 생각이 났다는 듯 손뼉을 치며 고개를 주억거렸다.

"차를 마시러 들렀다가 우연히 뵙게 되었습니다. 우선 제 소개 먼저 올리겠습니다. 저는 아미파의 제자 구소희라 하옵니다. 노 대협께선 개방의 방주이신 천우막 대협인 것으로 알고 있는데 제 생각이 맞는지요?"

구소희는 정중하면서도 다소 당돌함이 느껴지는 태도로 천우막에게 물었다. 하지만 그런 것을 탓할 천우막이 아니었으므로 활짝 웃으며 구소희를 맞았다.

"하하, 아미파의 보살님이시라고? 혹 적선 사미께서 이 늙은이를 만나고 싶어 어린 보살을 이곳으로 보내신 건가? 어쨌든 이리로 앉게나. 우리 술이나 한잔하며 이야기 나누세. 보살과 거지가 나누는 술은 연꽃처럼 향기롭다네."

천우막은 빈 의자를 구소희 앞으로 밀어내며 말했다.

"그럼 소녀, 잠시 방주님과 동석을 하겠습니다."

구소희는 아무 망설임 없이 천우막이 내민 의자에 앉았다. 하지만 뭔가 마음에 걸리는 것이 있는지 식당 안을 둘러보며 초조해하는 눈치였다.

"그나저나 우리 어린 보살님이 아미파의 제자였다니 이거 뜻밖이로군. 하하. 나는 보살님이 풍문으로만 듣던 구용각의 딸 접몽인 줄만 알았네그려. 하하하. 구용각이 젊은 처자와 함께 다닐 이유가 없는 데다 나이도 엇비슷하니… 하하하."

천우막은 구소희의 얼굴을 빤히 쳐다보며 혀 꼬부라진 소리를 지껄였다. 상대가 나이 어린 처녀이다 보니 아무런 경계심도 가지지 못했던 것이다.

하지만 천우막의 이야기를 듣던 구소희는 낯빛이 하얗게 변했다. 그리고 손가락까지 바르르 떨고 있었다.

사실 구소희는 이미 아미파의 여러 선배에게 구용각에 대해 물어보았다. 하지만 속 시원한 대답을 듣지 못해 답답해하고 있었다.

구용각이 죽던 날, 당문의 식솔들은 귀수삼방의 주검만을 운구해 조용히 사라졌다. 왜 그들이 결투를 벌이게 된 것인지, 구소희가 누군지 묻는 사람은 아무도 없었다.

결국 혼자 남겨진 구소희는 사람을 사 구용각의 주검을 아미파까지 운구했는데, 줄곧 구용각이란 이름으로 인해 혼란스러워해야 했다.

더욱이 구용각의 주검을 보며 당황해하던 호법들이나, 그에 대해 일체의 언급을 회피하는 아미파의 중진들로 인해 그 궁금증은 증폭되어 갔다.

결국 의혹만을 가진 채 오늘까지 오게 되었다. 그런데 소림에서 돌아오기로 되어 있는 적선 사미를 마중하기 위해 이 식당에 들렀다가 천우막 일행을 보게 된 것이다.

"방주님, 사실 구용각이란 인물에 대해 여쭈어볼 것이 있어 무례를 범했습니다. 소녀는 소림에 심부름을 다녀오던 길에 그와 동행을 하게 되었습니다. 그런데 어찌하다가 그 강변에서 당문의 노선배님들과 구용각이 결전을 벌이는 것을 보게 된 것이죠. 뭐, 구용각이란 인물이 연고가 없는 듯하여 장례까지 치러주기는 했으나, 정작 그에 대해 아는 것이 없습니다. 우연한 만남도 인연이다 보니 관심을 가지지 않을 수 없군요. 저희 사부께 여쭈어보아도 쉬이 대답을 해주지 않으셔서 궁금증만 더합니다. 방주님께서 구용각이란 인물에 대해 이야기해 주실 수 없는지요?"

구용각은 자신과 구소희와의 인연이 밝혀지는 것을 꺼려해 죽는 순간까지 함구했다. 그것이 구소희의 궁금증을 증폭시켰고, 결국 천우막에게 조심스레 거짓말을 늘어놓게 만든 셈이다.

하지만 사정을 모르는 천우막은 별 의심 없이 술잔을 비우며 구용각에 대해 이야기하기 시작했다.

"하하, 어린 보살께서 구용각의 장례를 치러주셨다? 음, 아름답구나, 아름다워. 그래, 불가의 제자라면 사람의 죄를 묻기 이전에 당연히 그리 해야지. 좋다, 내 구용각에 대해 아는 대로 이야기하지. 허허, 그나저나 또 술이 떨어졌군!"

천우막은 빈 술병을 휘휘 돌리다가는 손을 들어 점소이를 불렀다. 그리고 몇 병의 술을 더 주문한 다음 구용각의 이야기를 들려주기 시작했다.

천우막은 개방에 몸을 담아온 만큼 많은 풍문을 듣고 옮기는 데 능했다. 지금의 나이가 되도록 그가 들었던 강호의 야사는 죽을 때까지 풀어 내도 다 하지 못할 만큼 많았다.

하지만 그중에도 유독 사람의 심금을 울리는 이야기가 있었고, 구용각의 이야기 역시 그중 하나였다.

구용각과 야란, 매성목, 접몽 등의 얽히고설킨 이야기들이 이어지는 동안 구소희의 표정은 점점 경직되어 갔다. 이야기가 절정에 다다랐을 때는 온몸을 바르르 떨기까지 했다. 그럼에도 그녀는 천우막의 빈 잔에 술 따르는 것을 잊지 않았다.

그러면 그럴수록 천우막은 신이 나서 이야기에 이야기를 보충하며 떠들어댔고, 시간은 어느덧 술시(戌時)를 바라보고 있었다.

"하하, 그래. 그 이후 파검 구용각이란 명호는 강호에서 잊혀지게 된 것일세. 그리고 그의 마지막은 어린 보살님과 내가 본 바로 그 모습이었지."

천우막의 이야기가 막 끝났을 때, 긴 여름 해는 이미 서산에 걸려 붉게 물들어 있었다.

"혹, 접몽이라는 여아의 행방은 밝혀지지 않았는지요?"

눈시울을 붉게 물들인 구소희가 고개를 숙인 채 천우막에게 물었다. 그녀는 이제 자신이 구용각의 딸 접몽임을 확신할 수 있었다.

시신을 옮기던 도중, 그녀는 구용각의 주머니에 갈무리되어 있던 진주 귀고리 하나를 발견했다. 자신의 귀고리와 똑같은 귀고리 하나. 그것이 애초에 한 쌍이었다는 사실엔 의심의 여지가 없었다.

"글쎄, 사막의 모래폭풍 안에서 그 어린것이 살아남을 수 있었을까?"

"……"

구소희는 아무 말 없이 고개를 숙이고 있었다. 천우막 역시 무슨 영문인지 알 수 없었으나, 조용히 술잔을 비울 뿐이었다.

다만 눈치 빠른 무산만은 구용각과 구소희 사이에 어떤 말 못할 비밀이 있음을 눈치 챌 수 있었다.

성이 같다는 것 외에도, 구소희가 이제껏 했던 말들에 그다지 믿음이 가지 않는다는 이유로 그는 두 사람이 혹 부녀가 아닐까 생각해 보았던 것이다.

일행이 그렇게 서로 다른 생각으로 침묵을 지키고 있을 때였다.

"소희야……!"

식당 입구에서 한 여인의 당혹스런 음성이 들려왔다.

그녀의 목소리로 인해 일행은 한꺼번에 고개를 돌렸다. 일전에 무산과 비무를 겨루었던 우담화였다.

"언니!"

우담화를 발견한 구소희 역시 당혹스런 표정을 짓다가 이내 밝은 표정을 가장하며 그녀를 맞았다.

"우연히 이곳에서 천 방주님을 뵈었어요. 언니도 인사드리시지요? 그나저나 사부님과 여래 언니는 왜 함께 오시지 않았나요?"

"천 방주님을 다시 뵈옵니다."

우담화는 뭔가 의심스런 눈초리로 천우막 일행을 바라보다가는 천우막에게 형식적인 인사를 건넸다. 잠시 무산과 눈이 마주쳤으나 불쾌한 표정으로 곧 외면해 버렸다.

"사부님은 주문할 물건이 있어 여래와 함께 잠시 대장간에 가셨느니라. 바로 아미로 돌아가기로 했으니 너도 그만 일어서거라."

우담화는 여전히 뭔가가 미심쩍다는 듯 천우막과 구소희를 번갈아 보며 명령조로 이야기했다.

우담화 역시 구소희의 정체를 잘 알고 있었으므로, 행여 천우막이 쓸데없는 소리를 한 것은 아닌지 걱정스러웠던 것이다.

적선 사미와 우담화 등은 소림까지 날아온 전서구를 통해 구용각의 죽음에 대한 소식을 들었다. 그것은 상당한 충격이었으나, 그녀들이 걱정한 것은 구소희가 행여 과거를 눈치 채게 된 것은 아닐까 하는 점이었다.

그런데 우담화는 오늘 천우막과 함께 있는 구소희를 보자 가슴이 덜컹거렸다. 혹 구소희가 자신의 신분을 알게 되지 않았나 하는 걱정 때문이었다.

"아, 우담환지 우담바란지 하는 사이비 땡초 아니시오? 그래, 그때 내게 당했던 수모는 언제쯤 갚아줄 생각이오?"

무산은 짐짓 오만한 태도로 우담화에게 시비를 걸었다. 구소희에게 보내는 의심의 눈초리를 흩어놓기 위해서였다.

그러한 계략은 즉시 효과를 발휘했다.

"이 발칙한 것……! 지금 갚아줄 수도 있느니라!"

"헤헤, 힘이 넘치는 걸 보니 소림에서 돌아오는 길에 비암이라도 한 마리 잡아 몸보신을 한 모양이군. 히히, 적선 사미도 같이 드셨나? 하지만 여래와 함께 덤벼도 시원찮을 실력으로 과연 나 무산을 누를 수 있을까?"

무산은 젓가락으로 식탁을 두드리며 건방지게 말했다. 그 모습을 가만히 두고 볼 우담화가 아니었다.

차—앙!

우담화의 검이 검집을 벗어나며 맑게 울었다.

"당장 증명해 주랴?"

"헤헤, 우담화 누님이 화가 나셨군. 농담이오, 농담. 불가의 여식이 이 정도 농담에 발끈해서야 어디 부처님 사랑 받을 수 있겠소? 자비를 알아야지."

무산은 다급하게 손사래를 하며 헤벌쭉이 웃었다.

마치 오랫동안 함께 자란 오누이처럼 격의없는 태도였으므로 우담화는 멈칫할 수밖에 없었다. 도저히 종잡을 수 없는 위인이란 생각이 든 것이다.

"허헛, 그만 하시게. 지난번에 이미 인사를 나누지 않았는가. 그런 식의 인사는 한 번으로 족하지. 그나저나 적선 선배의 노여움이 어느 정도 풀렸는지 모르겠군. 하하, 그때는 다들 신경이 날카로워져 있어서……."

두 사람의 시비를 지켜보고 있던 천우막이 가볍게 손을 내저으며 사태를 수습했다.

적선 사미의 성격을 잘 알고 있는 만큼, 더 이상의 말썽은 곤란하다고 생각했던 것이다. 그러지 않아도 지난번 일로 자존심이 상해 있는 터에 자기 제자들이 또다시 맞고 돌아간다면 적선 사미는 당문 전체를 상대로 복수를 감행할 것이 뻔했다.

하지만 미처 천우막이 알지 못했던 것이 있었다. 우담화도 구소희도 결코 무산에게 호락호락 당할 인물은 아니라는 점이 그것이다.

특히 가외체인 구소희는 구용각과 함께하는 동안 그 실력이 일취월장

했으므로, 지금 그녀의 무공 수위가 어느 정도인지는 아무도 짐작할 수 없는 일이었다.

"언니, 이곳에서 사부님을 기다리다가 천 방주님을 우연히 뵙게 되어 차를 한 잔 얻어 마셨을 뿐입니다. 좋은 말씀도 많이 들었으니 무례를 범해서는 안 되겠지요. 사부님도 기다리실 테니 어서 돌아가시지요."

구소희 역시 더 이상 이곳에서 소란을 일으키고 싶은 마음이 없었으므로 우담화를 진정시키기 위해 노력했다.

"거 보시오, 누님. 다들 그만 하라지 않습니까? 헤헤, 비암을 고아 드셔서 힘이 뻗치는 것은 알겠으나 그것은 이성(異性)을 통해 해결을 하셔… 흡!"

무산은 계속해서 농지거리를 하다가 갑자기 숨을 탁 멈추었다.

무엇인가가 자신의 명치를 가볍게 가격했기 때문이다. 아무것도 보지 못했는데 분명히 복부로 전해지는 통증이 있었다.

'누구지……? 뭐였지……?'

무산은 호흡을 멈춘 채 잠시 고통을 가라앉히며 생각에 잠겼다. 그리고 천천히 주위를 둘러보았다.

'혹시 구소희, 저 아이가……?'

그러고 보니 구소희의 검집은 한 자 정도 떨어진 거리에서 정확히 자신의 명치를 향하고 있었다.

하지만 자신이 의식하지도 못하는 사이에 그 검집이 복부에 닿고, 또 쏜살같이 제자리로 돌아갔다고는 믿기 어려웠다. 방금 전 명치에 전해진 충격은 마치 무엇이 쏟아져 들어왔다가 한순간에 사라져 버린 것처럼 느껴졌기 때문이다.

한동안 구소희의 표정을 살피던 무산은 이내 고개를 저으며 더 생각하지 않기로 했다. 구소희의 표정에선 아무것도 읽혀지지 않았고, 복부의 통증도 이미 가라앉았기 때문이다.
 그저 배탈이 난 것일 수도 있다는 생각이었다. 그 충격은 외부에서 전해진 것인지, 몸 안에서 전해진 것인지조차 명확하지 않았던 것이다.
 "소녀, 좋은 시간 보내고 갑니다."
 구소희는 우담화와 함께 천우막에게 정중히 포권을 취한 후 담담한 표정으로 돌아섰다.
 그러나 몇 걸음 내딛던 그녀는 무슨 생각이 든 것인지 갑자기 고개를 돌려 무산을 바라보았다.
 "당 대협은 속이 좋지 않은 것 같은데 일찍 돌아가서 쉬시지요."
 비웃음이 담긴 표정을 숨김없이 드러낸 구소희가 한쪽 눈까지 찡긋하며 유쾌하게 말했다.
 "헤헤, 다음에 만날 때는 갑옷을 입어야겠구려. 두 분 모두 혹시 절밥이 싫어지면 나를 찾아오시오. 내 괜찮은 후처 자리 하나 마련해 드리리다. 흐히히!"
 구소희의 말에 움찔하던 무산은 갑자기 표정을 바꾸어 또 짓궂은 농담을 던졌다.
 물론 우담화가 험악한 인상으로 뒤돌아보았으나 구소희의 만류를 뿌리치지 못해 조용히 식당을 빠져나갔다.
 '구소희… 아무래도 무림맹 비무대회에서 다시 만나게 되겠군. 헤헤, 그나저나 당 대협이라? 새로운 호칭이 생겼군. 하하하!'
 무산은 복부의 경미한 통증을 즐기며 잠시 상념에 빠져들었다.

2
나비의 꿈

　식당을 빠져나온 구소희와 우담화는 곧장 인파를 헤치며 한동안 저자를 거닐다가 이내 소란스런 한 골목으로 걸음을 옮겼다.
　그곳은 대장간이 밀집되어 있는 곳으로 후끈한 풀무의 열기와 쇳내, 웃통을 벗어젖힌 남정네들이 내려치는 망치 소리로 정신이 없었다.
　"사부님이 무엇을 맡기시기에 몸소 이런 곳까지 걸음을 하셨나요?"
　구소희는 땀내와 쇳내, 열기 따위로 범벅이 된 듯한 골목 안의 공기에 인상을 찌푸리며 우담화에게 물었다.
　사실 구소희로서는 그 골목의 풍경이 생경할 수밖에 없었다. 구용각을 만나기 전까지만 해도 그녀는 고즈넉하고 적막한 아미산에 묻혀 살다시피 했다. 세상 구경을 거의 하지 못했던 것이다. 더욱이 지금처럼 자유로이 저자를 거닐 수 있으리란 생각은 품어보지도 못했다.
　하지만 적선 사미는 구소희가 구용각을 따라 아미를 나서던 날, 비로소 그녀의 금족령을 풀어주었다. 이미 아미의 절기를 일정 수준으로 성취한 데다 세상 경험이 필요하다는 이유를 들어 그녀에게 자유로이 바깥을 출입할 수 있게 한 것이다.

하지만 구용각의 시신을 아미로 운구해 오고 장례를 치른 이후에도 구소희는 아미산을 벗어나지 않았다. 적선 사미가 무림맹 회의에 참석하기 위해 소림으로 떠나 있었던 만큼, 독학으로 무공을 수련해 보고 싶은 마음이 일었기 때문이다.

사실 특별히 바깥 나들이를 하고 싶은 마음도 없었다. 그저 하루빨리 고수의 반열에 오르기를 희망했을 뿐이다.

구소희는 우선 구용각에게 들은 선문답들을 무공에 접목해 보려 노력했다. 그러기 위해 그와 비무를 나누던 장면을 끊임없이 되새기며 자신이 왜 패한 것인지 그 이유를 찾기 위해 노력했다. 또한 귀수삼방과의 마지막 일전에서 구용각이 보여주었던 무위(無爲)의 검법을 새삼 음미하기도 했다.

하지만 모든 것이 쉽지 않았다. 정형화된 초식이 있다면 한 번 보는 것만으로도 일정한 수준의 성취를 이룰 수 있는 그녀였으나, 구용각의 무공은 달랐다.

구용각의 무공엔 변화만 있을 뿐 초식이 없었다. 때로는 달빛처럼, 때로는 바람처럼, 때로는 소리처럼 시시각각 변화하며 자연스럽게 흐를 뿐이었다.

"사부님도 소희, 네 검이 부러졌다는 이야기를 들으셨다. 그래서 손수 네 검을 주문하기 위해 이곳에 오신 거야."

구소희의 실문을 듣고도 한동안 무엇인가 골몰히 생각에 잠겨 있던 우담화가 한숨을 내쉬며 뒤늦게 대답했다.

"그 얘길 어떻게……?"

"아미에서는 하루도 빼놓지 않고 사부님께 전서구를 보냈단다. 네가 보낸 구용각의 이야기 외에도 많은 일들이 꼼꼼히 적혀 있지. 그나저나 파검 구용각이 죽었다니 참 서글픈 일이구나. 속세의 질곡에 얽매여 자신을 괴롭히며 살아온 사람인데……."

우담화는 담담하게 이야기하며 다시 한 번 한숨을 내쉬었다. 그리고 눈치 채지 못하게 재빨리 구소희의 표정을 살폈다.

표정이 잠시 경직되기는 했으나 구소희는 곧 평온한 얼굴로 돌아와 있었다. 우담화가 그 마음을 헤아리기에는 지극히 짧은 표정의 변화였다.

"예, 역시 그분의 명호가 파검 구용각이군요. 언니, 저도 얼마 전에야 그분의 명호를 알게 되었어요. 그런데 구용각 사부 본인은 왜 자신의 정체를 밝히지 않으려 했을까요? 또 적선 사부님께서도 왜 아무런 말씀을 들려주시지 않았을까요?"

구소희는 짐짓 아무것도 몰라 답답하다는 표정으로 우담화의 두 눈을 빤히 쳐다보았다. 이미 심증이 굳었으나 앞으로 어떻게 대처해 나갈지 생각하기 위해서라도 철저히 자신의 마음을 숨겨야 했던 것이다.

"글쎄… 강호의 기인들 중에는 자신의 정체를 드러내려 하지 않는 사람들이 있고, 사부님 또한 본인이 숨기고자 하는 것을 굳이 밝힐 필요는 없다고 판단하신 거겠지. 자, 소희, 너 역시 그저 모른 척 구용각의 일을 덮어두도록 해라. 어차피 우리와는 상관없는 세속의 일이니까."

구소희의 표정을 살피려던 우담화는 오히려 자신의 표정을 다급히 갈무리해야 했다.

자칫 아무것도 모르고 있는 구소희에게 이상한 낌새를 주지는 않을까 스스로 걱정되었던 것이다.

"알았어요, 언니."

구소희는 금세 표정을 바꾸어 얼굴에 환한 미소를 드리우며 다시 우담화의 팔짱을 꼈다. 천진난만한 모습이었으나 가외체 구소희에게는 지극히 가식적인 미소였을 뿐이다.

　두 사람은 거친 사내들로 북적이는 거리를 조심스레 헤집으며 사부 적선 사미를 찾았다. 하지만 워낙 많은 대장간이 난립하고 있는 데다 행인들도 붐비고 있어 좀체 그녀의 모습을 찾기가 어려웠다.

　몇 명의 사내가 길을 막아선 것도 그 순간이었다.

　"어허, 이거 아가씨들이 길을 잘못 들었군? 어라, 그리고 보니 하나는 비구니네? 혹 부엌칼이라도 사려고 들르신 건가? 낄낄. 그럼 어물전을 지나 우측 골목으로 들어가셨어야지. 자, 이 오라비들이 손수 길을 안내해 주지."

　사내들은 모두 여섯 명으로, 구소희의 앞을 가로막은 한 사내가 기분 나쁜 웃음을 흘리며 말했다. 사내는 상체가 온통 털로 뒤덮여 있어 마치 원숭이를 보는 듯한 느낌이었다. 하지만 키도 훤칠하며 늘씬하게 몸이 빠져 흉측해 보이지는 않았다.

　그들은 행색만으로 보면 대장장이 정도로 보였으나, 평범한 대장장이로 보기에는 어딘가 석연치 않은 구석이 있었다. 우선 보통 대장장이들이 햇빛이나 화덕의 열로 검붉게 살이 타 있는 것과는 달리 웃통을 벗어젖힌 사내들의 살결은 비교적 하얀 편이었다.

　더욱이 몸에서 내뿜는 얼마간의 기력이나 날카로운 눈매는 잘 훈련된 무사들에게서나 보여지는 것들이었다. 손에 들고 있는 도(刀) 또한 중원에서는 흔히 볼 수 없는 모양으로, 검에 가까울 만큼 도신이 가늘었다.

　특히 원숭이사내가 내뿜는 기도는 우담화 자신조차도 위축될 것처럼 강한 것이있다.

　"길을 잘못 든 것은 네놈들이다. 이곳이 아미산의 불전이었다면 모르겠으나, 이 누추한 곳까지 부처님의 자비가 미칠 것 같지는 않구나. 하지만 한 번의 기회를 주겠다. 지금이라도 순순히 길을 열겠느냐?"

우담화가 아미의 제자임을 은근히 내세우며 매섭게 눈을 치떠 사내들을 차례로 노려보면서 말했다.

'알 수 없는 일이다. 흔한 시정잡배에게서 뻗어 나올 수 없는 살기다. 마치 살수들을 보는 듯한 느낌이야……!'

막상 거세게 몰아붙이기는 했으나 우담화는 알 수 없는 불안감에 시달리고 있었다. 물론 제법 무공을 익힌 자들이라 해도 자신과 구소희라면 어렵지 않게 상대할 수 있으리라 믿고 있었으나, 느낌이 영 좋지 않았다.

"이런이런, 천한 것들의 호의를 무시하는 것은 비구니답지 않은 일이지. 아무래도 오늘 우리가 부처님 대신 네년들에게 가르침을 주어야 하겠구나."

처음에 시비를 걸었던 원숭이사내가 날카로운 눈빛을 빛내며 도를 쥐고 있던 오른 손목을 교묘히 비틀었다. 당장이라도 공격을 할 태세였다.

[언니, 조심하세요. 쉬운 상대가 아닐 듯합니다. 특히 그자는 상당한 고수 같아요.]

구소희 역시 비슷한 느낌을 받은 것인지 우담화에게 전음을 보냈다.

[짐작하고 있다. 자칫 숨통을 끊어야 할 경우도 생기겠구나. 내가 이자를 상대하는 동안 나를 엄호할 수 있겠니?]

[물론이지요. 신속히 끝내도록 하지요.]

쉬쉭—

사내의 도(刀)가 우담화를 향해 쏘아져 들어온 것은 구소희의 전음이 끝나는 바로 그 순간이었다.

"헛!"

채챙—

우담화는 다급하게 뒤로 물러서는 동시에 검을 뽑아 원숭이사내의 도를 쳐냈다. 사내의 움직임은 놀랄 만큼 빠른 속도였으나 우담화의 발검 역시 전광석화였다.

간신히 도를 쳐내긴 했으나 우담화는 적잖이 놀라야 했다. 꾸준히 경계를 하고 있었음에도 원숭이사내의 쾌도에 법복이 찢겨져 나갔던 것이다.

"죽기 전에 정체를 밝혀야 할 것이다."

자칫 수세에 몰릴 것을 걱정한 우담화가 빠르게 검을 뻗어 원숭이사내를 공략하며 외쳤다. 비록 일전에 무산에게 패하긴 했으나, 그녀의 태청검법은 여전히 위력적이었다.

우담화의 검이 수많은 허초를 뿌려대며 화려하고 현란하게 원숭이사내를 공략하는 사이, 구소희는 나머지 다섯 명의 사내를 상대해 나갔다.

느닷없이 벌어진 싸움으로 인해 그 거리는 순식간에 소란에 휩싸였다. 망치질이나 풀무질에 여념이 없던 대장장이들이 모두 손을 놓은 채 싸움에 정신을 팔았고, 행인들 역시 걸음을 멈춘 채 그 싸움을 지켜보았다.

간혹 불똥이라도 튈까 봐 지레 겁을 집어먹고 달아나는 이들도 있었고, 싸움을 구경하기 위해 아예 지붕 위로 기어올라 가는 사람들도 있었다.

'필시 살수의 도법이다. 군더더기없이 목적한 곳만을 향해 사납게 검을 뻗어내고 있다. 하지만… 역시 이상하다. 중원의 도법에서는 느낄 수 없는 잔혹함이 느껴진다.'

구소희는 일단 다섯 명의 사내를 우담화에게서 멀찍이 떼어놓는 데 성공했다. 그러다 보니 자연스럽게 그들에게 포위당하는 형국이 되었지만 사내들의 도를 막아내는 데는 별 어려움이 없었다.

단순히 초식에만 얽매였다면 고전을 면치 못했을 것이나 구용각을 만난 이후 가져온 검법의 변화는 실전에 있어 더없이 유용하게 적용되고 있었다. 마치 상대의 도가 느리고 무디게 움직이고 있는 것처럼, 그 움직임이 구소희의 두 눈에 확연히 잡혀지고 있었던 것이다.
"크헉……!"
구소희의 등 뒤로 날아오르며 정수리를 향해 도를 내리찍던 사내의 입에서 거친 비명이 터져 나왔다. 마치 기다리고 있었다는 듯 구소희의 검이 한차례 머리 위로 회전하며 사내의 무릎을 베어버렸던 것이다.
"으아악!"
뒤이어 구소희의 전방에 있던 사내의 입에서도 처절한 비명이 터졌다.
공중에서 무릎을 베인 사내가 곤두박질치며 떨어져 내리는 것과 동시에 구소희의 몸이 날아올라 전방에 있던 사내의 목과 가슴을 대각선으로 그어버렸던 것이다.
'이것이 살인인가……?'
태어나서 처음으로 사람의 목을 벤 구소희는 알 수 없는 두려움을 느껴야 했다. 하지만 다른 한편에선 주체할 수 없는 희열이 온몸을 휘감아 돌았다. 마치 소름이 돋는 것처럼 바르르 몸이 떨려오기까지 했다.
"크허헉!"
구소희의 검이 미친 듯 춤을 추기 시작한 것도 그 순간이었다. 일단 두 명의 사내가 쓰러지고 나자 남은 세 사내는 전의를 상실한 채 방어에만 급급했다.
반면 구소희는 사내들이 드러내는 허점을 놓치지 않았다. 피가 튈 때마다 자신의 몸 안에서 잠자고 있던 정체 모를 힘들이 깨어나는 것 같았다. 구소희의 검은 더 빨라졌고, 더 흉포해졌다.
"헉……!"
"꺄아악……!"
다섯 번째 사내의 비명과 함께 그 사내의 목이 바닥으로 떨어져 굴렀다. 그리고 구경꾼들이 비명을 내지르며 달아나기 시작했다.

처음엔 막연히 재미있는 구경거리를 찾아 모여들었지만, 구소희가 내뿜는 강력한 살기에 저마다 하얗게 질려 달아나고 있었던 것이다. 심지어는 다리가 떨려 걸음도 떼지 못한 채 오줌을 지리는 여인네들도 있었다.

"소희야……!"

구소희의 광기가 수그러든 것은 한 노파의 당혹스런 음성 때문이었다.

"사, 사부님……!"

적선 사미였다. 그녀는 여래와 함께 혼란에 뒤덮인 거리에 서서 믿어지지 않는다는 표정으로 구소희를 바라보고 있었다.

"아… 아—악!"

구소희는 피에 흥건히 젖어 있는 검을 바닥에 떨구며 경악했다. 방금 전 자신이 저지른 끔찍한 살겁을 비로소 깨닫게 된 것이다.

우담화와 원숭이사내의 싸움 역시 이미 멎어 있었다. 사내들의 비명이 연달아 터지자 그 두 사람은 싸움을 멈춘 채 살인귀처럼 변해 있는 구소희를 멍하니 바라보고 있었던 것이다.

"역시 가외체로군!"

적선 사미까지 가세하게 되자 원숭이사내는 다급하게 등을 돌린 채 신형을 날려 달아나기 시작했다.

하지만 그가 달아나며 남긴 한마디로 인해 적선 사미를 비롯한 제자 세 명은 다시 한 번 놀라야 했다.

결국 사내들은 구소희의 정체를 알고 있었던 것이다. 가외체 구소희. 그녀의 정체는 적선 사미와 소림의 범현 거사, 그리고 구소희에게 자신들의 절기를 전해준 몇몇 사부들만이 알고 있는 비밀이었다.

'심상치 않은 일이다.'

적선 사미는 말을 잃은 채 약간의 현기증을 느껴야 했다. 그녀가 아는 한 범현이나 그 외 자신이 초빙한 구소희의 사부들은 하나같이 입이 무거운 이들로 결코 비밀을 누설할 사람들이 아니었다. 분명 자신들을 둘러싼 어떤 음모가 진행되고 있는 것이 분명했다.

또 하나, 적선 사미를 두렵게 하는 것은 방금 전 구소희가 보여준 광기였다.

구소희는 이제껏 아미를 떠난 일이 없는 만큼 살인을 경험할 기회가 없었다. 게다가 벌레 한 마리조차 함부로 죽이지 못하는 연약한 마음으로, 가히 소불(小佛)이란 칭호를 얻고 있었다. 그런 그녀가 일단 피를 보자 인성을 잃은 채 무자비하게 살겁을 일삼았던 것이다.

적선 사미는 이제껏 단 한 번도 구소희의 태생을 문제 삼았던 적이 없었다. 부모가 누구든 갓난아기 때부터 불가에서, 그것도 적선 사미 자신의 손에서 자란 아이인만큼 자비로운 마음을 품고 있으리라 믿어 의심치 않았다.

하지만 적선 사미는 지금 알 수 없는 두려움에 휩싸여야 했다.

'아니야, 저 아이가 놀라서 그런 게야. 여리디여린 아이가 처음으로 자신의 검에 피를 묻혔으니 얼마나 두려웠을꼬……?'

적선 사미는 애써 그렇게 놀란 가슴을 진정시키며 구소희에게 다가갔다.

"떨지 말거라, 소희야. 이것이 강호이니라."

"사, 사부님! 제, 제가 사, 사람을……."

구소희는 떠듬떠듬 말을 하다가 힘없이 바닥으로 허물어져 내렸다. 그리고 이내 정신을 잃었다.

"소희야! 정신 차리거라, 소희야!"

적선 사미는 다급히 구소희를 부축해 품에 안으며 소리쳤다.

하지만 적선 사미의 입에선 한편으론 안도의 한숨이 새어 나오고 있었다. 결국 자신의 생각이 틀리지 않았을 것이란 확신이 생겨났기 때문이다. 마음이 여린 사람들일수록 광기에 휘말릴 확률이 높고, 방금 전 구소희의 살겁 역시 그런 예라고 믿게 된 것이다.

그렇다면 차라리 잘된 일인지도 몰랐다. 어차피 강호에서 명성을 쌓기 위해, 살인은 한 번쯤 치러야 할 관문이었다.

'하지만 그자들은 과연 누구일까? 어떻게 이 아이가 가외체라는 사실을 알고 있었을까?'

적선 사미는 구소희를 품에 안은 채 주위를 한번 휘둘러보았다. 여전히 누군가가 자신들을 감시하고 있는지도 모른다는 생각 때문이었다.

하지만 대장간 거리로는 물씬한 피비린내와 함께 후끈거리는 풀무의 열기, 사내들의 땀내 밴 바람이 한차례 스쳐 지났을 뿐이다.

"석금아, 네가 글자는 깨우쳤더냐?"
"히히, 석금이는 무식쟁이다. 이름도 쓸 줄 모른다."
"휴— 그래, 그럼 글공부부터 해야겠구나."
"사부영감, 거지도 글자 알아야 하나? 밥 빌어먹는 놈이 유식해도 좀 이상할 것 같다."
"음……! 그것은 별개이니라. 빌어먹는 것은 부끄러운 일이다. 마찬가지로 무식한 것도 부끄러운 일이다. 그러니 빌어먹는 놈이 무식하기까지 하면 두 배로 부끄러운 일이니라."
"……"

식당에서 무산과 함께 이별주를 나누던 천우막과 석금이는 너무 취해 근처 객잔에서 하룻밤을 묵게 되었다. 그리고 다음날 아침 일찍 천진을 향해 길을 떠났다.

자루 하나를 어깨에 메고, 타구봉을 지팡이 삼아 걷는 초로의 천우막은 새삼 세상이 아름답다고 느꼈다. 옆에서 만두를 우적우적 씹어 먹으며 동행하고 있는 석금이 때문이었다.

사람의 일은 참 묘한 것이었다. 만약 양해구라는 끈으로 묶이지만 않았더라도 석금이 따위가 천우막의 제자로 들어가는 일은 언감생심이었을 것이다. 무식한 데다 아둔하기까지 한 석금이는 그야말로 약 장수 보조로 한평생 이용만 당하며 살아가는 것이 어울렸을지도 모른다.

하지만 지금 천우막에게 있어 석금이는 늦게 본 자식처럼 애틋하고 사랑스럽기만 했다. 좀 무식하긴 하나 더없이 맑은 성정을 가지고 있고, 체형 또한 강룡18장이나 타구봉법을 익히기에 더없이 좋았다.

사람은 너무 빼어나거나 욕심이 많아도 문제였다. 무엇보다 성정이 중요했다.

'그래, 우리 사부님을 죽음으로 몰고 갔던 벽타산의 예만 보아도 그렇지. 똑똑하고 무공도 출중한 데다 지도력까지 갖추고 있었으나, 결국 자신과 주위 사람들을 망쳐 놓았을 뿐이다. 그런 점에서 본다면 나 천우막은 가히 복덩이를 얻은 것이나 다름없다. 하하하!'

천우막이 잠시 즐거운 생각에 빠져 있을 때 석금이가 갑자기 걸음을 멈추더니 그를 빤히 쳐다보기 시작했다.

"사부영감!"

"왜 그러느냐, 석금아?"

"……"

석금이는 자기가 먼저 말을 꺼내놓고도 무엇이 쑥스러운지 그저 헤벌쭉이 웃으며 얼굴을 붉히고 있었다.

"아니, 사람을 불렀으면 말을 해야 할 것이 아니냐. 석금아, 왜 그러느뇨? 어렵게 생각하지 말고 말을 해보려무나."

"히히, 만두 다 먹었다. 미안타. 사부영감 것도 남겨두려고 했는데, 사부영감은 먹는 거보다 지껄이는 걸 좋아하는 것 같아서 석금이가 그냥 꾸역꾸역 다 먹어버렸다."

"……."

천우막은 조용히 한숨을 내쉬었다. 석금이의 주접으로 인해 이제까지의 생각에 얼마간 수정을 가하지 않을 수 없었다.

'아무래도 사람이고 보면 학문과 도덕, 예절을 배워야 할 필요가 있지. 암……! 매로 다스려서라도 이놈을 우선 사람으로 만들어놓아야겠구나.'

이제 천우막의 머리로는 석금이의 교육 과정이 차곡차곡 정리되기 시작했다. 생전 처음 제자라는 것을 받아보았으니 가슴이 설렐 수밖에 없는 일이었다.

'자, 대충 계획을 짜볼까? 인시(寅時)에 기상해서 약 한 시진가량 글공부를 한 다음 아침을 먹고, 오시(午時) 즈음까지 무공을 연마한 다음 점심을 먹고, 유시(酉時) 무렵까지 다시 글공부를 한 다음 저녁을 먹고, 자시(子時)에 잠자리에 들게 하면 되겠군. 문제는 무림맹 비무대회 이전에 조금이라도 실력을 배양시켜야 한다는 것인데…….'

생각을 이어가던 천우막은 또 한숨을 내쉴 수밖에 없었다.

최근 개방에선 눈에 띄는 신예들이 나타나지 않았다. 개방의 노령화 현상이 두드러지게 표출되고 있었던 것이다.

따지고 보면 천우막 자신에게 책임이 있었으나, 꼭 그런 것만은 아니었다.

이상하게도 최근 10여 년 동안 강호는 양적으로 크게 팽창되고 있었다. 무림맹을 중심으로 하는 소위 정파의 산하에서는 크게 느껴지지 않았으나, 많은 젊은이들이 천무밀교니 구황문이니 하는 사파들의 난립에 동참했다. 즉 정파는 젊은 인재들의 기갈에 시달리고 있는 반면, 사파들은 풍년을 맞고 있었던 것이다.
 거기에는 또 나름의 이유가 있었다.
 황제의 실정과 내시 초화공의 월권으로 정치가 문란해지기 시작하면서 민초들은 많은 수난을 겪게 되었다. 세금이 이중 삼중으로 부과되고, 군역에 있어서도 상식적으로 납득할 수 없는 많은 비리가 자행되었다. 곳곳에서 탐관오리와 악독한 향리들이 민초들의 고혈을 뽑았고, 그것을 견디지 못한 젊은이들은 민란에 가담하거나 스스로 녹림이 되어 살아갔다.
 문제는 천무밀교나 구황문이 그러한 세력들을 흡수해 나갔다는 데 있었다. 특히 천무밀교는 새로운 건국을 외치며 황실에 반대하는 많은 사건들에 은밀히 가담해 왔다. 그런 만큼 피 끓은 젊은이들이 자진해서 천무밀교를 찾곤 했던 것이다.
 정파의 신예들과 사파의 신예들은 대개 그 출신에서부터 크게 차이가 있었다.
 정파의 신예들이 있는 집안의 자식들로 부모의 청에 의해 위탁되는 경우가 대부분인 데 반해, 사파의 신예들은 대개 천민, 혹은 지지리도 없는 집안의 자식들이었다.
 하지만 그런 천민의 자식들 중에도 가끔 기재를 타고난 아이들이 있게 마련인데, 천무밀교는 그 아이들을 추려 별도의 정예 부대를 만들고 있다는 소문이었다.
 "사부영감!"
 "어? 어, 그래. 식금아, 뭐 힐 애기라도 있느냐?"
 "우리 저기 들어가서 뭣 좀 먹다 가자."
 "……"
 마침 산길이 끝나고 촌락이 모습을 드러내고 있었는데, 석금이가 그곳을 그냥 지나칠 리 없었다.

석금이는 점심으로 사온 만두를 혼자서 다 집어 먹고도 또 먹을 타령을 하고 있었던 것이다. 천우막은 다소 황당했지만, 마침 자기도 배가 고파왔으므로 차라리 잘된 일이라고 생각했다.

"그래, 우리 석금이가 배가 많이 고팠던 게로구나?"

"히히, 아니다. 석금이는 만두 많이 먹어서 괜찮다. 사부영감 배고플까 봐 그런다."

"……."

천우막의 마음속에서 갑자기 감동의 물결이 몰아치기 시작했다.

워낙 작은 촌락인만큼 먹을 것을 파는 곳은 금방이라도 쓰러질 것 같은 낡은 객잔 하나가 고작이었다. 그나마도 마을이 끝나가는 곳에 눈에 띄지 않게 자리해 있어 자칫 못 보고 지나칠 수도 있었다.

하지만 객잔 뒤편의 마구간에는 제법 많은 말들이 묶여 있는지 여러 마리의 말 울음소리가 들려왔다.

"사부영감은 왜 말 안 타고 다니나?"

말 울음소리에 귀를 쫑긋 세우다가 마구간을 향해 후닥닥 달려갔다 온 석금이가 천우막에게 대뜸 물었다.

석금이가 보기에 천우막은 비록 거지지만 돈도 제법 있는 것 같고, 지위도 높은 것으로 알고 있는데 그 흔한 말 한 마리 없는 것이 납득이 가지 않은 것이다.

"석금아, 빌어먹는 거지가 말 타고 다니는 게 이상하지 않겠느냐?"

잠시 얼굴이 벌겋게 달아올랐던 천우막이 어색한 웃음을 지으며 대답했다.

이제껏 말 없는 것을 창피하게 여긴 적은 없었으나, 막상 석금이가 실망하는 눈치를 보이자 마음에 걸렸기 때문이다.
"음… 영감, 그건 별개 같다. 빌어먹는 것도 부끄러운 일이지만, 대장이 말 한 마리 없는 것도 부끄러운 일이다. 그러니 빌어먹는 놈들 대장이 말도 없으면 두 배로 부끄러운 일이다. 안 그러냐, 영감?"
"……"
석금이는 얼마 전 천우막이 했던 말을 그대로 인용해 되받아쳤다. 그로 인해 천우막은 다시 얼굴을 붉혀야 했다.
'이놈이 이거, 영 바보는 아닌 모양이군. 이걸 기뻐해야 하나, 아니면 경계해야 하나?'
천우막은 힐끔 마구간을 쳐다본 후 석금이를 데리고 허름한 객잔 안으로 들어서며 생각에 잠겼다.
'그나저나 이상한 일이구나. 저렇게 많은 말들이 이 허름한 객잔에 머무르고 있다니. 아무래도 강호인들 같은데… 일단 소란은 피해야겠지?'
삐그덕……!
천우막은 조심스럽게 객잔의 문을 밀고 안으로 들어섰다.
'이거, 정말 이상한 일이군.'
한차례 객잔 안을 둘러보던 천우막은 고개를 갸웃거리며 석금이와 함께 빈 식탁에 자리를 잡아 앉았다.
생각했던 것처럼 객잔 안엔 검은 무복(武服)을 걸친 사내 십수 명이 모여 있었다. 그들의 식탁에는 찻잔만이 놓여 있었는데, 객잔 안을 가득 채운 음식 냄새로 보아 방금 전 식사를 마친 듯했다.
사내들은 객잔의 문을 밀고 들어선 천우막과 석금이를 흘깃 쳐다보았으나 곧 무표정한 얼굴로 돌아가 조용히 차만 마시고 있었다.
'아무리 보아도 정체를 알 수 없는 자들이군. 검과 도, 모두 낯선 것들이야. 중원 사람들로는 보기가 어려운데. 모두 말을 몰고 온 것으로 보아

아주 먼 곳에서 왔거나 먼 곳으로 갈 예정인가 보군.'
 천우막은 석금이에게 시선을 고정시켜 놓은 채 객잔을 메운 사내들에 대해 곰곰이 생각하기 시작했다.
 일단 확실한 것은 그들이 사천성에 적을 두고 있는 무림인들은 아니라는 점이었다.
 적어도 사천성 내에서 검을 다루는 자들이라면 천우막 자신을 모를 리 없었다.
 아미와 점창, 당문 등 사천성 내의 웬만한 문파들과 몇십 년 동안 친분을 쌓아온 데다, 최근 무산의 혼례로 인해 분주하게 사천성을 드나든 만큼 사천성의 무사들이라면 길거리에서라도 우연히 자신을 보았을 것이다.
 강호란 곳이 그랬다. 대부분의 무림인들이 고수를 꿈꾸었고, 그런 만큼 고수의 출현에는 신경을 곤두세웠다.
 먼발치에서라도 한번 보고 싶어했으며, 기회를 만들어서라도 인사를 나누고 싶어했다. 무산의 혼례에 직접 참석하지 않은 점창에서도 따로이 천우막을 초대하거나, 술을 대접한다는 명목으로 여러 제자를 거느리고 그를 찾은 적이 있을 정도였다.
 '어차피 사내들이니 아미의 제자들로 보기는 어렵고, 아는 이가 하나도 없으니 점창의 제자들로 보기도 어렵다. 몸에서 풍기는 기도도 그렇고 사파의 무리일 확률이 높은데, 저들이 무슨 일로 사천성까지……'
 천우막 자신의 얼굴을 직접 보지 못했다 해도 정파의 무사들이라면 자신이 들고 있는 타구봉을 보고 관심을 보이지 않을 리 없었다.
 "손님, 뭘 드릴깝쇼?"
 바쁘게 주방 일을 보고 있던 점소이가 피곤이 역력한 기색으로 다가와 물었다. 모처럼 바쁜 일과를 보낸 것인지 지칠 대로 지친 목소리였다.

"음, 우선 당장 요기할 수 있는 음식 몇 가지를 내주게. 그리고 싸가지고 갈 만한 음식 몇 가지도 따로 준비해 주게."

천우막은 점잖게 주문한 후 몸을 뒤로 눕히며 크게 하품을 해 보였다.

"알겠습니다요. 하지만 좀 오래 기다리셔야 할 것 같습니다요. 당장 닭이나 오리를 잡아 구이를 하는 수밖에 없습니다요. 보시다시피 손님들이 갑자기 몰아닥친 까닭에 재료가 바닥이 났으니, 저희로서도 어쩔 수 없습지요."

점소이는 적당히 핑계를 댄 후 천우막의 표정을 빤히 살폈다. 혹시라도 못 기다리겠다고 성질을 부렸다간 쫓겨날 분위기였다.

"그래? 그렇다면 일단 간단한 소채와 술을 먼저 내주게. 그리고 요리는 닭보다는 오리가 나을 듯하군."

"알겠습니다요."

점소이는 짧게 목례를 해 보인 후 곧장 몸을 돌려 주방으로 갔다.

천우막은 점소이와 이야기를 나누는 와중에도 곁눈질로 수상한 사내들을 살폈다. 하지만 어찌 된 일인지 그들은 한마디도 하지 않은 채 가끔씩 찻잔에 담긴 차만 홀짝일 뿐이었다. 그런 탓에 객잔의 분위기는 무겁게 가라앉아 있었다.

"사부영감?"

주위의 분위기 따위에는 아랑곳없이 석금이가 입을 헤벌린 채 천우막을 불렀다.

"왜 그러느냐, 석금아?"

"옛날부터 궁금한 게 있었냐. 히히. 사부영감은 똑똑하니까 알 것 같아서 물어보는 건데……."

석금이는 자신이 생각하기에도 쑥스러운지 머리를 긁적이며 말끝을 흐렸다.

천우막은 이제 얼마간 석금이에게 적응이 되어가는 단계였던 만큼 뭔가 대단한 것이 나올 것이라고는 기대도 않았다. 하지만 제자 사랑이 유별난 만큼 환하게 웃으며 석금이의 질문을 기다렸다.
"히히, 닭이랑 오리는 날개가 달렸는데 왜 날지 못하나? 석금이는 날개가 달렸으면 아마 훨훨 날아서 도망갈 거다. 그러면 통으로 구워져서 죽는 일은 없을 테니까……."
"……."
"히히, 사부영감도 잘 모르나?"
"음… 석금아, 닭이나 오리, 거위처럼 집에서 기르는 새를 가금(家禽)이라고 하느니라. 하지만 엄밀하게 말한다면 이놈들은 조상 얼굴에 똥칠을 한 놈들이지. 날아다니는 것이 귀찮아서 사람에게 빌붙어 살기 시작했고, 그러다 보니 자연히 날개가 퇴화해 기어코는 날아가는 능력을 잃어버리게 된 것이다. 편한 음식과 자기 목숨을 맞바꾸게 된 것이지. 모르긴 몰라도 그놈들의 조상은 여느 새들과 마찬가지로 날아서 바다를 건너기도 했을걸?"
다소 황당한 질문이긴 했으나, 천우막은 최대한 교훈성을 가미시켜서 충실하게 대답해 주었다. 어차피 이제부터는 석금이를 혹독하게 훈련시켜야 하는 만큼, 게으름의 비참한 말로를 보여주어야겠다는 생각이었다.
"이야, 닭이나 오리는 정말 게으른 놈들이구나……."
"그래, 석금아. 하지만 비단 닭이나 오리만이 그런 건 아니란다. 가끔은 사람 중에도 그렇게 게으르게 살다가 패가망신하는 경우들이 있지."
"히히, 사부영감 같은 거지 떼를 말하는 거구나?"
"……."
천연덕스러운 석금이의 말에 천우막은 순간 말문이 막혀 버렸다. 아무리 생각해도 골치깨나 아픈 제자를 거둔 것 같았다.

'이 녀석, 이거… 멍청한 척하고 있는 거 아냐? 일 다경에 한 번씩 나 천우막의 말문을 막아놓는구나.'
　천우막은 고개를 설레설레 저으며 석금이를 빤히 쳐다보았다. 하지만 아무리 쳐다봐도 역시 아둔하고 순진무구한 모습뿐이었다.
　'아이들 눈은 정직하다더니, 순박한 석금이 녀석의 눈 역시 정직한 것뿐이겠지. 그래, 거지가 떳떳할 게 없는 직업이긴 하다. 하지만 석금아… 세상의 일이란 그렇게 눈에 보이듯 선명한 것만은 아니라는 사실을 너도 점차 알게 될 것이다. 거지가 되고 싶어 되는 경우는 백에 하나다. 나머지 거지들은 죽지 못해 그 짓을 하고 있는 것이다. 대부분 버려지고 소외된, 불쌍한 군상들이지…….'
　잠시 개방 제자들의 모습을 떠올리던 천우막의 눈빛에 연민이 스쳐 지나갔다. 세상이 늘 공평한 것만은 아니라는 사실을 그들은 잘 보여주고 있었다.
　삐그덕……!
　잠시 후 객잔의 문이 열리더니 두 명의 사내가 들어섰다. 숨 막힐 것 같던 정적이 깨진 것도 그 순간이었다.
　"오히노히까리[日光]!"
　이제껏 식탁에 앉아 있던 검은 무복의 사내들이 일제히 두 사내를 향해 부복하며 외쳤다. 매우 신속하며 단호한 동작이었다.
　하지만 막상 새로 모습을 드러낸 두 사내는 당혹스러워하며 천우막과 석금이, 객잔 안의 인물들을 한차례 훑어보더니 이내 사내들에게 노기를 띠기 시작했다.
　'역시… 왜인들이었군. 요즘 왜놈들 때문에 대륙 전체가 술렁이고 있다더니, 결국 사천성에까지 모습을 드러냈어. 그것도 무장을 한 채 말이야……!'

천우막은 아무렇지도 않다는 듯 태평하게 엽차를 따라 마셨으나, 머리 속으로는 많은 생각들이 스쳐 지나고 있었다.

얼마 전 자신이 손수 수급을 취한 색마 야광귀, 즉 사형인 벽타산 역시 왜놈들과 관계된 인물이었다.

최근 대륙에는 왜나라에서 발흥한 남녀혼혼교(男女混混敎)라는 사이비 종교가 들어와 급속히 번지며 기승을 부리고 있었다. 왜놈들의 괴상한 원시 신앙에 대륙의 도교, 왜곡된 남방불교가 이상한 형태로 뒤섞여 만들어진 남녀혼혼교는 남녀 간의 성교를 수행의 한 수단으로 삼는 허무맹랑한 교리로 혹세무민하고 있었던 것이다.

막상 생각이 거기까지 닿았지만, 천우막은 좀 더 지켜보기로 했다. 아직 밝혀진 것이 없기도 했고, 사내들이 내뿜는 강한 기도가 만만치 않게 느껴지기도 했다.

그런데 그때 석금이가 천우막 앞에 얼굴을 들이대며 기어들어 가는 목소리로 속삭였다.

"사부영감……!"

"왜, 더 먹고 싶은 것이라도 있는 것이냐?"

천우막은 석금이가 왜나라의 말에 관심을 보이는 것이려니 생각하면서도, 짐짓 엉뚱한 반응을 보였다. 괜히 검은 무복의 사내들 신경을 자극했다가 쓸데없는 시비에 휘말릴까 걱정스러웠던 것이다.

"그, 그게 아니라……."

석금이는 두 손으로 얼굴을 가린 채 더욱 낮은 목소리로 말했다.

"아니, 도대체 왜 그러느냐?"

"서, 석금이 배 아프다… 그만 나가자!"

천우막은 도저히 영문을 알 수 없었다. 하지만 석금이는 바르르 몸까지 떨고 있었다.

석금이가 갑자기 떨기 시작한 것은 객잔에 새로 들어온 두 사내 중 한 사내 때문이었다. 석금이는 그 사내의 얼굴을 기억하고 있었다. 과거, 화산 근처에서 산적질을 해먹을 때 그 사내를 잘못 건드렸다가 죽을 뻔했던 것이다.

석금이로선 그 사내의 이름이나 정체를 알 수 없었으나, 그가 위험한 인물이라는 것 한 가지는 확실히 알고 있었다. 그를 만난 날, 자기가 거느리고 있던 부하 모두를 한순간에 잃었던 것이다. 그러고 보니 객잔 안에 들어차 있던 검은 무복의 사내들은 얼굴만 가리지 않았을 뿐, 그때 숲 속에서 보았던 인자들과 똑같은 복장이었다.

방금 전 객잔 문을 열고 들어온 사내 중 한 명은 취운이었다. 초화공을 그림자처럼 따르던 취운이 이번엔 왜나라의 살수들을 거느린 채 사천성에 모습을 드러낸 것이다.

"사부영감… 빨리 나가자……!"

석금이는 엉거주춤 일어나서 아예 천우막의 손을 잡아끌었다. 정말 똥이라도 마려운 놈처럼 얼굴이 누렇게 떠 있었다.

"허허, 녀석. 아무리 그래도 주문한 식사는 먹고 가야지."

"석금이 배 아프다……."

"정 그렇다면 담아놓은 음식이나 가져가자꾸나."

천우막은 좀체 이해할 수 없는 상황이었지만, 뭔가 사연이 있으려니 하는 생각에 점소이를 불렀다.

"부르셨습니까?"

"그래, 우리가 급히 떠나야 할 것 같으니 우선 간단하게 먹을 음식이나 싸주게. 요리 값은 다 낼 테니 걱정하지 말고."

"예……? 알았습니다요."

점소이는 고개를 갸웃거리며 주방으로 물러났다.

하지만 그 일로 인해 취운과 검은 무복의 사내들 눈길이 천우막 일행에게 모아졌다. 아무래도 어색하게 느껴졌기 때문이다.

한동안 천우막과 석금이를 살펴보던 취운의 눈빛이 이채롭게 빛났다. 처음에 그는 천우막의 타구봉을 유심히 바라보았으나 곧 석금이의 얼굴에 눈길을 고정시키고 있었다. 취운 역시 어렴풋하게나마 석금이를 기억할 수 있었던 것이다.

하지만 취운은 아무런 내색 없이 자신과 함께 들어온 사내에게 귓속말을 전한 후 식당의 쪽문 안으로 들어갔다. 아마도 객방과 연결된 문인 듯했다.

취운이 사라지는 것과 동시에 객잔은 다시 침묵에 휩싸이기 시작했다. 얼마 후 점소이가 보자기에 음식을 담아 왔다. 천우막은 그것을 석금이의 봇짐 안에 집어넣은 후 계산을 마치고 객잔을 빠져나갔다. 그때까지도 석금이는 온몸을 사시나무 떨듯 떨고 있었으나, 다행히 아무 일도 벌어지지 않았다.

4장 석금이, 거지 되다

거지 중에도 제법 부(富)를 축적하는
거지들이 있다.
하지만 대개의 거지들은
부(富)를 포기하는 쪽을 선택한다.

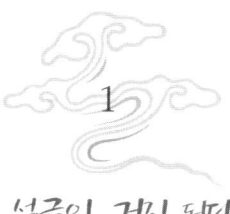

석금이, 거지 되다

천우막과 석금이는 촌락을 벗어나 다시 산길에 접어들었다.

다음 마을까지는 60여 리가 남았으므로 일행은 걸음을 빨리하기 시작했다. 노숙을 피하기 위해선 한시 바삐 그곳으로 가는 수밖에 없었다.

"석금아, 도대체 아까 객잔 안에서 왜 그렇게 떨었던 게냐? 혹 왜놈들한테 못 당할 짓이라도 당했던 게냐?"

석금이가 얼마간 진정된 모습을 보이자, 천우막이 천천히 입을 열었다.

"히히. 사부영감, 내 덕분에 살아났는 줄 알아라. 옛날에 나랑 무산 두목이랑 산적질을 해서 먹고 산 적이 있는데, 그때 아까 그놈을 만난 적이 있나. 그런네 그놈들이… 흑흑! 내 부하들을 모조리 죽여 비렸다. 용득아! 삼복아……! 흑흑흑. 아마 깜구가 아니었으면 나랑 두목도 그때 거기서 죽었을 거다."

"자네랑 무산 아우가 산적질로 먹고 살아……?"

"히히, 원래 두목은 산적이 아니었는데, 우리 하는 짓이 밥 빌어먹긴 글렀다면서 산채를 접수해 버렸다. 두목은 머리도 좋고 싸움도 잘해서 우리는 무척 기대가 컸는데, 하필이면 첫날 저놈들한테 걸린 거다. 그래서 다시는 산적질하지 않았다."

"이거야 원. 도통 무슨 이야기인지 알 수가 없구나."

전후 사정을 모르는 천우막으로서는 뒤죽박죽으로 섞여 나오는 석금이의 말을 이해할 수 없었다.

하지만 그런 의문도 잠시였다. 갑자기 한 줄기 바람이 스쳐 부는가 싶더니 수풀이 조금씩 흔들리기 시작했다. 분명 인기척이었으나 워낙 빠르고 조심스러워 자신도 모르게 긴장할 수밖에 없었다.

"석금아, 걸음을 멈춰라."

천우막은 다급히 석금이를 멈춰 세운 후 주위를 둘러보았다. 눈에 보이는 것은 아무것도 없었으나 짙은 살기가 숲길을 가득 메우고 있었다.

'혹시?'

천우막은 고개를 들고 사방을 돌아보았다. 그 순간이었다.

촤르륵……!

나무 위에서 수십 개의 암기가 쏟아져 내리기 시작했다. 십수 명의 복면인들이 높은 나뭇가지 위에 올라가 있었던 것이다.

'이런 세상에……!'

오래전 당개수와 일전을 벌일 때 당문의 제자들이 시전했던 만천화우가 연상되는 파상 공격이었다.

천우막은 석금이를 중심에 두고 지체없이 회전해 올랐고, 타구봉 역시 눈에 보이지 않을 만큼 신속하게 휘돌기 시작했다.

파, 파, 파, 파, 팟……!

처음 양해구를 만나던 순간이 떠올랐다.

봉 하나에 의지해 만천화우의 그늘 아래로 파고들던 사부 양해구. 지금의 천우막이 그랬다.

수십 개의 표창이 타구봉에 튕겨 나가 사방에 흩뿌려졌다.

"정체를 밝혀라!"

어느새 바닥에 다시 내려선 천우막이 노성을 터뜨렸다.

그의 말이 끝나기 무섭게 나무 위에 있던 복면인들이 일제히 바닥으로 내려오기 시작했다.

차르릉……!

나뭇잎들을 뚫고 들어온 햇빛이 복면인들의 검과 도에 반사되어 천우막의 눈을 어지럽혔다. 눈이 부셔서 앞을 제대로 볼 수 없을 정도였다.

'상당한 실력들이다. 하나하나 호락호락하지 않은 자들이야. 적어도 인자술에 있어선 대륙의 어떠한 살수들보다 정교하다.'

천우막은 모처럼 접한 살기로 인해 내심 몸이 긴장되는 것을 느꼈다.

"사, 사부영감……!"

석금이는 오금이 저리는지 그대로 바닥에 주저앉은 채 벌벌 떨고만 있었다. 한두 번 겪는 위기가 아니었건만 어찌 된 것인지 매번 몸이 굳어버리는 것이다.

"석금아, 네놈 하나쯤은 지켜줄 실력이 되니 걱정하지 말거라. 하지만 사부는 오늘 석금이 실력을 구경하고 싶구나. 이 사부가 네 뒤를 봐줄 테니 한번 겨루어보거라."

천우막은 석금이의 손에 타구봉을 쥐어주며 말했다.

"사, 사부영감……."

"무산 아우가 말하길, 너는 무한한 가능성을 지니고 있다고 하더구나. 자, 두려워할 것 없다. 네가 익힌 봉법을 마음껏 시전해 보거라."

한편으로 걱정이 없었던 것은 아니나, 천우막은 석금이의 실력이 보고 싶었다. 사람의 인연, 특히 개방의 인연은 사람의 머리로 짐작할 수 있는 것이 아니었다. 그야말로 기연이고, 어떤 근거를 바탕으로 하는 것이었다. 양해구의 마지막 인연이 석금이였다면, 석금이에게는 다른 이들이 짐작할 수 없는 어떤 힘이 있을 수도 있는 일이다.

하지만 석금이로선 벅찬 상황이었다.

"으… 으아앙—"

석금이는 아예 하얗게 질려서 울음을 터뜨렸다.

순박하고 무지한 사람일수록 겁이 많았고, 겁은 자기 안에 잠재된 힘까지 묻어버리는 속성이 있었다. 지금의 석금이가 바로 그런 예였다. 그는 다리에 힘이 풀려 일어설 수조차 없었다.

"좋다, 석금이 네가 이렇게 못나게 군다면 이 사부는 너를 지켜줄 수 없다. 생각해 보거라, 이 녀석아. 젊어 팔팔한 놈이 늙은 사부를 지켜야겠느냐, 아니면 이 늙은이가 젊어 팔팔한 놈을 지켜야겠느냐? 네가 움직이지 않으면 나도 움직이지 않을 테니, 차라리 같이 죽자꾸나. 에이 힝—"

천우막은 아예 석금이 옆에 주저앉아 눈을 감아버린 채 단호하게 말했다.

쇄애—액!

한줄기 산들바람이 숲길을 스쳤다.

복면인들은 쉽게 이해할 수 없는 두 사람의 행동에 오히려 당황했다.

약간 덜떨어져 보이는 젊은 녀석이야 애초 관심 밖이었다. 그러나 고수임에 틀림없는 초로의 인물이 아예 싸움을 포기한 채 바닥에 주저앉아 고집을 부리는 것은 쉽게 납득할 수 없었다.

한편으론 자신들을 무시하고 있는 것 같기도 했고, 다른 한편으론 노망이 든 것이 아닌가 하는 생각까지 들었다.

하지만 그들은 어쩔 수 없는 살수였다. 상대의 상태가 어떠하든 결코 기회를 놓칠 인물들이 아니었다.

젊은 녀석은 겁에 질려 벌벌 떨어대며 주위를 둘러보고 있었고, 초로의 거지는 무기도 없이 눈을 감은 채 주저앉아 있었다. 공격하기에는 더없이 좋은 조건이었다.

"히합!"

서로 눈짓을 보낸 세 명의 살수가 세 방향에서 동시에 검을 날리며 천우막을 공격해 들었다. 그들은 소리를 내지 않기 위해 허공으로 붕 떠올랐다가 천우막의 정수리를 향해 검을 내려치며 기합을 내질렀다.

그런데 그 순간이었다.

"광구견미!"

이제껏 두 눈을 감은 채 석금이와 등을 맞대고 앉아 있던 천우막이 앉은자리에서 빠르게 회전하며 석금이의 등을 안았다. 동시에 석금이의 두 손이 허공 위로 올려지더니 세 자루의 검을 가볍게 쳐냈고, 곧바로 허공으로 치솟아올랐다.

나머지 살수들은 그 갑작스런 움직임에 놀라 한꺼번에 천우막과 석금이에게 달려들었다. 복면인들의 동작은 워낙 신속했기에 천우막과 석금이가 미처 내려서기도 전에 착지 지점에 그물처럼 포진해 있었다.

하지만 또 한 번 뜻밖의 상황이 펼쳐졌다.

"규화타구!"

두 팔을 펼친 채 몸을 수직으로 세워 내려서던 천우막과 석금이의 몸이 갑자기 수평으로 눕기 시작했다.

석금이는 여전히 겁에 질려 눈까지 질끈 감고 있었으나, 그의 등에 찰싹 달라붙은 천우막은 석금이의 팔과 네 다리를 자유자재로 조종하며 타구봉법을 펼치고 있었다.

채, 채, 채, 채, 챙—

마치 바람개비처럼 빠르게 회전하던 타구봉이 복면인들의 검을 사정없이 내리누르는가 싶더니, 어느 순간 그 검들에 튕겨지며 허공으로 떠올랐다. 그러나 그것은 다음 초식을 위한 동작이었을 뿐이다.

"풍구난교!"

검의 반탄력을 이용해 허공으로 솟구쳐 올랐던 석금이와 천우막은 허공의 한 지점에서 몸을 돌돌 만 채 놀라운 속도로 회전했다. 그 회전은 워낙 난잡해서 어느 방향으로 어떻게 도는 것인지 도저히 짐작할 수 없는 것이었다.

석금이의 타구봉 역시 오른쪽에서 찔러 나오는가 싶으면 어느 순간에 왼쪽으로 옮겨져 있고, 또 어느 순간엔 상하로 움직이며 어지럽게 춤을 추고 있었다.

휘, 휘, 휘, 휘, 휙—

어지러운 파공성과 함께 구체를 이룬 석금이와 천우막의 몸이 아래로 떨어져 내렸다. 복면인들은 좀 전과 마찬가지로 착지 지점에 포진한 채 그들을 기다리고 있었으나 방금 전과는 사정이 많이 달랐다.

채, 채, 채, 채, 챙—

"으헉!"

"끄아악!"

타구봉과 검이 맞부딪치는 소리가 들리는가 싶더니 곧바로 몇 명의 복면인들 입에서 비명이 터져 나왔다.

검과 타구봉이 마주치는 사이사이, 회전력을 이용해 휘돌려지던 천우막과 석금이의 발이 복면인들의 정수리를 내리찍고 있었던 것이다.

파, 파, 파, 파, 팟!

열세를 느낀 복면인들은 빠르게 뒤로 물러서며 석금이와 천우막에게 공간을 내주었다. 하지만 일단 석금이와 천우막이 바닥에 착지하며 눕자 다시 빠르게 그들을 조여들기 시작했다.
"사족앙천!"
천우막과 석금이가 튕기듯 바닥에서 떠오른 것도 그 순간이었다.
"허헛!"
"헉!"
복면인들이 미처 검을 뻗치기도 전에 타구봉은 석금이의 오른손을 중심으로 크게 휘돌며 복면인들의 손목을 쳐냈고, 땅을 박찬 탄력을 이용해 다시 허공에 솟구쳤다.
워낙 빠른 움직임이었기에 복면인들은 차마 손도 쓰지 못한 채 멍하니 허공만을 응시해야 했다.
"에히고—"
천우막은 여전히 석금이의 등에 달라붙은 채 나뭇가지 위에 올라앉았다. 그리고 잠시 숨을 몰아쉰 후 입을 열었다.
"석금아, 방금 전에 선보인 것들이 바로 타구십팔초이니라. 무산 아우와 함께 타구봉법을 연마했다더니 제법이구나. 만약 네놈의 몸이 따라주지 않았다면 힘들었을 거야. 푸헤헤! 자, 석금아. 이제 네놈 혼자 해볼 차례이니라. 타구봉은 네 몸의 일부다. 네놈의 피가 타구봉에까지 흐르게 하면 능히 타구봉법을 펼칠 수 있다. 자, 가거라."
"옴마얏—!"
선택의 여지가 없었다. 천우막은 발로 석금이의 엉덩이를 밀어 떨어뜨린 것이다. 석금이는 허우적거리며 그대로 나무 아래로 떨어져 내렸다.
"풍구난교를 시전하거라!"
천우막은 떨어져 내리는 석금이에게 조언을 건넸지만 막상 석금이는 그 초식을 까맣게 잊고 있었다.

차르르륵!

이제껏 멍하니 나무 위의 두 사람을 지켜보고 있던 복면인들이 다급히 진을 이루며 떨어지고 있는 석금이에게 검을 겨누었다.

"우아아악!"

석금이는 아예 두 눈을 감아버린 채 비명을 내질렀다. 하지만 바로 그 순간 누군가의 음성이 들리는 듯했다.

"석금아, 절대 눈을 감지 마라. 상대를 똑바로 쳐다보란 말이야!"

언젠가 늑대의 계곡에서 무산이 했던 말이 뇌리를 스친 것이다.

"이야아앗!"

복면인들의 검단이 가까워질 무렵, 석금이의 몸이 공처럼 말리며 난잡하게 타구봉을 휘두르기 시작했다. 분명 풍교난교와 닮은 형국이었지만 그것은 천우막의 말처럼 석금이의 피가 타구봉에 흐른 것이 아니라, 타구봉의 의지가 석금이의 머리로 전이된 것 같았다.

더욱 기가 막힌 것은, 타구봉이 내뿜는 위력이 방금 전 천우막을 등에 업고 펼쳤을 때보다 훨씬 강했다는 점이다. 마치 강력한 내공이 발산되는 것처럼 석금이의 타구봉은 일대 광풍을 뿜어내며 복면인들을 덮쳐 갔다.

"끄아악!"

"하하학!"

복면인들은 일제히 검과 도를 놓친 채 두 손으로 가슴을 부여안으며 뒤로 나자빠졌다. 그리고 그로 인해 생긴 빈자리에 석금이가 회전을 끝내며 안정된 자세로 착지했다.

쉬이익—

중요한 순간마다 한차례씩 불어오던 산들바람이 다시 석금이의 귀밑머리를 날렸다.

최대한 멋진 자세로 착지 상태를 유지하고 있던 석금이가 누런 이를 드러내며 헤벌쭉이 웃었다.

"이야~ 사부영감, 정말 멋지다. 그런데 사부영감은 등에 업혀 있으면서도 아무런 무게가 느껴지지 않아. 히히, 석금이가 역발산기개세이긴 하지만 사부 몸이 너무 부실한가 보다. 히히히! 어쨌든 빨리 내려와라, 사부영감."

석금이는 방금 전 자신이 펼쳤던 타구봉법이 천우막의 실력이라고 믿고 있었다. 자신의 힘이 아니라 누군가의 힘에 조종되었다는 느낌을 받은 만큼, 천우막이 다시 자기 등에 달라붙은 것으로 생각한 것이다.

하지만 천우막은 여전히 나뭇가지 위에서 아래를 내려다보며 황당한 표정을 짓고 있을 뿐이었다. 두 눈으로 똑똑히 봐놓고도 믿어지지 않았다.

"서, 석금아!"

천우막은 말까지 더듬거리며 여전히 멋진 착지 자세를 유지하고 있는 석금이를 불렀다.

"어라? 사부영감, 언제 또 나무 위로 올라갔나?"

"네놈, 도대체 타구봉법을 몇 성까지 익힌 것이더냐?"

"사부영감, 뭐라고 하는 거야, 지금?"

"……"

천우막은 잠시 고개를 저으며 생각에 잠겼다.

자신의 상식으로는 도저히 납득할 수 없는 상황이었다. 나뭇가지 위에서 석금이를 밀어 떨어뜨릴 때만 해도 사실 큰 기대는 하고 있지 않았다. 만약에 대비해 공력을 끌어올려 옥룡팔장을 날릴 자세까지 취하고

석금이, 거지 되다 121

있었다.
　하지만 결과는 전혀 뜻밖이었다. 석금이는 단 일 초식으로 복면인 전체를 쓰러뜨린 것이다. 실로 대단한 내공이었다.
　한숨까지 내쉬던 천우막은 곧 몸을 날려 나무 아래로 내려갔다. 그리고 석금이의 몸 구석구석을 더듬으며 신체와 공력의 정도를 살폈다.
　"세상에……!"
　석금이의 몸을 살피던 천우막의 입에서 낮은 탄성이 새어 나왔다.
　그저 강골이려니 생각하고 있던 석금이의 몸은 마치 철갑처럼 탄탄한 데다 내력을 주입해 측정한 내공의 정도는 천우막 자신에 버금가는 정도였다.
　"석금아, 혹 양 방주께서 네게 내공을 전수해 준 적이 있더냐?"
　천우막은 여전히 이해할 수 없다는 표정으로 석금이에게 물었다.
　"뭘 줘? 히히, 해구신 할아버지가 석금이한테 제일 많이 준 건 꿀밤이다. 히히. '석금아, 너는 여기가 자주 가려웁게 이 할아비가 두드려 주마이―' 하면서 툭하면 머리를 쥐어박았다. 히히. 그러면 가렵던 머리가 정말 시원해졌다. 히히히!"
　"이거야 원. 네 녀석과 얘기를 하다 보면 나도 머리가 간지럽구나. 하하. 어쨌든 기연도 이런 기연이 있을까? 하늘이 이 천우막에게 석금이라는 보배를 내려주셨구나!"
　천우막은 눈시울이 젖어들 것 같아 고개를 들어 하늘을 바라보았다.
　그 오랜 기다림이 결코 헛된 것이 아니란 생각이 들었다. 양해구의 실종 이후 개방이 겪어야 했던 숱한 위기와 고난이 막을 내리고 있는 느낌이었다.
　'그래, 무림맹 비무대회까지는 아직 시간이 있다. 이 녀석이라면 결코 개방의 얼굴에 먹칠을 하지는 않을 거야. 어휴, 이 끔찍하게 귀여운 녀석이 내 제자라니! 우헤헤헤, 천우막 인생에 이런 날도 있구나. 푸하하하!"

두 손으로 얼굴을 문지르며 기쁨을 감추던 천우막이 갑자기 석금이를 덥석 안았다. 원래 속마음 감추는 재주가 없었던 천우막으로서는 지극히 자연스러운 동작이었다.

하지만 석금이는 화들짝 놀라며 몸을 비비 틀었다.

"오메, 사부영감, 이게 뭔 짓거리랴? 히히, 사부영감이 석금이 좋아하는구나? 우히히!"

"그래, 이놈아. 이 천우막이한테 굴러들어 온 복덩이 좀 안아보자!"

천우막은 두 손에 더욱 힘을 주며 석금이를 꼭 껴안았다. 마치 아들 하나를 얻은 것처럼 가슴이 충만해지는 순간이었다.

"캑캑! 늙은 영감탱이가 어디서 이런 힘이 난다야? 그나저나 영감, 발바닥에 땀나도록 싸움질을 했더니 배고프다. 히히, 사부영감은 배 안 고프나?"

"푸하하하! 이놈아, 난 우리 석금이 얼굴만 봐도 배부르다. 푸하하하!"

천우막은 아예 석금이의 얼굴에 마구 뽀뽀를 해대며 호들갑을 떨었다.

하지만 석금이는 더 이상 몸을 뒤틀지 않았다. 그저, 생전 처음 받아보는 분에 넘치는 사랑에 당혹스러워했을 뿐이다.

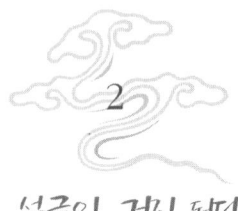

2
석금이, 거지 되다

 잠시의 시간이 지난 후, 흥분을 가라앉힌 천우막은 주변에 쓰러져 나뒹굴고 있는 복면인들 중 한 명에게 다가갔다. 그리고 천천히 복면을 벗겼다.
 "예상대로군!"
 복면 안의 얼굴은 분명 객잔 안에 있던 왜나라 무사 중 한 명이었다. 나머지 얼굴들은 벗겨보나마나 한패일 것이 뻔했다.
 "사부영감, 이놈들 정말 끈질기다. 석금이를 찾아 이곳까지 오다니……! 아휴, 이놈들이 나를 계속 쫓아다니면 어떡하지?"
 석금이는 복면인들이 지난번 화산에서의 일을 복수하기 위해 자신을 쫓아다니는 것으로 생각하고 있었다. 그렇지 않고서야 우연히 두 번씩이나 이렇게 마주칠 수는 없는 일이었다.
 하지만 그것은 어디까지나 석금이만의 생각이었다.
 "곰처럼 생겨먹은 녀석이 제법이구나!"

이제껏 싸움을 지켜보고 있었던 것인지, 나무 위에서 한 사내의 목소리가 들려왔다. 억양이 단순한 반면 차갑게 느껴지는 음성이었다.

천우막과 석금이는 얼른 소리가 난 곳으로 시선을 돌렸다.

멀리 까마득한 나뭇가지 위에 한 사내가 앉아 있는 모습이 보였다. 나뭇잎과 햇빛에 가려 희미하게 보였으나, 그는 얼마 전 취운과 함께 객잔에 들어섰던 또 한 명의 사내가 분명했다.

"네놈의 정체가 무엇이더냐?"

천우막은 이 참에 아예 상대의 정체를 밝힐 생각이었다. 석금이가 착각하고 있는 것과 마찬가지로 천우막 역시 그들이 벽타산의 복수를 위해 자신을 쫓고 있는 남녀혼혼교의 무리일 것이라 넘겨짚고 있었던 것이다.

하지만 천우막의 생각 역시 틀린 것이었다.

"푸하핫! 나는 그대를 아는데, 그대는 나를 모르니 이것 참 섭섭하군."

나무 위의 사내는 가볍게 몸을 날려 천우막과 석금이가 있는 곳으로 내려섰다. 한눈에 보기에도 상당한 실력을 가진 고수임을 짐작케 하는 동작이었다.

"훌륭한 신법이로군. 자네 역시 살수인가? 왜나라의 인자?"

천우막은 흥미롭다는 듯 사내를 바라보며 물었다.

"흔히들 나를 뢰원(雷猿)이라고 하오. 신토(神土) 초혼야수의 제1급 살수. 이렇게 개방의 방주이신 천 대협을 뵙게 되어 영광이올시다."

사내는 이미 천우막에 대해 상세히 알고 있다는 듯 제법 아는 체를 했다. 하지만 그의 말에 반응을 보인 것은 석금이였다.

"초혼야수? 그럴 줄 알았어. 서번에 니희 원숭이영감도 우리 두목이랑 두목 마누라한테 혼났다. 너도 혼나고 싶어서 온 거니?"

석금이는 천우막 옆에 바짝 붙어 서서 큰 소리로 말했다.

"원숭이영감? 푸후훗. 삼불원 소뢰를 만났던 모양이군. 그런 어줍잖은

석금이, 거지 되다 125

늙은이가 우리 초혼야수의 명예를 더럽혔단 말이지? 푸하핫. 그래, 그래서 나 뢰원이 몸소 바다를 건너 이 하찮은 땅에 온 것이다. 너, 미련한 녀석. 오늘 초혼야수 일급살수의 진면목을 보여주마."

뢰원은 흥미롭다는 듯 석금이를 노려보며 말했다.

천둥벌거숭이 뢰원! 그는 바로 어제 아미파의 우담화와 일전을 벌였던 자로, 얼마 전 대륙으로 추가 지원된 초혼야수의 일급살수였다.

왜나라의 살수 집단인 초혼야수에서 뢰원을 보낸 데는 그럴 만한 사정이 있었다.

대륙에 1차로 파견되었던 삼불원 소뢰의 무리에게서 어느 날부터 갑자기 소식이 끊긴 것이다. 그 바람에 내시 초화공은 계획에 많은 차질을 빚게 되었고, 초혼야수에게 추가 지원을 독촉했다. 소뢰의 실종은 곧 계약의 파기를 의미하는 것이었기 때문이다.

하지만 초혼야수 역시 소뢰의 행방을 모르기는 마찬가지였다. 비록 소뢰의 부하들이 초혼야수의 대륙 분타에 속속 모습을 드러냈으나 정작 소뢰 자신은 여전히 종적이 묘연했다.

초혼야수는 한동안 그 문제로 골머리를 앓아야 했다. 그리고 결국 수뇌회의에서 새로이 뢰원을 단주로 30여 명의 정예 부대를 추가 지원하는 쪽으로 결론을 냈다.

대륙에 잠입한 뢰원에게는 두 가지 임무가 맡겨졌다. 첫째는 초화공의 일을 돕는 것이고, 둘째는 사라진 소뢰의 행방을 찾아내는 것이었다.

뢰원의 무리는 대륙에 발을 딛는 즉시 초화공과 연락을 취했고, 곧 그들에게 첫 번째 지시가 내려졌다. 가외체 구소희, 그녀와 무공을 겨루어 보라는 것이었다.

그것은 어디까지나 구소희의 무공 수위를 가늠해 보기 위한 초화공의 계략이었다. 초화공은 화산의 제자가 된 취운을 그들과 동행케 함으로써 구소희의 실력을 확인해 보게 했다. 어차피 취운은 무림맹 비무대회에서 구소희를 꺾어야 했기 때문이다.

어제 대장간 골목에서 취운은 몰래 숨어 구소희의 실력을 확인할 수 있었고, 오늘 중으로 사천성을 떠날 예정이었다. 그런데 객잔에서 우연히 천우막과 석금이를 만나게 되면서 계획은 얼마간 수정되었다.

취운은 첫눈에 천우막의 정체를 알아챌 수 있었고, 이 참에 타구봉법의 위력을 확인하고 싶었다. 그래서 또다시 뢰원에게 천우막과 석금이를 암습하라는 지시를 내렸다. 그러므로 지금 이 순간 취운은 또 숲의 어디에선가 천우막 일행을 지켜보고 있을 것이다.

하지만 천우막이나 석금이가 그런 사정을 알 리 없었다. 그들은 단지 뢰원이 자신들과 어떤 원한 관계를 가지고 있겠거니 넘겨짚고 있을 뿐이었다.

"그나저나 네놈이 삼불원 소뢰의 행방을 알고 있느냐?"

뢰원은 뒤늦게 생각났다는 듯 석금이에게 소뢰의 종적을 물었다. 어차피 자신의 두 번째 목적은 소뢰의 행방을 찾는 것이었기 때문이다.

"히히, 석금이가 말했잖냐. 그 원숭이영감은 우리 두목한테 혼찌검이 나서 도망갔다."

"너희 두목? 그놈이 누구지? 지금 어디 있지?"

아직 석금이에 대해 많은 것을 알지 못하고 있는 뢰원은 다소 긴장한 음성으로 물었다. 솔직히 방금 전 석금이가 시전한 타구봉법은 상당히 위력적인 공격이었다. 그런데 그 두목이라면 더 막강한 실력을 가진 자라고 판단할 수밖에 없었다.

뢰원으로선 자신이 석금이를 상대할 실력이 되는지조차 의심스러웠다.

지금 그가 믿고 있는 것은 여전히 숲에 숨어 있는 10여 명의 부하들과 가외체 취운이었다. 조금이라도 위기가 닥친다면 취운에게 도움을 청할 생각이었다.

"히히, 우리 두목은 천하무적 무산이다. 세상에서 제일 빠르고 제일 힘센 장사다. 너나 원숭이영감 같은 건 백만 명이 덤벼도 상대가 안 된다. 히히히……!"

석금이는 무산을 생각하자 갑자기 신이 나는지 들고 있던 타구봉으로 바닥을 마구 내려치며 웃어 젖혔다.

'백만 명? 이 녀석, 정말 바보 아냐? 꼴을 보아하니 열까지도 세지 못할 것 같은데…….'

뢰원은 의식적으로 석금이를 무시하면서도 은근히 두려움을 느끼기 시작했다. 웬만한 상대는 뢰원 자신의 몸에서 뻗치는 강력한 살기에 압도되어 주눅 들기 마련인데 석금이에게선 조금도 그런 기색이 느껴지지 않았다.

'하긴… 어차피 내 목적은 이자들과 목숨을 걸고 싸우는 것이 아니다. 단지 얼마간의 실력만 가늠해 보면 되는 것. 그나저나 초혼야수의 일급 살수가 이런 구차한 일까지 도맡아야 하다니. 취운, 저자가 얼마나 대단하기에……!'

불만은 많았으나 뢰원으로선 어쩔 수 없었다. 가외체라는 구소희의 실력을 어제 직접 보았으므로, 취운의 실력도 자신으로선 가늠하기 힘든 정도라는 것을 잘 알고 있었다. 그러니 좋든 싫든 당장은 그가 원하는 대로 움직여야 했다.

"뭐, 바보랑 이야기를 나누는 것도 나쁘진 않지만 내가 또 그렇게 한가하지만은 않구려. 천 방주, 잠시 개방의 무공 실력을 좀 봐도 되겠소?"

뢰원은 어딘가에 숨어 자신을 지켜보고 있을 취운을 의식하며 어쩔 수 없다는 듯 도(刀)를 빼 들어 천우막을 겨누었다.

"석금아, 저 녀석의 몸에서 뻗치는 기도가 상당히 정교하구나. 잘 가다듬어진 살수다. 이 사부가 직접 상대하고 싶지만, 우리 개방의 체면이 있으니 이번에도 네가 나서보거라."

천우막은 한 걸음 뒤로 물러서며 석금이에게 말했다. 석금이의 무공 수위를 다시 한 번 확인할 수 있는 좋은 기회로 여긴 것이다.

"시… 싫다, 사부영감. 석금이는 싸움 안 좋아한다."

석금이는 화들짝 놀라며 자기도 한 걸음 물러서서 천우막에게 찰싹 달라붙었다.

그 커다란 덩치가 천우막에게 붙어 있는 꼴이 다소 우습기는 했으나, 석금이에겐 나름대로 절실한 문제였다.

하지만 천우막의 태도는 단호했다.

"석금아, 잘 들어라. 이제부터 네가 살아가야 할 곳은 강호이니라. 강호에서는 자기 몸은 스스로 돌볼 수 있어야 하지. 그것은 좋고 싫고의 문제가 아니니라. 그나마 지금은 이 사부가 있으니 죽을 걱정은 없지만, 다음엔 너 혼자 이런 고비들을 넘겨야 하느니라. 석금아, 이미 말했듯 네놈 하나쯤은 지켜줄 실력이 되니 오늘은 아무 걱정 하지 말고 한번 겨루어 보거라. 네놈의 마음이 흐르는 대로 몸이 흘러가게 내버려 두면 되는 것이니라."

말을 마친 천우막은 다시 한 번 석금이의 엉덩이를 발로 밀어 앞으로 내보냈다.

"으거… 걱……!"

석금이는 내력이 실린 천우막의 발길질에 무작정 앞으로 튀어 나가다가 서슬이 퍼렇게 선 뢰원의 도를 보고는 앞으로 나자빠지며 어렵게 멈춰 섰다. 아니, 엎어져 멈췄다.

"천 방주, 지금 나 뢰원을 무시하는 거요? 이미 말했듯 나는 초혼야수

석금이, 거지 되다 129

의 일급살수요. 이런 어리버리한 곰딴지를 상대할 인물이 아니란 말이지!"

석금이의 타구봉법을 보지 못한 것은 아니나, 뢰원으로서는 석금이가 얼마간 자존심이 상하는 상대로 받아들여졌다. 무엇보다 정상적인 사고능력이 없어 보였기 때문이다.

"이놈! 저 아이는 나 천우막의 수제자이니라. 감히 왜나라의 일개 살수 따위가 개방의 후학을 무시하는 것이냐? 만약 저 아이를 꺾는다면 그때는 내가 아무 소리 없이 네놈을 상대해 주마. 푸하하하!"

천우막은 뢰원의 기를 꺾기 위해 큰소리를 치기는 했으나 얼마간 걱정이 되는 것도 사실이었다. 하지만 방금 전 석금이가 보여주었던 타구봉법이라면 충분히 뢰원을 상대할 수도 있을 듯했다.

"이거야 원! 천둥벌거숭이 뢰원이 오늘 곰이랑 놀게 생겼군! 하지만 천 방주의 생각이 정 그렇다면 어쩔 수 없는 일이지!"

뢰원은 역시 살수였다. 말이 끝나자마자 도를 곧추세워 그대로 석금이를 공격해 들어간 것이다.

석금이는 미처 방어할 자세도 취하지 못한 채 여전히 널브러져 있었으므로 뢰원은 그 기회를 십분 이용할 생각이었다.

"타핫!"

뢰원의 도가 정확히 석금이의 정수리로 내리꽂히는 순간, 석금이는 다급히 타구봉을 들어 그 도를 막아냈다.

"허거걱……!"

뢰원의 입에서 낮은 신음이 새어 나왔다.

뜻밖의 일이었다. 뢰원은 석금이가 타구봉으로 도를 막는 것까지를 계산해 공력을 실어 내려쳤으나, 오히려 타구봉과 마주치는 순간 자신의 도가 튕겨 나왔던 것이다.

'이 미련한 녀석에게 이 정도의 공력이 있었단 말인가?'
 뢰원은 뒤로 몇 발자국 물러서며 다시 자세를 가다듬었다. 방심을 하다간 자칫 당할 수도 있겠다는 생각이 들었던 것이다.
 "잘했다, 석금아. 초식을 기억하려 하지 말고, 그저 네 본능에 따라 움직이거라."
 방금 전 석금이의 방어를 보고 있던 천우막이 흐뭇한 웃음을 웃으며 조언했다. 하지만 석금이는 여전히 불만이 많았다.
 "사부영감, 이렇게 불리한 싸움이 어디 있어? 저놈은 칼을 들고 싸우는데 석금이는 막대기 가지고 싸워야 한다. 나 안 싸울래."
 "석금아, 저 녀석의 칼보다 네 막대기가 더 길지 않느냐. 이 사부가 보기엔 네놈이 더 유리한 것 같구나. 게다가 힘도 석금이가 더 센걸."
 천우막의 말에 석금이는 잠시 자신의 타구봉과 뢰원의 도를 번갈아 쳐다보다가는 헤벌쭉이 웃었다.
 "히히, 그러고 보니 그렇네. 너, 젊은원숭이. 함부로 까불다가는 이 석금이한테 혼날 줄 알아. 석금이는 역발산기개세야. 약 장사 보조 시절에 나는 우리 흑곰이랑 팔씨름을 해서도 이겼어. 너처럼 빼빼 말라깽이는 팔목 잡고 덤벼도 안 될걸? 히히, 내 말이 거짓말 같으면 너, 우리 흑곰이랑 팔씨름 한번 해봐. 내가 야산에 풀어줬으니까 야산에 가면 만날 수 있어. 어느 야산이냐 하면… 히히. 그냥 야산이야."
 석금이는 타구봉의 한 끝을 잡은 채 마구잡이로 흔들며 되는대로 지껄여 댔다.
 '이거야 원. 아무리 보아도 무공의 기초조차 닦이지 않은 녀석이건만, 순발력과 힘만은 상상을 초월한다. 개방의 무공이란 것이 원래 이런 마구잡이일까? 하긴… 개나 때려잡는 봉법을 정통 봉술과 같이 생각하면 곤란하겠지.'

뢰원은 갑자기 머리가 복잡해지기 시작했다.

창술과 봉술, 검법, 각종 암기의 달인인 자신이 보기에 석금이의 봉법은 결코 무술로 봐주기 어려운 정도였다.

하지만 막상 덤벼들고자 하면 빈틈이 보이지 않았다. 아직 대륙의 무술에 익숙하지 않은 탓인가 싶기도 했으나 꼭 그런 것 같지도 않았다.

'하긴… 나는 살수다. 정정당당한 싸움이라면 살수에겐 불리하기 마련이다. 내가 너무 성급했던 것일까? 아니지, 아무리 그래도 초혼야수의 일급살수인 내가 지금 무슨 생각을 하고 있는 거지?'

사실 석금이와 뢰원의 무공은 비교될 수 없는 것이었다. 뢰원은 날 때부터 살수였고, 석금이는 무공의 기초조차 알지 못하는 무지렁뱅이에 불과했다.

다만 석금이는 독룡의 영체를 삼킴으로써 측정이 쉽지 않을 정도의 내공이 생겼고, 그것이 지금 뢰원을 혼란에 빠지게 한 것이다.

대륙 잠입 이후 최고의 혼란에 빠져든 뢰원은 조금씩 자세가 흐트러지고 있었다. 하지만 그것도 잠시, 뢰원은 서서히 공력을 끌어내 도에 실으며 일격을 준비했다. 더 이상 시간을 끌 수 없었다.

한순간, 뢰원의 도에 푸르스름한 기운이 맴돌더니 곧장 아래에서 위로 치켜 올려지며 석금이를 향해 뻗어 나갔다.

파, 파, 파, 파, 팟!

바닥의 자갈이 일직선으로 튀어 오르며 석금이에게 빠르게 다가갔다. 그사이 뢰원의 도는 가슴 높이까지 치켜 올려져 횡으로 뻗어 나가고 있었다.

"우아악—"

석금이는 일단 소리부터 내지른 후 뒷걸음질하기 시작했다. 하지만 뢰원의 동작이 워낙 빠른 만큼 두 사람의 거리는 금세 가까워졌다.

'역시 호락호락한 상대가 아니다. 도기(刀氣)와 도신이 따로 움직이고 있다. 어느 것 하나 만만하지 않아.'

천우막은 뢰원의 공격에 흠칫 놀랐으나 그저 가만히 지켜보고만 있었다. 석금이가 어떤 식으로 대처할지 살펴보기 위해서였다. 물론 좌수와 우수에 공력을 넣어 언제든 뢰원의 공격을 쳐낼 준비를 하고 있었다.

'석금이가 생각이 있는 녀석이라면 일단 허공으로 떠오를 것이야. 그 다음 파상적인 공격을 퍼부어야겠지…….'

그렇게 생각을 하면서도 천우막은 큰 기대는 하고 있지 않았다. 그 정도의 공수를 익히기 위해선 상당한 기간 동안 무공을 연마해야 했기 때문이다.

그러나 석금이는 잠시 후 예상 밖의 공격을 펼쳤다.

"그래, 원숭아. 맞짱 한번 떠보자!"

석금이는 뒷걸음질을 멈춘 채 몸을 앞으로 기울이며 뢰원을 향해 달려들기 시작했다. 손에 들려 있던 타구봉은 바닥을 긁다시피 치켜 올려지는가 싶더니 곧장 뢰원의 도에 맞서 가슴 높이에서 휘둘러졌다.

촤, 촤, 촤악! 쿠쿵……!

뢰원의 도와 석금이의 타구봉이 서로 마주치기 전, 바닥을 울리며 돌진해 나가던 두 기운이 서모 맞부딪쳐 폭사했다. 그리고 그 자욱한 먼지를 가르며 두 사람이 서로를 향해 돌진했다.

채, 채, 챙……!

칼과 나무가 아니라, 마치 쇠와 쇠가 부딪치는 듯한 금속성이 들려왔다.

천우막은 순간 당혹감을 느껴야 했다. 두 기운의 폭사에 정신이 팔려 미처 석금이와 뢰원의 충돌을 제지하지 못한 것이다. 석금이가 위기에 빠져들 경우 언제든 뢰원의 공격을 쳐낼 준비를 하고 있었으나 너무 늦었다. 그저 석금이가 무사하기를 빌어야 할 형편이었다.

잠시 후, 먼지가 걷혔다. 그리고 대치 상태에 있는 두 사람의 모습이 드러났다.

'석금아……!'

천우막은 크게 가슴을 쓸어 내렸다. 적어도 석금이가 아직까지는 무사히 뢰원의 도를 막아내고 있었던 것이다.

석금이와 뢰원은 타구봉과 도를 허리 높이에서 서로 대각선으로 내뻗은 채 힘겨루기를 하고 있었다. 한 가지 이해할 수 없는 것은 석금이가 타구봉을 잡은 자세였다. 석금이는 마치 도를 집고 있는 듯한 자세로 타구봉의 윗부분을 쥐고 있었던 것이다.

생각해 보면 방금 전, 석금이가 펼쳐 보인 초식 역시 타구봉법이라기보다는 검법이나 도법에 가까운 것이었다.

'석금이 저 녀석, 정말 황당하군……!'

천우막의 입가에 쓴웃음이 어렸다. 석금이는 본능적으로 뢰원의 도법을 흉내 내고 있었다. 문제는 한 번 본 그 도법이 뢰원에 버금가는 위력을 발휘하고 있었다는 것이다.

천우막으로서는 정말이지 이해할 수 없는 일이었다. 석금이에게 그 정도의 자질이 있었다면 이제껏 타구봉법을 제대로 익히지 못할 이유가 없었다. 무산의 말대로 석금이가 한동안 타구봉법을 연마했다면, 방금 전 상황에선 당연히 타구봉법의 초식이 나왔어야 했다. 적어도 무산이었다면 그랬을 것이다.

"어쭈! 정녕 나 뢰원의 도를 막아냈단 말이지?"

뢰원 역시 지금의 상황을 받아들이기 어려웠다. 자신의 절기인 주호비황도법(走虎飛凰刀法)이 석금이에게 막힐 것이라고는 상상도 하지 못했던 것이다.

"히히! 지금까지는 놀아준 것에 불과혀. 석금이는 역발산기개세여!"
정작 속 편한 것은 석금이 혼자였다.
석금이에게 있어 더 이상 뢰원은 두려운 상대가 아니었다. 일단 싸움이 벌어지면 자신이 알지 못했던 힘이 솟구치고, 공포가 사라졌다. 그때부터는 온전하게 즐기는 싸움이 시작되는 것이다. 지금도 마찬가지였다.
석금이는 타구봉을 잡고 있던 두 손 중 왼손을 슬며시 거둬들인 후 곧장 뢰원의 두 손목을 거머쥐었다. 그리고 솥뚜껑만큼 커다란 그 손바닥에 서서히 힘을 실었다.
"으으으……!"
뢰원의 입에서 서서히 신음이 새어 나왔다. 초혼야수 일급 살수의 체면이 구겨지는 순간이었다. 마치 손목이 으스러질 것처럼 심한 통증이 느껴졌다.
하지만 그 순간이었다.
"타합!"
뢰원의 입에서 뇌성 같은 기합이 터져 나오는 것과 동시에 손목을 쥐고 있던 석금이가 바닥으로 나동그라졌다. 손목을 비트는 방향으로 기울어지는가 싶던 뢰원이 완전히 한 바퀴 회전하며 두 발로 석금이의 턱을 가격했던 것이다.
"어이쿠─메!"
석금이는 타구봉도 놓친 채 바닥을 구르며 턱을 어루만졌다.
뢰원 역시 자신의 손목을 어루만지며 바닥에 나동그라져 있는 석금이를 황망한 시선으로 쳐다보았다. 낭상이나도 도를 들어 찍어내고 싶었으나, 또 어떤 일이 벌어질지 장담할 수 없는 상황이었기에 망설이고 있던 것이다.
"이 어린 원숭이 놈. 어이쿠, 석금이 턱이 빠진다……!"

석금이는 별 위기감 없이 장난이라도 치다가 한 대 얻어맞았다는 듯 투정만 늘어놓고 있었다.

휘이— 휙!

숲 어디선가 긴 휘파람 소리가 들려온 것도 그때였다.

싸움을 지켜보고 있던 천우막이 재빨리 고개를 돌려 휘파람이 들려온 곳을 향했으나 아무것도 없었다. 그저 나뭇가지들이 바람에 스치며 살랑이고 있었을 뿐이다.

"다음에 보자!"

뢰원은 짧은 말을 남긴 채 쏜살같이 달아나기 시작했다. 방금 전 휘파람 소리는 철수를 알리는 신호였던 것이다.

"야, 이 어린 원숭이 놈! 맞짱 뜨다가 어딜 달아나냐? 역발산기개세 석금이하고 팔씨름 한번 하고 가자, 이 치사한 놈아!"

이제껏 나뒹굴고 있던 석금이가 갑자기 발딱 일어서며 소리를 내질렀다.

뢰원이 비교적 멀찍이 사라진 다음이었다. 하지만 워낙 큰 목청이었기에 숲으로는 또 한 차례 메아리가 울려 퍼졌다.

"역발산기개세 석금이하고 팔씨름 한번 하고 가자, 이 치사한 놈아—!"

3
석금이, 거지 되다

자정 무렵, 사천성 외곽의 한 야산.

달빛을 밟으며 이동해 가던 한 무리의 흑의인들이 제법 널찍한 동굴 앞에 멈추어 섰다. 노숙이라도 하려는 것인지 몇몇 사내가 땔감을 줍고 모포를 까는 등 분주하게 움직이고 있었으며, 그 한 켠에선 두 명의 사내가 나무 그루터기에 앉아 낮게 담소를 나누기 시작했다.

"뢰원, 그대가 보기에 구소희의 무공이 어느 정도나 되는 것 같던가?"

먼저 말을 꺼낸 사내는 취운이었다. 그는 호로병에 들어 있던 술을 한 모금 들이킨 후 그것을 뢰원에게 건네며 물었다.

"직접 겨루지는 않았으나 그 잠재력만은 가히 느낄 수 있겠더이다. 지존께서도 지켜보셨겠지만, 순식간에 제 수하 나섯을 잃었습니다. 이제껏 그처럼 능란하게 검을 다루는 이는 보지 못했습니다."

뢰원은 취운이 건넨 호로병을 받아 한 모금 들이킨 다음 다소 격앙된 음성으로 말했다. 취운과는 이미 오래전부터 알고 있었던 듯 지존이란 칭호까지 붙여가며 깍듯하게 예의를 지키고 있었다.

그동안 취운은 화산에 머물며 장문인 백의천과 수피만각 조웅천을 위시한 사대장로, 화산의 전대 장문인인 유성파천 정경신 등에게 화산의 절기들을 차례로 전수받아 왔다. 비록 짧은 기간이었으나 화산의 수뇌 모두가 혀를 내두를 만큼 완벽하게 취운은 그 절기들을 소화해 냈다.

백의천과 정경신은 취운에 대한 신뢰와 기대를 나날이 더해갔다. 화산파의 절기 이외에도 자신들이 간직하고 있던 서책을 통해 전대 기인들이 이루었던 많은 무공들을 익히게 하는 한편, 화산의 역사와 구성에 대해 차근차근 알려주었다.

그들이 취운에게 그렇게 모든 것을 내주듯 공을 들이는 데는 그만한 사연이 있었다. 어느 날 초화공으로부터 그의 출생에 관한 이야기를 듣게 되었기 때문이다.

"지존, 만약 무림맹 비무대회에서 그 아이와 마주치게 된다면 승리를 장담할 수 없습니다. 그 아이의 검법은 정말이지 오묘했습니다. 마치 살수의 검처럼 냉정하고 깨끗했습니다."

다시 호로병을 받아 아무 말 없이 술을 비우고 있는 취운에게 뢰원이 낮은 음성으로 말했다.

취운의 무공 수위를 모르는 것은 아니었으나, 자신이 지켜본 구소희 역시 만만치 않은 상대임을 깨닫고 있었던 것이다.

하지만 그의 말은 취운을 다시 상념에 잠기게 했다. 구소희 때문이 아니었다. '살수의 검'이란 한마디 때문이었다.

'살수의 검이라……!'

취운이 자신의 과거에 대해 기억하고 있는 것은 많지 않았다. 다만, 그

많지 않은 기억들은 꿈속에서조차 자신을 놓아주지 않았다.
 초화공 역시 취운과 같은 기억과 악몽을 가진 채 살아가는 사람이었다. 그런 까닭에 취운의 이야기는 곧 초화공의 이야기이기도 했다.
 취운은 본래 과거 대장군 출신인 장영이란 인물의 손자로, 그 아비 역시 무관이었다. 아비의 이름은 유원, 그에게 무공을 전수해 준 사람은 초화공이었다.
 그 복잡한 인연의 시작은 지금으로부터 50여 년 전으로 거슬러 올라간다.
 초화공은 본시 대장군 장영과는 동문으로, 본명은 류지목이었으며 젊은 나이에 관직을 등지고 낙향해 조용히 초야에 묻혀 살았다. 은둔거사란 별칭이 붙은 것도 그 때문이었는데, 사실상 그의 도장엔 단 한 명의 제자도 없었다.
 은둔거사 류지목은 고향인 감숙성에서 그렇게 한가한 나날을 보내고 있었다. 그런데 어느 날 동문이자 친구인 장영이 찾아와 자신의 아들인 장유원을 맡겼다. 친구 류지목을 자기 아들의 사부로 모신 것이다.
 류지목은 차마 친구의 청을 거절할 수 없어 장유원을 제자로 받아들였는데, 그때 장유원의 나이 5세였다.
 장영은 대장군이란 직책으로 인해 수시로 변방을 돌아야 했고, 그가 믿을 수 있는 이는 친구인 초화공, 아니, 류지목밖에 없었던 것이다.
 어쨌든 초화공은 장유원에게 무공은 물론 학문까지 직접 가르치게 되었고, 그렇게 15년의 세월이 흘렀다.
 장유원의 나이 20세. 그는 아비의 후광없이 스스로 무관 시험에 응시해 장원으로 급제했다. 얼마 후 황실의 연회에 아비 장영과 함께 참석했다가 현재 사평왕이 된 이안과 만나게 되었다. 그리고 그의 친누이인 우희와도 인연을 맺었다.

당시만 해도 이안과 우희는 황제의 총애를 받던 어미 화비(花妃)로 인해 행동에 아무런 거리낌이 없었다. 그들의 어미는 비록 비(妃)에 불과했으나 황제의 마음을 단단히 사로잡아 한편에선 황제의 후계자로 이안이 거론될 정도였다.

이안은 호걸의 기상이 엿보이던 장유원과 의형제를 맺게 되었고, 그날 이후 장유원과 이안, 우희는 거의 매일 붙어 있다시피 했다. 장유원이 황실의 호위를 책임지는 근위대의 부장으로 근무하게 된 것도 그런 인연을 바탕으로 한 것이었다.

문제는 전대 황제가 갑자기 병들어 누우면서부터 복잡하게 얽혀갔다. 그동안 이안을 견제하고 있던 황후가 황제의 권위를 빌어 자신의 입지를 굳혀가기 시작한 것이다.

황후에게는 단 한 명의 아들이 있었는데, 그가 바로 현 황제가 된 황태자 목이었다. 당시만 해도 황태자 목은 나이 여섯의 심약한 어린아이였고, 이안과는 15년의 나이 차가 있었다. 그 상태로 황제가 죽는다면 아무도 그의 앞날을 장담할 수 없는 형편이었다.

태후가 사평왕을 비롯한 수많은 이복형제들을 견제하며 자신의 입지를 굳히기 위해 발버둥 친 데는 그러한 배경이 있었다.

하지만 황제의 마음은 여전히 화비와 그녀의 자식들인 이안, 우희에게 있었다.

병중에 있던 황제가 딸 우희와 장유원의 혼례를 추진하기 위해 대장군 장영을 부른 것도 그 무렵이었다. 죽기 직전 자신이 총애하던 딸을 시집보내고자 하는 소망이 있었던 것이다.

그러나 황제라고 해도 장영에게 그 일을 강요할 수는 없었다. 민감하게 돌아가고 있는 황실의 사정을 황제 자신도 잘 알고 있었다. 태후의 성격을 잘 알고 있으므로 차후 어떠한 화가 불어닥칠지 모르는 일이었다.

앞날이 불분명한 시기였다.

장영의 주위에 있던 많은 지기들은 그에게 혼례에 응하지 말 것을 강력히 권고했다. 태후의 눈에 거슬리거나 화비와 인연을 맺는 것이 얼마나 위험한 일인지 잘 알고 있었기 때문이다. 특히 장영은 대장군의 직위에 있는 만큼 그 혼례가 의미하는 바는 큰 것이었다.

하지만 평소 강직하기로 소문나 있던 장영은 아들 장유원의 뜻을 물어 확인한 후 곧 그 혼례를 추진했다. 그로서는 아들의 뜻을 저버릴 수도, 황제의 뜻을 거역할 수도 없었다. 그러나 그것은 분명 비극을 동반할 수밖에 없는 선택이었다.

장유원이 우희와 혼례를 치른 지 6년 만에 황제가 별세했고, 황실에선 그때부터 숙청의 바람이 거세게 몰아치기 시작했다.

숙청의 제1대상은 예상대로 황태자 목의 이복형제들이었다.

한 뿌리에서 났으되 서로 다른 가지에서 맺게 된 열매라는 이유로 살벌한 피의 바람이 몰아친 것이다. 원래 30여 명에 달했던 황손들은 황제의 장례가 치러지는 사이 채 다섯도 남지 않게 되었다.

놀라운 것은 황태자 목의 최고 경쟁자이던 이안이 그때까지 목숨을 부지할 수 있었다는 점이다. 하지만 그것은 결코 황후의 관용 덕분이 아니었다.

이안이 무사할 수 있었던 데는 두 가지 이유가 있었다.

첫째는 황제의 죽음과 동시에 이안의 어미인 화비가 자결을 했기 때문이다. 화비로서는 그것이 최선의 선택이었고, 피할 수 없는 희생이었다.

화비는 황제의 죽음이 곧 자신과 이안, 우희의 죽음을 의미한다는 것을 잘 알고 있었다. 그래서 태후가 자신의 목을 치기 전에 먼저 선수를 친 것이다.

화비가 남긴 유언장에는 황제에 대한 애틋한 사랑과 함께 황태자 목의 황제 등극을 축하하며 충성을 다짐하는 글이 담겨 있었다. 따라서 외적으로는 황제의 죽음을 슬퍼해 자결한 열녀로 남게 되었다.

막상 화비가 그렇게 나오자 태후로서는 이안을 칠 명분이 없어진 셈이었다. 아니, 오히려 그를 감싸주는 모습을 보여주어야 했다. 그래서 어쩔 수 없이 이안에게 황태자 목에 대한 충성 서약을 받아내는 것으로 살려둘 수밖에 없었다.

하지만 그것뿐이었다면 역시 이안은 살아남을 수 없었을 것이다. 정치란 그렇게 정에 얽매여 실속을 잃거나 간단하게 풀어질 수 있는 것이 아니기 때문이다.

이안을 살린 두 번째 조력자는 바로 화비와 사돈을 맺은 장영이었다. 그때까지도 장영은 대장군의 직위를 가진 채 변방에 머무르고 있었으므로, 태후는 그의 세력을 염두에 두지 않을 수 없었다.

자칫 이안을 침으로써 장영과 원수를 맺게 된다면 그가 이끄는 세력이 황실에 저항할 수도 있는 문제였다. 태후는 일단 1차 제거 대상들을 차례로 숙청한 후 황실의 안정을 꾀하는 데 치중했다. 이안을 쳐내는 것은 그 이후에도 가능했으므로.

이안은 그렇게 첫 번째 위기를 넘기게 되었으나 그 기간은 결코 길지 않았다. 일단 숙적을 제거하고 황태자 목을 황제의 자리에 앉힌 태후는 곧 섭정에 들어갔고 단시일 내에 자신의 지지 기반을 확고히 하게 된 것이다.

이후 그녀는 불씨로 남아 있는 이안과 장영을 제거하기 위한 수순에 들어갔다.

황실이 안정된 후 태후가 제일 먼저 한 일은 대장군 장영에게 역모죄를 덮어씌운 것이었다. 일단 장영을 수도로 불러들인 태후는 궐 내에서 무장이 해제되어 있는 장영을 직접 잡아들였다. 동시에 장영 일족을 체

포하고 그를 추종하는 세력을 제거했다.

장영으로선 미처 손쓸 틈도 없었다. 궐에 들어서자마자 수백의 군사가 자신을 포위하고 압박해 들어온 것이다.

마침 장유원과 우희, 그리고 그들의 다섯 살 난 어린 아들은 북경 외곽에 분가해서 살고 있었으므로 당장의 화는 면할 수 있었다. 그러나 이미 세상 어느 한곳 의지할 데 없는 형편이 되었다.

이안이 은밀히 보낸 수족으로 인해 장유원과 우희는 관군을 피해 류지목의 집으로 숨어들었으나 곧 전국에 그들 가족의 수배령이 내려졌다. 관군에게 잡히는 것은 시간문제였으며, 버틴다 한들 내일이 있는 것도 아니었다.

이안의 사정 또한 풍전등화였다. 더 이상의 바람막이가 없었다. 태후는 장영의 역모죄에 이안을 얽어 넣기 위해 만반의 준비를 하고 있었던 것이다. 아니, 이안을 제거하기 위해 대장군 장영을 친 것이었다.

하지만 이안은 큰 인물이었다. 자식들을 살리기 위해 스스로 목숨을 끊었던 화비처럼, 이안 역시 뜻밖의 행동을 저질렀다.

사태를 수습하기 위해 이안이 가장 먼저 행한 일은 자신의 남성을 거세(去勢)한 일이다. 그는 몸을 추스른 후 거세된 자신의 남성을 상자에 넣어 직접 태후를 찾아갔다. 그리고 태후에게 그 상자를 바치며 자신의 무죄를 주장했다.

그것뿐이 아니었다. 마침 태후와 함께 자리해 있던 나이 어린 황제에게 다가가 그의 발에 연신 입을 맞추며 충성을 맹세했다.

그런 이안의 행동에 태후는 앙천내소했다. 비로소 모든 싸움이 끝났음을 자신하게 된 것이다. 태후의 웃음은 단순히 정치적 승리만을 의미하는 것은 아니었다. 그것은 여자로서의 한 맺힌 세월을 속 시원히 털어내는 웃음이기도 했다.

지아비의 사랑을 다른 여인에게 빼앗겨야 했던 여자의 한, 태후는 그 순간 그 뿌리 깊은 한을 떨쳐 낼 수 있었다.

황제의 죽음과 함께 시작되었던 숙청은 이안의 거세로 막을 내렸다. 태후의 치맛바람으로 거의 대부분의 황손들이 죽어 나갔고, 이제 황실은 태후에 충성하는 간신배들과 문약하며 줏대없는 문신들로 채워지게 된 것이다.

이안은 수치스런 황손으로 황실에 남게 되었다. 태후에게 있어 스스로 남성을 거세한 이안은 더 이상 적도, 원수의 자식도 아니었다. 남자에게 있어 거세의 의미는 죽음이나 절대굴복과 같은 것이었기 때문이다.

하지만 우희는 아니었다.

얼마 후, 장유원과 우희 역시 비참한 최후를 맞게 되었다. 태후로선 깨끗한 결말을 원했고, 그것은 우희와 억울하게 누명을 쓰고 죽은 장영의 아들 장유원의 죽음을 뜻했다.

숙청의 바람이 잦아든 지 약 두어 달쯤 지나서였다. 류지목이 마련해 준 은신처에 숨어 있던 장유원과 우희는 어린 아들과 함께 왜나라로 밀항하기로 결심했다. 더 이상 이곳에 남는다 해도 아무런 희망이 없었기 때문이다.

류지목은 사제 간의 정을 생각해 직접 그들에게 길을 안내하며 성문을 벗어나고자 했으나 그곳에서 그만 관군에게 발각되고 말았다. 어쩔 수 없는 일이었다. 일행은 그곳에서 필사적으로 관군과 대항하며 달아났다.

하지만 도중에 장유원이 관군의 화살에 맞아 부상을 입게 되었다.

산길에 매복해 있던 관군들이 일제히 화살을 날렸는데 그 순간 장유원이 아이를 안고 있던 류지목을 몸으로 덮쳤던 것이다. 류지목은 장유원의 아이를 안은 채 산비탈을 굴렀고, 어렵사리 포위망을 뚫을 수 있었으나 장유원과 우희는 끝내 그곳에서 죽음을 맞이했다.

이후 류지목은 지인에게 장유원과 우희의 외아들인 취운을 맡겨 왜나라에 보냈다. 젊은 시절, 그곳에서 많은 무인들과 친분을 쌓아온 바 있었기에 도움이 되어주리라 믿었던 것이다.

그리고 류지목 자신은 이안이 그랬던 것처럼 스스로 거세했다. 살아남기 위해서가 아니라 복수하기 위해서였다. 자신의 지기와 제자의 죽음에 대한 복수.

그렇게 세월이 흘렀고, 그사이 많은 변화가 있었다.

태후의 죽음 이후 황제는 문약하고 줏대없는 신하와 아부만을 일삼는 간신배들 사이에서 실정만을 일삼는 무능한 황제가 되었다. 반면 이안, 즉 지금의 사평왕은 거세당한 남자임에도 불구하고 많은 세력을 흡수하며 기반을 튼실하게 쌓았다. 그리고 류지목은 사평왕의 도움을 받아 초화공이란 거물로 거듭날 수 있었다.

지금의 초화공과 취운을 만들어낸 과거는 이렇듯 치열하고 끔찍한 것들이었다. 그럼에도 초화공에게 반감을 가지고 있는 황실 일각이나 강호에서는 그에 대한 허무맹랑한 소문을 만들어놓곤 했다.

어린 시절 빼어난 미소년이었던 초화공이 남색을 밝히던 전전대 황제의 눈에 띠 총애를 받았다는 둥, 후대의 황제들이 그를 어머니나 할머니 모시듯 모셨다는 말 따위가 그것이었다. 오로지 복수의 일념으로 살아온 초화공은 알게 모르게 많은 적들을 만들어낸 것이다.

'실수의 검······! 사조부님이나 내 가슴에 맺혀 있는 한이 그런 것일까······?'

긴 상념에 잠겨 있던 취운은 다시 술병을 기울여 술을 들이켰다. 어제 오늘 보았듯 강호에는 수많은 잠호와 와룡이 도사리고 있었다.
 하지만 그들조차도 취운 자신의 가슴에 품어져 있는 살수의 검을 꺾을 수는 없을 것 같았다.

5장 고수열전

후생가외란 말이 있다.
후학을 두려워하라는 의미다.
하지만 그 말의 이면엔
세월에 대한 두려움이 묻어 있다.

1
고수열전

"도신(刀神)아!"
"예? 왜요?"
…….
"두백(杜白)아!"
"옙, 사부!"
　비록 상호가 바뀌었다고 해도 별반 달라진 것 없는 팽가객잔, 아니, 두백지향.
　열해도 팽이와 이재천은 황량한 마당에 의자 두 개를 마주 놓고 앉아 생강을 다듬고 있었다. 팽이와 이재천 사이에는 커다란 소쿠리가 놓여 있었고, 그 안에는 이제 껍질이 벗겨져 알몸만 남은 생강이 들어차 있었는데, 그 모양이 정말이지 각양각색이었다.
"재천아!"
"예, 왜 자꾸 부르는데요?"

"푸히히, 행복해서 그러느니라. 내 생전 너처럼 귀엽고 사랑스러운 제자를 본 적이 없느니라. 도(刀)를 위해 타고난 신체 하며, 명석한 두뇌, 다소 싸가지가 없기는 하지만 척척 감기는 애교, 대륙을 평정하고도 남을 빼어난 외모, 시적 감각까지 어느 하나 부족한 것이 없으니 백 제자가 안 부러우니라. 푸히히……! 그래, 재천아. 네가 생강을 다듬는 솜씨가 많이 늘었구나. 어쩌면 생강을 다듬는 그 손길이 그렇게 예술적으로 보일 수 있는 게냐? 푸히히……!"

팽이는 자글자글한 주름살을 활짝 펼치며 환하게 웃었다. 두백 이재천을 받아들인 이후 그의 정신 상태는 상당히 호전되었다.

그럼에도 막상 팽이의 모습을 빤히 쳐다보고 있던 이재천은 길게 한숨을 내쉬었다. 어쩌다가 자기 신세가 지금처럼 처량해진 것인지 답답했던 것이다.

하지만 이재천은 이내 생긋 웃으며 애교를 떨기 시작했다.

"헤헤, 사부, 마음을 비우고 나면 모든 사람이 이 두백이처럼 훌륭해질 수 있습지요. 이 생강 하나만 보더라도 알 수 있는 일입니다요. 과거 사부를 만나기 전의 두백이는 생강 보기를 허섭스레기 정도로 보고 있었습죠. 하지만 사부를 알고 세상을 알고 나니 이 생강이 새롭게 보이더란 말입니다. 생강의 첫째 매력은 뭐니 뭐니 해도 그 독특한 향기에 있습지요. 생기기는 이렇게 생겨먹었어도 매운맛과 향긋한 냄새가 절묘하게 어우러져, 가히 향신료를 논할 때 빼놓을 수 없습니다요. 껍질을 벗긴 후 넣어 만든 생강차와 생강주는 또 얼마나 일품입니까요. 꽃도 없는 식물에서 이렇게 훌륭한 뿌리가 자랄 수 있다는 것은 가히 예술의 속성과도 일치합니다요. 하지만 생강의 쓰임새는 그 향에만 있지 않습지요. 뿌리줄기를 말린 건강(乾薑)은 소화 불량, 구토, 설사, 염증, 혈액 순환에 더없이 좋은 약재로 쓰입니다요. 그리고… 진통 효과도 뛰어납지요."

"……."

넋을 잃은 채 천상유수 이재천의 말을 듣고 있던 팽이의 얼굴로 한 줄기 연민의 표정이 스쳐 지났다. 어쩌면 이재천은 지금 생강에서 진통 효과를 찾고 있는지도 모른다는 생각이 들었던 것이다.

사실 요사이 이재천은 객잔의 잔일로 하루를 보내고 있었다. 간판만 두백지향으로 바뀌었을 뿐 팽가객잔에서 하는 일은 여전히 손님을 받아 음식을 대접하거나 잠자리를 준비하는 일이었다. 누가 보더라도 그것은 허드렛일 이상은 아니었다.

우선 새벽같이 일어나 말라비틀어진 우물에서 물을 퍼 올리고, 마당의 장작을 일정한 크기에 맞추어 쪼갠 후 그날그날 손님의 수에 맞게 음식을 만들어야 했다.

새벽의 한 시진이 그렇게 지나고 나면 주방에서 대충 아침 식사를 했다. 그리고 요리에 쓰일 가축을 잡고, 틈틈이 생강을 깠다. 그러다가 점심나절이 되면 나무를 하러 산에 가야 했고, 돌아와서는 다시 생강을 깠다. 물론 양파며 감자, 고추 따위를 다듬는 것도 이재천의 몫이었다. 어느 한순간 그의 손에서 도가 떨어질 때가 없었다.

하지만 그 모든 일과는 팽이가 나름대로 교육적인 차원에서 준비한 도법 수련의 주요 방편들이었다.

우선 말라비틀어진 우물 바닥에서 물을 퍼 올릴 때는 일도지라도법(一刀地羅刀法)이라는 해괴한 도법을 연마했다. 말이 일도지, 아직까지는 수십 번을 내려쳐야 우물 바닥에서 얼마간의 흙탕물을 퍼 올릴 수 있었다.

장작도 마찬가지였다. 맨 처음 팽이는 이재천이 도를 다루는 실력에 혀를 내둘렀다.

허벅지 두께의 장작을 균등한 조각으로 자르게 했는데, 처음엔 각 토막을 여섯 조각으로 만들되 결을 무시한 채 고르게 베도록 했다. 말이 여섯 조각이지, 이재천 정도의 내공으로 나무의 결을 무시한 채 장작을 팬다는 것은 사실 불가능에 가까운 요구였다. 하지만 이재천은 단숨에 장작을 베기 시작했다. 나무의 결을 무시한 채 정확히 여섯 조각으로.

팽이는 기겁할 수밖에 없었다. 사실 하북팽가의 제일도객으로 칭송받던 자신조차도 나무의 결을 무시한 채 장작을 팬 것은 십여 년 전에야 겨우 가능했다. 자신의 전성기 때도 해내지 못했던 일인 것이다. 그렇게 따진다면 이재천은 타고난 기재라 할 수 있었다.

놀랄 만한 일이긴 했으나 거기에 만족할 팽이가 아니었다. 팽이는 처음 여섯 조각을 열두 조각으로, 그것을 다시 스물네 조각으로, 그것을 다시 마흔여덟 조각으로 만들도록 점차 난이도를 높여갔다. 그럼에도 이재천은 팽이의 기대를 훨씬 뛰어넘는 속도로 장작을 패냈다.

하지만 정작 이재천의 도법이 빛을 발한 것은 생강 까기였다. 첫날 이재천이 생강에 새겨두었던 '사부일체 두백지심(師父一體 杜白之心)'이란 문구로 이미 그 기재에 탄복하고 있었으나, 그것은 조족지혈이었다.

오늘에 이르러 이재천은 그 손가락 크기만한 생강에 밤새 지은 칠언절구(七言絶句)의 시를 조각할 만큼 놀라운 솜씨를 자랑했다.

팽이는 이번에도 이재천이 들고 있는 2척 길이의 비교적 큰 식도를 멍하니 쳐다보고만 있었다. 칼날이 8촌, 손잡이가 1척 2촌에 이르며, 도면의 세로 길이가 9촌, 그 두께가 1촌으로 도끼에 가까운 형태의 식도. 이재천은 그 식도에 작도(作刀)라는 이름을 붙인 후 늘 허리춤에 차고 다녔다.

'나는 단지 도(刀)를 쥐어준 것만으로도 두백이에게 모든 것을 가르친 것이나 진배없다. 하지만 무림맹 비무대회가 얼마 남지 않았으니 이제

기본적인 도법과 내 평생을 바쳐 만든 필살기들을 속성으로 가르쳐야 할 때다. 문제는 내공인데······.'

생강 껍질 까기를 모두 마친 팽이는 손을 털며 잠시 생각에 잠겼다.

팽이는 많은 고민 끝에 소림의 범현 거사에게 보내는 서찰 한 장을 적었다. 그리고 그것을 점소이 동희 편에 소림으로 전하게 했다. 무림맹 비무대회에 참가할 자격을 청탁하기 위한 것이었다.

팽이는 과거 하북팽가에서 이름을 날리던 시절 소림의 범현 거사와 친분을 쌓아두었던 터다. 다만 일소천에게 패한 후 하북팽가를 떠나 이제껏 자신을 강호에 드러내지 않았을 뿐이다. 어쩌면 모든 사람에게 죽은 이로 기억될 수도 있었고, 그렇게 되기를 바라며 살아왔지만 이제는 모습을 드러내야 했다. 자신의 제자 이재천을 위해서였다.

비록 성격이 괴팍하기는 했으나 팽이는 한 번 마음먹은 것, 한 번 약속한 것은 반드시 지키는 사람이었다. 그는 이제 남은 인생을 이재천에게 바칠 각오였다. 그것은 자신이 이루지 못한 꿈을 위한 것이기도 했다.

"도신(刀神)아!"

"예? 왜요?"

······.

"두백(杜白)아!"

"옙, 사부!"

"재천아!"

"아, 정말 성가셔서 칼질 못하겠네. 사부, 한 가지로 통일해 주세요. 이 제자가 워낙 사랑스러운 놈이라는 것은 익히 알고 있으나, 사부가 너무 그러시면 제가 귀찮잖아요. 그냥 도신이면 도신, 두백이면 두백, 재천이면 재천이, 하나로 불러달란 말씀이에요."

마지막 남은 생강 하나에 또 무엇인가를 새기던 이재천이 볼멘소리로 대꾸했다. 비록 일소천의 오랜 차별과 매질로 정신적인 공황 상태를 경험하기는 했으나 천성은 어쩔 수 없었다. 한 번이라도 개기지 않고는 작업이 안 되는 성질이었던 것이다.

하지만 팽이는 그런 이재천의 싸가지없는 말투조차도 사랑스럽다는 듯 헤벌쭉이 웃으며 되물었다.

"푸히히, 그래. 도신아, 두백아, 재천아, 개인적으로 네놈이 가장 좋아하는 호칭이 무엇이더냐? 내 네놈의 취향에 맞추어 불러주마."

"뭐, 도신은 제 뛰어난 기재를 드러낼 수 있어 좋고, 재천이야 하늘 같은 부모님이 지어주신 이름이니 감읍하게 받아들여야 할 것이지만, 왠지 두백이가 정겹군요. 두보와 이백 형님들에 필적할 만한 시성(詩聖)이다 보니, 저에게 어울리는 외호이기도 하고."

"음… 역시 예술적 자질이 있는 놈이라니까. 푸히히. 그래, 두백아. 조만간 무림맹에서 기별이 올 것이니라. 우리 팽두파가 바야흐로 강호에 모습을 드러낼 때가 된 것이니라. 하여, 오늘부터 네놈에게 이 팽이의 도법을 전수코자 한다. 이제 물 길어오기, 장작 패기, 생강 까기는 꼭 필요한 경우에만 할 것이니, 오늘부터 도법 수련에 전념하거라. 알겠느냐?"

팽이는 며칠 전부터 생각하고 있던 것을 속 시원히 말한 후 이재천의 얼굴을 빤히 쳐다보았다. 그로서는 이재천이 진심으로 자신의 문하가 될 마음이 있는지 알 수 없었던 것이다.

사실 이재천이 팽이를 따라 팽가객잔으로 따라나설 때만 해도 그것은 일소천에 대한 반항심 때문인 듯했다. 마치 생기를 잃은 배추처럼 풀 죽어 있는 이재천의 모습을 볼 때마다 팽이는 그런 생각을 떨칠 수 없었다.

범현 거사에게 서찰을 띄우면서 팽이가 걱정한 부분도 바로 그것이었다. 마치 자신이 스스로의 욕심을 채우기에 급급한 늙은이처럼 여겨졌기 때문이다.

"사부님, 오늘 언제부터요? 저, 잠시 후에 나무를 하러 갈 생각인데 그건 어떡하나요?"

가슴 졸이고 있는 팽이와는 달리 이재천은 담담하게 말했다. 좋다는 것인지, 싫다는 것인지 그 속을 알 수 없는 말투였다.

"이놈아, 지금 이 순간부터… 아니지, 밥은 먹어야 하니 점심 식사 후부터 시작할 것이니라. 그리고 이제 나무 걱정 따위는 하지 말거라. 오늘부터 객잔 문을 닫아걸 것이니라. 그러니 네놈은 오로지 무공에만 전념하면 되느니라."

팽이는 자신의 폭탄 선언에도 불구하고 그저 담담한 모습으로 생강이나 주무르고 있는 이재천에게 은근히 역정이 났다.

무공을 배우기 위해 무엇보다 필요한 것이 배우고자 하는 의욕이라는 것은 말할 필요조차 없는 진리였다. 그런데 이재천은 마치 패배주의에 찌든 인간처럼 그저 되는대로 흘러가고자 하는 듯했다.

"사부님, 약속이 틀리잖아요. 저한테 객잔을 물려주신다더니 두백지향을 폐가로 만드실 생각입니까? 그리고 객잔 문을 닫으면 주방장이랑 점소이들은 누가 품삯을 주나요? 제자 하나 키우자고 청춘 바쳐 일한 사람들을 내모는 것은 바람직하지 않습죠. 재고하시는 것이……."

미칠 노릇이었다. 이재천은 마치 남의 말처럼 담담하다 못해 답답할 만큼 꽉 막힌 대답만 하고 있었다. 무공 따위는 일치감치 포기하기라도 했다는 듯이…….

팽이는 갑자기 가슴속에서 뜨거운 덩어리가 솟구쳐 오르는 것을 느꼈다. 이유야 달랐지만 자신도 한때 패배주의에 길들어 인생을 낭비한 경험이 있었던 것이다.

'일소천, 이 지옥에서도 쫓겨날 놈……! 내 인생을 망친 것도 모자라 앞날 창창하고 재기 발랄한 두백이의 인생까지도 망치고 있구나. 혼과 열정이 빠져나갔으니 이게 어디 산 사람이더냐? 일소천, 이 벼락 피하려다 똥통에 빠져 죽을 늙은이……!'

그리고 보니 팽이 자신과 이재천에게는 공통점이 있었다. 패랑검 일소천, 그 너구리 같은 영감에게 씻을 수 없는 상처를 입었다는 것.

팽이는 마음을 진정시킨 후 차분하게 말했다.

"네 뜻이 그러하다면 당분간 주방장에게 객잔 업무를 전담케 하마."

"그것 보십시오. 재고하니까 더 좋은 방안이 나오지 않습니까. 품삯도 두 배로 주십시오. 그래야 일하는 맛이 나지요. 그럼 저는 점심 준비나 하러 가겠습니다요."

예전 같았으면 '이거 농담입니다' 라는 표정으로 환하게 웃으며 이야기했을 것이나, 이재천에겐 더 이상 그런 밝은 면이 남아 있지 않았다. 시종일관 담담한 말투로 팽이의 속을 뒤집어놓았을 뿐이다.

'그래… 저놈이 원래 저런 놈은 아니었을 것이야……!'

팽이는 식도를 허리에 꽂고 생강 소쿠리를 옆구리에 꿰어 든 채 주방으로 향하는 이재천을 멍하니 바라보며 고개를 저었다.

그런데 한숨을 내쉬며 다시 고개를 떨구던 팽이의 눈에 바닥 위로 떨어진 생강 하나가 들어왔다. 팽이는 잠시 허리를 굽혀 마치 용의 머리처럼 조각된 그 생강을 주워 들었다.

"헉……!"

팽이의 입에서 낮은 탄성에 새어 나왔다. 그 생강에 새겨진 글귀 때문이었다.

"천상천하 유팽독존(天上天下 唯彭獨尊) 팽사 만세 만만세(彭師 萬歲 萬萬歲)!"

정말 귀신같은 도체(刀體)였다. 그 짧은 시간 동안 이렇게 수려한 글씨체를 그 뭉툭한 식도로 새길 수 있다는 것이 영 믿어지지 않았다.
하지만 그런 놀라움도 잠시였다. 팽이는 곧 다른 생각에 골머리를 앓아야 했기 때문이다.
'그나저나 이놈이 이거 날 놀리는 거야, 아니면 감동시키려고 재주를 부린 거야? 그 뜻이 정녕 모호하군……'

폭서가 한풀 꺾이자 일교차가 커지며 제법 서늘한 기운이 찾아들곤 했다. 머지않아 하늘이 높아지고 말이 살찌는 계절이 돌아올 것이지만 그 황야의 가을은 그렇지만도 않았다.
하늘은 온통 잿빛이었고, 말은 나날이 수척해져 갔다. 우물도 말라비틀어졌고, 푸석푸석한 땅바닥으론 가끔 도마뱀만이 고개를 내밀어 황망한 시선으로 말라 죽어가는 잡풀들을 쳐다보고 있었다.
"두백아, 내 일전에 너에게 검과 도의 차이를 가르쳤느니라."
"그러셨지요."
"음… 헷갈리니까 그냥 듣기만 하거라."
"그럽지요."
……
잿빛의 황야 위에 열해도 팽이와 천상유수 이재천이 서로 마주 보며 서 있었다. 그들에 대해 제대로 알지 못하는 이들이 보았다면 영락없이 백정 두 놈이 일거리를 두고 다투는 것으로 알 만큼 삭막하고 무지막지하게 생긴 도(刀) 한 자부씩을 거머쥔 채.
"모든 무예는 마음에서 시작되느니라. 도 역시 마찬가지로, 도법의 최고 경지는 심도(心刀)라 일컬어진다."
"그것 참 심도 깊은 말씀입니다요."

"두백아……!"

"푸헤이— 알겠습니다요. 무조건 경청합지요."

팽이는 점심 식사가 끝나자마자 당나귀 두 마리를 끌고 이재천과 함께 이 황야로 나섰다. 본격적으로 도법을 전수해 주기 위해서였다.

비록 수십 년 동안 오지의 객잔에서 썩긴 했으나, 팽이는 누가 뭐래도 하북팽가의 이름을 드높였던 전대 가주였다. 도법은 물론 무학에 있어서도 가히 강호에 그 상대를 찾기가 어려울 만큼 뛰어난 고수였던 것이다.

"우선 가르치는 자와 배우는 자의 자세에 대해 잠시 짚고 넘어가겠느니라. 가르치는 자건 배우는 자건 그 목적은 최고의 경지에 다다르기 위한 것이다. 그러므로 그 기초 역시 최고 경지를 목적으로 시작된다. 즉 심도(心刀)를 이루기 위해 마음의 자세부터 가다듬어야 한다는 이야기이니라. 이제 나는 나를 겸허하게 돌아보며 내가 할 수 있는 최선의 것을 가르칠 것이다. 그러니 너 역시 네 마음을 가다듬고 새로운 것을 받아들이기 위해 이전의 것들을 비워두어야 할 것이다. 알겠느냐?"

"……."

"알겠느… 그래, 헷갈리니 그냥 고개만 끄덕이거라."

끄덕끄덕!

좀 어색하긴 했으나 팽이로서는 더없이 행복한 순간이었다. 감회에 젖어들어 가르치기도 전에 마음에 파랑이 이는 듯했다. 지금 자기 앞에 서 있는 제자는 어쩌면 자신이 못 이룬 꿈을 이룰 수도 있는 것이다.

"도를 들 때는 우선 네 가슴에 쌓인 한이나 번뇌를 모두 떨치고 마음을 정히 해야 하느니라. 하지만 무인으로서의 자세나 도(道)를 들먹이지는 않겠다. 적어도 내게 있어 도(刀)는 그 자체로 도(道)이기 때문이다. 더불어 도(刀)는 그 자체로 기품과 절도이기도 하다. 도법을 제대로 익히는 것만으로도 기품과 절도는 절로 생겨나게 된다. 무인에게 있어서의 도는 생명 그 자체인 것이다."

끄덕끄덕!

"이놈, 두백아! 눈을 뜨거라. 그러고 있으니 꼭 졸고 있는 것 같지 않느냐."

"아하하아— 웅……!"

"그래, 그렇게 눈을 뜨니 너의 마음이 보이는 듯하구나."

끄덕끄덕!

"그렇다면 어떠한 도를 들고 있느냐가 곧 그 무인의 모든 것을 말해 줄 수 있다. 백정은 백정의 칼을 잡고 있을 것이고, 주방장이나 생선 장수는 식도를, 망나니는 망나니의 칼을 잡고 휘두를 것이다. 자, 이제 네 놈이 들고 있는 도(刀)를 보거라."

멀뚱!

"도의 종류는 대륙의 것만도 이루 헤아릴 수 없을 만큼 많다. 거기에 오랑캐들의 것까지 합치면 그것을 구분하는 것 자체가 무의미해질 만큼 복잡다단해지. 중요한 것은 어떠한 도든 저마다의 존재 가치를 가진다는 것이다. 그런데 무인에게 필요한 도는 어떤 것일까? 옛날 종이가 없던 상고 적에 죽간에 문자를 기록하던 틀림과 붓을 깎아내던 칼을 도필(刀筆)이라 하였느니라. 이것 역시 도였지. 비슷한 크기와 모양을 가진 칼에 단도(短刀)가 있다. 그런데 이제 도필은 잊혀졌고 단도만이 남았다. 왜일까? 도필은 이제 쓸모가 없지만 단도의 존재 이유는 여전히 남아 있기 때문이다. 자, 그렇다면 무인의 도와 주방에서 쓰이는 식도 중 어느 것의 생명력이 더 길까?"

애매모호!

"무인은 그것을 생각할 필요가 없다. 무인은 강호가 있는 한 존재할 것이며, 그 무인이 있는 한 도 역시 존재할 것이기 때문이다. 자, 이제 네놈 자신을 보거라."

꿈틀꿈틀……!

"이놈, 어려워할 것 없느니라. 네놈이 들고 있는 도(刀)가 네놈 자신이라고 이미 말해 주지 않았더냐. 네놈은 자루 길이 2자 9치, 날의 길이 2자 1치로 잘 벼리어진 한 자루의 도다. 굳이 날보다 자루를 길게 한 까닭은 수양의 중요성을 강조하기 위함이고, 날끝을 예리하게 하지 않은 것은 겸허하고 신중하게 싸움에 임하라는 가르침을 주기 위한 것이다."

팽이의 말에 이재천은 자신의 손에 쥐어진 5척 길이의 도(刀)를 가만히 내려다보았다.

월도(月刀)인지 군도(軍刀)인지 구분이 안 갈 만큼 긴 손잡이 끝에는 커다란 고리가 달려 있고, 검은 가죽으로 둘러져 있었다. 도신의 넓이가 제법 넓어서인지 칼집은 없었으나, 매끄럽게 윤기가 흐르는 검붉은 쇠 자체만으로도 영롱한 빛깔을 뿜어내고 있었다.

'이제 나는 한 자루 도(刀)가 되는 것인가?'

한순간 이재천의 머리가 하얗게 비워지는 듯했다. 이제까지 느껴보지 못했던 전율이 혈관을 타고 흘렀다. 어쩌면 이 한 자루의 도를 만나기 위해 살아온 것처럼 느껴지기도 했다. 흔히 운명이라 말하는 어떤 인연의 고리였던 것이다.

'인연의 고리? 그래서 도에 고리를 달아났나?'

이재천은 감동의 물결 속에서도 버릇처럼 쓸데없는 생각에 정신을 팔았다.

"그놈, 표정이 갑자기 왜 그렇게 심각하게 변하는고? 이놈아, 혹 그 도가 싸구려가 아닐까 의심하는 게냐? 허허… 이런 억울할 데가……! 흔히

도가 10년이 지나면 벗이요, 한 세대가 흐르면 가보가 되고 3대가 흐르면 국보가 된다 했다. 그리고 천 년의 세월이 흐르면 그제야 고도(古刀)라 하여 생명을 부여해 주었느니라. 그런데 그 도가 바로 고도이니라. 네놈이 믿지 못할지 모르겠으나, 그 도는 하북팽가의 선대 가주이셨던 우리 선친께서 이 못난 아들에게 손수 물려주신 것이다. 그런데 네놈이 감히 이 사부를 싸구려 취급하는 것인고?"

멀뚱멀뚱!

"이놈아, 그 도가 어떻게 만들어진 것인지 아느냐? 적어도 1만 번의 담금질이 있었던 도이니라. 하루에 한 번씩 백일 동안 담금질한 뒤 수년간 흑토에 묻어두었다가 다시 꺼내 같은 방법으로 담금질하기를 일백 번. 가히 천하를 이롭게 하는 명도(名刀)이니라. 그것을 뭐 내가 직접 본 것은 아니다만 자그마치 15대에 걸쳐 만들어졌다는 이야기를 들은 바 있으니……."

팽이로서는 오해할 만도 했다. 이제껏 그렇게 혼란스러워하는 이재천의 표정을 본 적이 없기 때문이다. 사실 팽이가 이재천에게 건넨 도는 아주, 아주 오래된 도였으므로 팽이는 은근히 억울한 느낌이 들었다.

하지만 팽이의 기우와는 달리 이재천의 표정은 환하게 밝아지고 있었다. 마치 이제껏 가출해 있던 생기발랄함이 귀가한 것처럼. 물론 팽이에게는 그런 이재천의 진면목 역시 낯선 모습이었다.

"아, 참 시끄럽네. 사부, 조용히 좀 하세요. 지금 이 칼의 생명력이 두 백이의 혈관을 타고 물밀듯 흘러 들어오고 있단 말이에요."

"……."

"마치 한편의 견고한 시(詩)를 대한 느낌이라고나 할까? 아, 이 신선하고 감동적이며 피를 들끓게 하는 향기의 정체가 과연 무엇인고……!"

"뭐… 뭣이? 푸히히. 그래, 이놈아. 그 도의 손잡이를 보거라. 그 붉은 가죽이 바로 상어 가죽인데, 천 년의 세월이 흘렀음에도 오히려 더 생기 있어 보이지 않느냐? 그 고검은 정말이지 살아 있는 예술이니라. 푸히히히……!"

 휘이잉—

 황야의 바람이 팽이와 이재천의 귀밑머리를 날리며 서쪽으로 향해가고 있었다.

2

고수열전

용문산 한 능선에 자리 잡은 죽림 속의 공터.

한때 무산과 무랑이 하루가 멀다 않고 비무를 겨루던 곳이다. 하지만 지금 그곳엔 그들의 모습 대신 용문파의 기린아 주유청과 이편, 방초 등이 패랑검 일소천 앞에 나란히 앉아 있었다.

무림맹 비무대회는 이 오지의 이름없는 문파에까지 영향을 미쳤다. 가뜩이나 공명심에 사로잡혀 있던 일소천은 생계까지 젖혀둔 채 제자 양성에 힘을 기울이고 있었으며, 젯밥에 관심을 두고 있던 주유청 역시 겸허한 자세로 사부의 무학을 경청하고 있었던 것이다.

"지금 팽이란 놈은 심도(心刀)니 뭐니 하는 허무맹랑한 이야기를 들먹이며 출전 자격도 없는 재전이 놈에게 바람을 집어넣고 있을 것이야. 우헤헤. 참으로 가련한 일이지. 도법(刀法)이니 뭐니 하지만 그게 가당찮은 거거든. 도(刀)에 무슨 심오한 법(法)이나 도(道)가 있겠냐 말이지. 도(刀)란 그저 돼지 잡고 소 잡는 데만 필요한 것이야. 우헤헤. 물론 무를 썰거나 생강 따위를 다듬을 때 쓰기도 하지."

　…….

"아해들아, 무슨 불만이라도 있느뇨? 사부의 고명한 말씀에 아무런 호응이 없으니 영 흥이 나지 않는구나. 자, 사부가 이렇게 야릇한 눈길로 너희를 바라보면 유청이 너부터 와, 하고 일어나서 손을 흔드는 게다. 일명 '파도 타기'라는, 익히 추천해 줄 만한 경청법이지. 자, 법이니 도(道)니 하는 것은 이미 오래전에 말라비틀어져 죽었다고 치부하는 것으로 오늘의 검술 강의를 시작한다(야릇한 눈빛!)."

"와아아―"

"와아아―"

"와호우―"

황야의 건조한 기운을 몰고 온 바람이 죽림의 축축한 공기에 젖어들고 있었다.

"검은 재미이니라. 이 사부가 일찍이 어린 나이에 산속에 들어가 50여 년간 미친 듯 검에 빠져 지낸 것도 그 재미 때문이니라. 물론 개중에는 철천지원수에 대한 복수심으로 검을 잡는 무리들도 있느니라. 하지만 그것은 검을 모독하는 일이다. 검은 순수한 재미다. 그것도 우아함과 격조를 동반한 재미다. 자, 가령 나와 배신자 무랑, 이재천 등이 우연히 외나무다리에서 만났다 치자꾸나. 우리는 맨몸이다. 그런데 서로를 미치도록 증오하고 있다. 어떻게 될까(야릇한 눈빛!)?"

"와아아―"

"와아아―"

"와호우―"

"흠, 그래. 아마 내가 먼저 따귀를 갈길 테고, 그러면 그 싸가지없는 것들이 내게 덤벼들겠지? 그럼 우린 죽자 사자, 아니지, 뭐 맨손으로 싸운다고 해도 그놈들이 내 상대가 될 턱이 없지. 어쨌든 나는 옷을 쥐어 비틀고 살점을 물어뜯으며 개돼지처럼 놈들을 패기 시작할 것이다. 우헤헤. 뭐, 그것도 나름대로 재미는 있겠지. 하지만 그건 말 그대로 짐승 같은 느낌이 강하지(야릇한 눈빛!)."

"와아아―"

"와아아―"

"와호우―"

그랬다. 일소천은 배신자 무랑과 이재천에 대한 응징을 꿈자리에서조차 잊지 않았다. 무랑과 이재천이 없는 나날이 그에겐 악몽 자체였기 때문이다.

일소천은 부쩍 늙어 보였다. 가슴에 울화가 쌓이고 쌓이건만 화끈하게 화풀이할 대상이 없었기 때문이다. 정말이지 요사이 그의 삶은 삶이 아니었다. 제자들 눈치 살피기에 바빠 성질 참 많이 죽이고 있었다. 웬만한 잡일은 혼자 알아서 처리했고, 개밥 당번까지 맡아 하고 있는 실정이었다.

아무리 살펴봐도 만만한 제자가 없었다. 손녀 방초는 어려서부터 버르장머리가 꽝이었고, 주유청은 의외로 상처받기 쉬운 성격이라 함부로 건드릴 수 없었다. 이편도 마찬가지였다. 제법 나이가 지긋한 데다 속을 알 수 없는 위인이라 언제 사제지정을 끊을지 모를 일이었다. 당장은 그저 성질 죽이고 사는 것이 제일 현명한 처사인 듯했다.

그나마 일소천이 숨을 마음껏 들이쉬며 큰 소리를 낼 수 있는 시간이 바로 지금 행하고 있는 검술 강의 시간이었다. 적어도 이 순간만은 누구의 눈치도 볼 것 없이 성질대로 할 수 있었기 때문이다.

"자, 그런데 만약 나와 그 배신자들에게 검이 있었다고 하자. 그렇다면 분위기는 금세 우아해진다. 우선 나와 그 배신자들은 차가우면서도 품격있는 눈빛을 교환하겠지? 이렇게(가자미처럼)!"

"우와아―"

…….

퍽! 퍼퍼퍽!

"헉, 허거걱……!"

"어허, 방초야. 아무리 유청이가 내 눈빛을 듬성듬성 읽었다 해도 그렇게 개 패듯 팬대서야……. 흠흠! 유청아, 너도 내 강의에 집중해 주기 바란다."

"예……!"

분위기 파악에 약한 주유청으로 인해 죽림은 잠시 썰렁한 한기에 휩싸였다. 그럼에도 일소천의 교육열은 죽림을 다시 뜨겁게 달구기 시작했다.

"그 다음 우리는 천천히 검의 손잡이에 손을 뻗겠지? 여기 이 부분에 주의를 집중해라. 쾌검술은 상대의 공격을 차단하는 가장 좋은 공수법이다. 그런데 그 기초는 빠른 발검에 있다. 처음부터 상대를 제압해 들어가야 하는 거지. 하지만 지나친 긴장감은 발검의 속도를 늦추고 만다. 비슷한 무공 수위를 지녔다 해도 경험에서 앞서는 사람이 유리한 이유가 거기에 있지. 자, 그 다음은 어떻게 되겠느냐? 히히히, 뻔한 것이지. 무공에서도, 경험에서도 달리는 무랑과 이재천 두 놈은 이 위대한 스승님의 검에 연달아 따귀를 맞아 정신을 못 차리겠지? 그러다가 잠자고 있던 생존본능이 일깨워지면서 느닷없이 무릎을 꿇고 잘못을 뉘우칠 거야. '엉엉엉! 사부님, 이 철딱서니없는 제자들을 용서해 주세요. 엉엉엉, 앞으로는 개밥도 잘 주고, 사부님 위해서 과부 보쌈이라도 해올게요. 엉엉엉'. 이렇게 말이다. 우헤헤헤……! 그렇지 않느냐(야릇한 눈빛)?"

…….

죽림으로 흐르던 공기가 급속히 냉각되었다.

오늘의 검술 강의가 조금씩 휘청이기 시작한 것이다. 제자들은 안쓰러운 눈빛으로 사부를 바라보았고, 뒤늦게 그 눈빛을 의식한 일소천은 답답한 가슴을 툭, 툭 쳐가며 고개를 꺾을 뿐이었다.

하지만 그것도 잠시, 일소천은 다시 굳게 마음을 다잡고 검술 강의를 속개했다.

"헤헤, 사부가 잠시 농담을 했느니라. 에, 그러니까 이 사부의 말은 검에 대해 정의를 내리되 결코 어렵게 받아들이지 말라는 이야기이니라. 자, 다시 시작하자. 검은 순수한 재미다. 그것도 우아함과 격조를 동반한 재미다. 하지만 그것이 다가 아니다. 검은 도(刀)와는 달리 무한히 발전하고 변화한다. 아니, 진화한다. 인간의 욕망이 형상화한 존재이기 때문이다. 검은 나 자신에게 충성하며, 나를 공경하며, 나의 어려움을 해소해 준다. 그것이 바로 검이다(야릇한 눈빛)."

"와아아―"

"와아아―"

"와호우―"

"우헤헤, 총명한 제자들에게 가르침을 주다 보니 이 사부의 마음이 흐뭇해지는구나. 답례의 의미로 오늘부터 이 사부의 절기인 용등연검법을 전수해 주마(야릇한 눈빛)."

"와아아―"

"와아아―"

"와호우―"

"그래, 그래. 용등연검법을 이야기하기에 앞서 너희들이 먼저 알아두어야 할 것이 있느니라. 나 일소천이 다루는 검은 검 중에서도 아주 까다로운 연검(軟劍)이니라. 이 연검은 휘어짐에 그 미덕이 있으나, 그것만으로는 다른 무기들을 상대할 수 없다. 상대를 제압하기 위해선 부드러움과 함께 강인함이 있어야 한다. 간단한 예 하나를 들자꾸나. 저 무식한 팽 영감이 그 무식에 비례하는 커다란 도로 몇십 년간 나 일소천을 노렸다는 것은 여기 있는 방초가 잘 알 것이니라. 하지만 그 영감은 50근이 훨씬 넘는 도(刀)로, 단 한 번도 내 연검을 휘게 하지 못했다. 왜냐, 내게는 팽 영감의 도를 제압할 수 있는 내력(內力)이 있기 때문이다(야릇한 눈빛).”

"와호우—"

…….

방초와는 달리 배은망덕 이편과 주유청은 뚱한 표정으로 일소천을 바라보았다. 그럴 수밖에 없는 것이, 이편과 주유청은 내공이라고 할 만한 것이 없었기 때문이다.

이편의 경우 색공(色攻)으로 쌓은 얼마간의 내력이 있었으나, 홍성기가 만들어놓은 20여 명의 음녀들로부터 사흘 밤낮을 윤간(輪姦)당하는 동안 모두 소진되었다. 그것으로도 모자라 스스로 혈도를 막음으로써 사특한 공력을 폐했다. 그러므로 그에게 남은 것은 곤비등천(鯤比登天)이라는 보잘것없는 무공뿐이었다.

주유청 역시 비슷한 사정이었다. 그는 한때 강호를 동경하며 여러 무공을 연마한 바 있고 그 무공의 수위가 결코 낮다고는 할 수 없으나, 내공 수련에 정진하지는 못했다. 이후 형 주유술의 사업을 돕기 위해 스스로 아귀황을 조직함으로써 강호의 꿈을 접고 영물 사냥에 주력했다. 그러므로 내력을 바탕으로 한다는 일소천의 무공이 그들에겐 너무나 요원하게 느껴진 것이다.

"음… 알 만하구나. 우헤헤! 이편아, 유청아, 네놈들이 우려하는 바를 이 사부가 어찌 모르겠느냐. 아무 걱정 말거라. 설마 이 사부가 그런 계산 없이 너희를 거두었겠느냐? 너희는 그야말로 봉을 잡은 것이나 다름 없다. 왜냐, 나 일소천의 용등연검법은 내공의 한계를 뛰어넘을 수 있는 아주 독창적인 검법이기 때문이다. 사실 내 50년 공부는 이 검법을 만들어내기 위한 노동이었다고 해도 무방하다. 만일 나 이전에 누군가가 이러한 무공을 만들어냈고, 내가 그것을 전수받았다면 나는 아마 산속에서 그렇게 50년을 허비하지는 않았을 것이다. 왜냐, 용등연검법은 공(空)을 기초로 하는 검법인 것이다. 우헤헤. 사실 이제껏 그 누구도 용등연검법의 진수를 보지 못했느니라. 단 한 사람, 낭만파(浪卍破) 계휼을 제외한다면 말이다(야릇한 눈빛)."

"와아아—"
"와아아—"
"와호우—"

죽림의 공터는 어느새 석양에 물들어가고 있었다. 노을은 찬연한 빛을 흩뿌렸고, 길게 누운 대나무 그림자들은 조금씩 어둠을 넓혀가고 있었다.

두 시진 동안 말발로 채워졌던 일소천의 검술 강의도 방금 전 끝났다. 하지만 용문가의 식솔들은 좀체 죽림을 떠나려 하지 않았다. 이제부터는 실전을 동반한 교육을 시작하기로 한 것이다.

"자, 이제부터 내가 펼치는 검법에는 내공이 실려 있지 않다. 하지만 내 연검은 지상에서 가장 강한 검이 될 것이다. 잘 지켜보도록 해라."

말을 마친 일소천은 손가락을 튕겨 허리에 감겨 있던 연검을 풀었다.
차르릉!
석양에 반사된 연검이 한순간 붉은 서기를 내뿜으며 찬연히 빛났다.
"합!"

파랑처럼 굴곡을 이루던 연검이 일소천의 기합성과 함께 직선으로 쭉 뻗어 나갔다. 그리고 검이 스쳐 간 자리로 고개 숙인 채 바람에 흐느적거리던 댓잎들이 사각거리는 소리를 내며 떨어져 내렸다.

"검은 사내다. 흐느적거리는 듯하다가도 중요한 순간엔 발딱 서게 마련이지."

일소천의 보법은 지극히 느렸다. 검을 휘두르는 팔 동작도 그다지 빠르다는 느낌이 들지 않았다. 하지만 그의 연검은 조금의 휘어짐도 없이 곧게 뻗어 나갈 뿐이었다.

"검은 사내다. 사내에게 중요한 것은 단호함이지."

연검은 예리한 파공음과 파동으로 인한 기묘한 울림을 만들어내며 대나무들을 베어 나가기 시작했다. 묘한 일이었다. 연검은 분명히 파동을 일으키고 있었으나, 그것은 아주 미세한 떨림이어서 시각으로는 느껴지지 않는 것이었다.

슉, 슈슈슉……!

연검이 지나친 자리마다 깔끔하게 베어진 대나무들이 검혼을 따라 부드럽게 미끄러져 내리며 바닥에 꽂혔다.

일소천은 근 20여 장을 내달리며 좌우에 배치된 대나무들을 갈랐다. 빠르지는 않았으나 거슬림이 없는 행보였다. 마치 유유히 걸음을 옮기는 학처럼 우아했다. 검에 베인 대나무들이 미끄러져 내리며 땅에 꽂히지만 않았더라도 그가 검을 휘두르고 있다는 사실을 인식하지 못할 것 같았다.

어느 순간 일소천의 걸음이 뚝 멈춰졌다.

"잘 보았으렷다? 유청아! 내 연검이 왜 휘지 않았느냐?"

"……."

"음… 이편아, 혹 너는 보았느냐? 내 연검이 왜 휘지 않은 것이냐?"

"……."

일소천의 물음에 주유청과 이편은 아무 대답도 할 수 없었다. 만약 그의 연검이 허리에 감겨 있지만 않았다 해도 그것이 연검임을 부인했을 것이다. 일소천의 말대로 연검은 강철처럼 단 한 번도 휘지 않은 것이다.

"어라, 네놈도 모르겠더냐? 그렇다면 방초야, 혹 너는 왜 내 연검이 발딱 일어서서 꺾이지 않은 것인지 그 까닭을… 아니다, 됐느니라."

"어머. 할아버지, 왜 나를 무시해요? 나는 그 이유를 아는데. 호호호. 연검이 쑥스러울까 봐 그러는구나?"

"음… 방초야, 그만 하자꾸나."

"정말 안다니까?"

일소천은 잠시 한숨을 내쉰 후 방초의 말을 무시한 채 뒷말을 이었다.

"그것은 내공 때문이 아니니라. 간혹 검에 대해 알지 못하는 무리가 연검을 평하길, 내력이 실려야 다룰 수 있는 복잡한 검이라 말한다. 하지만 그것은 역학(力學)에 대한 이해의 부족에서 나온 오해이니라. 연검은 그 자체로 곧게 뻗어 나가고자 하는 성질을 가지고 있지. 하지만 사람의 의지가 그것을 휘게 만들었고, 휘게 사용하는 것이니라. 그러니 나는 그저 내 욕망을 달리해 연검의 속성을 살려준 것뿐이지. 절도를 지켜가면서, 끊음과 맺음을 이어가면서. 무슨 이야기인지 알겠느냐?"

말을 마친 일소천은 잠시 근엄한 표정을 지으며 하늘을 올려다보았다. 황야와는 달리 가슴이 뿌듯할 만큼 푸르디푸른 하늘!

일소천의 말은 사실이었다. 그의 보법과 팔놀림은 아주 부드러운 것이었으나 검을 쥔 손목만은 아주 빠르게 쉼없이 움직이고 있었다. 연검이 휘지 않을 수 있었던 것은 그 손목에서 나온 절도와 절제된 힘 때문이었다. 워낙 빠른 놀림이었기에 보면서도 알지 못했을 뿐이다.

"낭자, 낭자는 정말 현명하구려. 한번 보는 것으로 그 비밀을 알아낼 수 있었단 말이오?"

젯밥에 더 관심이 있는 주유청은 낮은 음성으로 재빨리 방초에게 아부하기 시작했다. 틈틈이 그녀에게 말을 걸 기회만을 노려온 그였다.

"흥! 사실 너도 알고 있었지? 나만 보면 뭐든 다 발딱발딱 일어선단 말이야. 너도 지금 발딱 일어섰지? 호호, 연검도 사내라니 어쩔 수 없었던 거지. 뭐, 좀 낯뜨거운 일이기는 하지만 다 내 미모 때문이니 어쩌겠어? 가련한 연검을 용서해 줘야지."

"……."

방초의 주접은 일소천의 귀에까지 들어갔다. 일소천의 뿌듯하던 가슴이 한순간에 얼어붙고 말았다.

'아무리 손녀라지만… 좀 지나친 구석이 있어. 이런 말이 튀어나올 줄 알고 내가 발언권을 주지 않았건만 주유청, 저 푼수 같은 놈이……. 아이고, 낯뜨거워라.'

검을 쥔 채 뒷짐을 지고 있던 일소천은 분위기를 반전시키기 위해 다시 제자들을 바라보며 말을 이었다.

"하지만 연검은 때로는 여자다. 부드러운 듯하지만 앙칼지고, 아름다운 듯하나 독을 머금고 있다. 그 앙칼짐과 독기야말로 연검을 검 이상으로, 여성을 암컷 이상으로 만드는 매력이라 할 수 있지."

일소천은 연검을 쥔 손을 슬그머니 치켜들었다. 그리고 오른 다리를 쭉 펼쳐 들고 허리를 뒤로 굽혀 활처럼 휘게 하더니 화살을 튕기듯 몸을 날렸다. 방금 전과는 달리 눈이 돌아갈 만큼 빠르고 절도있는 움직임이었다.

핏슝, 핏슈슝—

연검이 휘어지기 시작한 것도 그때부터였다.

머리 위에서 발끝까지 연검은 일소천의 몸을 타고 오르내리며 잘려져 땅바닥에 꽂혔던 대나무들을 농락해 갔다. 척척 감기는가 싶더니 펼쳐지고 다시 감기기를 반복해 나가는 동안 연검은 수없이 대나무를 가로질렀다. 그러나 막상 대나무는 미동도 않고 있었다.

"풋하하하하!"

어느새 처음의 자리로 돌아온 일소천은 연검을 땅바닥에 꽂은 채 허리를 접어가며 크게 웃음을 터뜨렸다.

투둑, 투두두둑…….

이제껏 멀쩡히 서 있던 대나무들이 산산이 조각나며 무너져 내린 것은 그 순간이었다.

"보았느냐? 이것이 연검이니라."

…….

일소천의 검술에 제자들은 입을 다물지 못한 채 침묵만을 지켰다.

일소천이 고수라는 사실은 익히 알고 있었으나 방금 전과 같은 연검의 쓰임을 목도한 적은 한 번도 없었던 것이다.

"푸헤헤헤! 이것은 새 발의 피이니라. 잘 보거라, 이제 너희들의 가슴을 사부에 대한 존경심으로 가득 채워줄 용문가의 절기를 시전해 보이겠노라. 용등연검법 제일초식 청단비상(青團飛上)……!"

촤아아—

일소천은 노을의 잔광을 흩으며 허공으로 치솟아올랐다. 그리고 잠시 후 죽림을 메우고 있던 정적이 한순간에 산산이 깨져 내리기 시작했다.

고수열전

"애고, 이게 무슨 꼴이람?"

근 두 시진째 무량은 안개비에 젖은 채 길을 헤매고 있었다.

얼마간 망설임이 있었으나, 막상 무량귀불이 이야기했던 날짜가 임박해 오자 자신도 모르게 무산(巫山) 쪽으로 발길을 돌린 것이다. 그리고 오늘 아침나절에야 이곳 무산에 도착했는데, 산 중턱에서부터 끈적끈적한 안개에 파묻혀 길을 잃고 지금까지 헤매게 되었다.

날이 점점 어두워지면서 무량은 슬슬 지쳐 가기 시작했다. 바로 오늘이 무량귀불이 말한 99일째였다. 무량귀불은 오늘까지 무산의 천무밀교 본전으로 자신을 찾아오라고 했던 것이다.

'이 옥패가 길을 안내한다고 했는데……?'

무량은 무량귀불이 자신에게 건넸던 옥패를 어루만져 보았다. 하지만 그 좌불(坐佛) 형상의 옥패는 아직껏 아무 역할도 하지 못했다.

"좌불(坐佛)아, 이 주인님이 헤매니까 너도 좌불안석(坐不安席)이지?"

무랑은 옥패를 빤히 노려보며 혼자 지껄이는 것으로 복잡한 심사를 달랬다.

"어떤 놈은 이 산에 놀러 와서 여신하고 연애질을 했다는데, 팔자 사나운 놈은 죽을 고생만 하고 있구나. 에히라, 젠장이다. 하긴 집에서 개밥 주다 두들겨 맞는 놈 팔자가 밖에 나온다고 달라질까?"

무랑은 혼잣말을 지껄이면서도 계속해서 기슭을 타고 올랐다. 어차피 오르기로 한 산이니 끝까지 가보자는 생각이었다.

사천성과 호북성의 접경 지역으로, 양자강 중류에 자리 잡은 이곳은 무산신녀의 전설로 유명한 곳이었다. 어떻게 보면 애틋하고, 또 어찌 보면 야한 신화의 내용은 대략 이랬다.

고대의 아주 걸쭉한 신 신농(神農)에게는 제법 많은 딸이 있었다.

하지만 어느 집안이든 셋째 딸이 유독 예쁘기 마련이다. 신농 집안도 마찬가지로, 그의 예쁜 셋째딸 이름은 요희(瑤姬)였다.

전체적인 내용을 되짚어 생각한다면 요희(瑤姬)보다는 요희(妖姬)가 어울릴 만했지만, 워낙 등장 인물들의 신분이 그럴싸하다 보니 적당히 포장이 된 듯하다.

어쨌거나 요희는 지나치게 아름다웠고, 가인박명(佳人薄命)은 고금의 진리였으므로 그녀 역시 요절하게 된다. 그녀의 주검은 이야기의 무대인 무산의 양지바른 기슭에 묻히지만, 그 아비가 신(神)이었듯 그녀 역시 신성을 지녔기에 요초(瑤草)라는 풀로 다시 태어난다.

요초(瑤草)는 사랑의 묘약으로, 그 열매를 먹는 이는 모든 사람에게 사랑받게 된다는 전설을 가지고 있다.

그러나 전설은 거기에서 멈추지 않는다. 그녀는 아주 먼 훗날 아리따운 여인의 모습으로 잠시 현신하게 되며, 이때는 무산신녀로 불리게 된다.

무산신녀는 운우지정(雲雨之情)이라는 야릇한 사자성어 하나를 만들어내는데, 여기에 등장하는 인물이 전국시대 초나라의 회왕(懷王:그는 결국 무산신녀를 품게 되므로 적어도 품을 회, 회왕이란 작명은 적합하다)이다.

회왕은 전국시대를 살다 보니 나름대로 머리가 아팠는지, 어느 날 무산으로 야유회를 온다. 그리고 신나게 노닐다가 고당관(高唐觀)이라는 누대에서 낮잠에 든다.

대부분의 정사(情事)를 기록한 정사(情史)가 그렇듯, 회왕 역시 꿈속에 홀연히 나타난 한 여인의 유혹을 받았다. 뭐, 망설일 것도 없었다. 회왕은 한눈에 뿅 가서 그녀를 덮치고, 일을 치른 후 그녀의 정체에 대해 듣게 된다(일설에는 요희가 자신의 신분을 밝힌 후 정사를 나누었다고 하나 전말이 뒤바뀐 것이 분명하다).

이후의 수순은 상당히 뻔하다. 요희는 일을 치렀으니 그만 헤어지자고 말을 하고, 회왕은 한 번으로 만족할 수 없으니 다시 만나고 싶다고 화답한다. 그러자 요희는 그 간사한 혀를 빌어 고금을 통틀어 가장 그럴 듯한 말을 지어낸 후 사라진다.

"소녀, 아침에는 봉우리의 구름 되어 걸려 있다가, 저녁이면 비가 되어 산기슭에 내립니다. 아침의 구름과 저녁 비를 볼 때마다 저를 기억해 주세요."

그렇게 낮잠에 들었던 회왕의 꿈은 끝나고, 과연 저녁 무렵엔 산기슭을 적시는 비가 내렸다.

구름과 비, 이것이 그 유명한 사자성어 '운우지정(雲雨之情)'을 만들어낸 사건의 전말이었다.

하지만 세인들은 이 사건에 신비감을 더하기 위해 결국 회왕의 아들 양왕(襄王)까지를 등장시킨다.

그 후기를 살펴보면, 끝내 요희에게 아쉬운 마음을 품었던 회왕은 무산 남쪽에 조운관(朝雲觀)이라는 누대를 지었는데, 그가 죽은 후 아들 양왕이 그곳에 들르게 된다. 부전자전, 노는 물이 비슷했던 것이다.

마침 그때 동행했던 시인 송옥(宋玉)이 양왕에게 조운관에 얽힌 이야기를 들려주었다. 양왕은 무릎을 치며 그 아비의 연애 행각에 찬사를 보내는 한편, 송옥에게 연애시를 읊게 한다.

현재 전해지고 있는 '고당부(高唐賦)'와 '신녀부(神女賦)'가 그렇게 만들어진 작품이다.

무산(巫山)의 저녁 비를 맞으며 무랑은 끊임없이 그 전설을 되새겼다. 혹시 밑도 끝도 없이 황당한 연애가 이루어질지 모른다는 기대 때문에.

개밥 주기 싫어 개기다가 개 맞듯 쥐어터지고 쫓겨난 처지였지만, 사람 팔자는 어떻게 변할지 알 수 없는 일이었다.

"하긴 무산신녀는 가뜩이나 남자에 굶주린 처녀귀신이고, 나는 출중한 외모로 용문마을을 접수하다시피 한 미남자였으니 알 게 뭐야?"

무랑은 또 비 맞은 중처럼 구시렁거리기 시작했다.

생각할수록 자신의 처지가 처량했으므로 그런 식으로라도 위안을 찾고 있었던 것이다. 하지만 그런 불쌍한 상상도 오래가지 못했다.

딱!

"아야―"

어디선가 갑자기 자갈 하나가 날아들어 정확히 무랑의 이마를 맞추었다.

무랑은 이마를 어루만지며 주위를 둘러보았다. 아무것도 보이지 않았고, 인기척도 없었다. 그저 깊게 자리 잡은 어둠과 정적이 무랑을 황당하게 할 뿐이었다.

딱!

"아이야하—"

파공성조차 없이 날아든 자갈이 다시 무랑의 이마를 맞추었다. 장난이 아니었다.

"이런— 누구야? 어떤 싸가지없는 놈이 기구한 미남 중에서도 가장 기구한 미남의 이마에 돌을 던지는 거야?"

무랑은 이마를 어루만지며 팩 소리를 질렀다. 달콤한 연애? 아무리 생각해도 자기 팔자엔 어울리지 않는 꿈이었다.

"호호호호, 너, 아주 재미있는 강아지구나? 마침 심심했는데 잘됐다. 너, 내 예삐 해!"

"……"

분명 여자의 목소리였다. 그런데 너무 어렸다.

'아니지, 어린 게 아니라 젊은 거지? 하지만 무산신녀의 등장치곤 너무 과격한데……?'

이마를 어루만지는 와중에도 무랑은 한 가닥 희망의 끈을 놓지 않았다. 남자고 여자고를 떠나서 일단 사람을 만났다는 것만으로도 고마운 일이었다.

'아무리 그래도 그렇지. 왜 얼굴에 돌을 던지는 거야? 이 잘난 얼굴에 흠집이라도 나면 내가 뭘 믿고 더 살아가겠어. 매일 조석으로 방초 거울 훔쳐보는 재미로 살아온 난데……!'

다소 억울한 느낌이 들긴 했으나, 무랑은 걸음을 멈춘 채 목소리의 주인공이 나타나기만을 기다렸다. 살며시 손을 들어 잘난 얼굴을 방어하면서.

따그닥, 따그닥……!

잠시 후, 산비탈 위에서 말발굽 소리보다는 다소 작은 네발짐승의 발걸음 소리가 들려왔다. 하지만 가뜩이나 흐린 날씨에 날까지 저물어 형체를 구분할 수 없었다.

"예뻐야, 너 이 언니가 구운 콩 줄까?"

"……."

계집의 말이 너무 황당해서 무랑은 아무 말도 할 수 없었다. 그저 좀 더 가까이 다가와서 정체를 드러내길 바랄 뿐이었다.

"호호, 이 언니가 너무 예뻐서 수줍니?"

"……."

"예뻐야, 아까는 막 짖어대더니 왜 갑자기 조용하니? 호호, 하긴 예전에 무척 말 많은 예뻐를 기른 적이 있는데, 귀엽긴 했지만 날 배신하고 도망갔어. 배신 예뻐보다는 침묵 예뻐가 낫지. 호호호호. 잘됐다. 자, 너 구운 콩 먹어."

어느새 무랑 앞까지 다가온 계집이 손을 내밀며 말했다.

하지만 희미한 영상만 잡힐 뿐, 무랑으로선 그 계집애의 모습을 자세히 볼 수 없었다. 다만 계집이 무엇인가를 타고 있으며, 자신에게 내민 손이 작다는 것을 어렴풋이 확인할 수 있었을 뿐이다.

"저… 나는 그저 길을 잃은 것뿐이오. 하지만 성의를 보아 구운 콩은 고맙게 먹겠소."

무랑은 무산신녀가 좀 독특한 방법으로 현신할 수도 있다는 황당한 희망과 함께 손을 내밀어 구운 콩을 받아 쥐었다.

"호호호, 이제 보니 너도 말이 많은 예뻐구나? 그럼 배신도 할 수 있겠네. 어쩌지? 아예 다리몽댕이를 부러뜨려서 키워야 하나? 오라버니 생각은 어때요?"

"가르릉……! 주, 주인님 맘대로 해라."

"……."

무랑은 또 다른 사내의 목소리를 듣는 순간 온몸에 소름이 돋았다.

막연히 네발짐승이라고 생각했던 것의 정체가 사람이었던 것이다. 그것도 어수룩한 듯하면서도 소름 끼치는 중년의 목소리였다.

"호호, 들었지? 오라버니는 무조건 내 편이야. 그리고 얼마나 과묵한지 아니? 과묵한 만큼 의리도 있지. 결코 배신 따위는 하지 않아."

"……."

"어머, 너 다시 과묵해진 거니? 호호, 그래도 머리가 나쁜 예뻐는 아니구나. 그런데… 생각해 보니까 예전에 달아났던 배신 예뻐도 무척 영악했던 것 같애. 머리 좋은 것들은 꼭 사람을 배신하더라. 너는 말도 많고 머리도 좋으니까 다리를 부러뜨려도 달아날 수 있을 것 같아. 그럼 아예 반신불수를 만들어놓아야겠군."

"……."

무랑은 너무 황당해서 말이 나오지 않았다.

정말 미칠 노릇이었다. 어쩌다 만난 인간들이 미치광이들이었으니, 그로서는 한숨만 새어 나올 뿐이었다.

'하긴 개보다 못한 취급받던 내 팔자에 무슨 연애냐? 그나저나… 이거 꼬맹이가 분명한데 상당히 싸가지가 없군. 다 큰 어른이 애랑 놀아주기도 뭐하고. 게다가 이 소름 끼치는 놈은 또 뭐야?'

무랑은 손아귀에 든 구운 콩을 씹어 먹으며 잠시 생각에 잠겼다. 꼬마 계집애뿐이라면 좋게 훈계를 한 후 볼기나 몇 대 때리면 그만이었다. 하지만 소름 끼치는 사내의 정체가 무엇인지 알 수 없었으므로 잠시 더 지켜보는 수밖에 없었다.

"호호. 예뻐, 너는 무척 간이 크구나. 그 와중에 콩이나 씹어 먹고 있는 걸 보면 말이야."

"정말 못 참아주겠다, 꼬마야. 산중에서 혼자 자라 버릇이 없는 모양이구나? 어른에게 그렇게 까불면 떼끼야, 떼끼……!"

가뜩이나 짜증이 나는 상태였으므로 무랑은 손바닥을 치켜들어 가볍게 허공에 치는 시늉을 하며 말했다. 하지만 잠시 후 그는 서늘한 기운에 몸을 움찔해야 했다.

화르륵……!

마치 처음부터 존재했다는 듯 하나의 불덩이가 허공 중에 생겨났다. 그리고 그 불빛 아래로 싸가지없는 계집애와 소름 끼치는 사내의 모습이 그대로 드러났다.

얄궂게 생긴 어린 계집애와 어지럽게 머리를 풀어헤친 중년의 꼽추. 전혀 어울리지 않는 두 사람이 자기 앞에 서 있었던 것이다.

농귀와 엽수였다. 무랑과는 초면이지만, 아마 무산이 보았다면 까무러쳤을 것이다. 방금 전 꼬마 계집애가 말했던 말 많고 영악해서 달아난 배신 예쁘가 바로 무산이었기 때문이다.

비록 초면이었지만 무랑이 받은 충격 역시 작은 것은 아니었다. 농귀는 그렇다 해도 엽수의 몰골은 공포 그 자체였기 때문이다.

"예쁘! 너 말버릇이 배신 예쁘와 너무 똑같애. 기분 나빠. 반신불수로 만들기 전에 버릇부터 고쳐 놓아야겠구나."

농귀는 말을 마치는 것과 동시에 엽수의 어깨 위에서 휘릭, 날아올랐다. 그리고는 나뭇가지 위에 횃불을 꽂아놓은 후 바닥으로 내려섰다. 귀신처럼 빠른 몸놀림이었다.

'고수다. 그저 싸가지없는 꼬마로 보았다간 낭패를 당하겠는걸?'

무랑은 방금 전과는 다른 공포로 몸을 떨었다.

"호호, 하지만 자세히 보니까 너무 예쁘다. 배신 예쁘보다 더 예뻐."

농귀는 무랑의 얼굴을 빤히 쳐다보며 볼을 붉게 물들였다.

"자. 너, 구운 콩 좀 더 먹어."

"……."

농귀는 몸집만 작은 게 아니었다. 영악하고 강하긴 했으나 어떤 부분에선 영락없는 어린아이였다.

무랑은 잠시 망설였으나 일단 성의를 거절해 어린 고수를 화나게 할 생각은 없었다. 그래서 손을 뻗어 농귀가 내민 콩을 받아 쥐었다.

"그 콩이 모두 열다섯 알이거든? 그러니까 너는 열다섯 대를 맞아야 돼. 반신불수로 만들지는 잠시 후에 다시 생각할 거야. 넌 너무 예쁘니까. 자, 한 대……!"

퍽!

"아흐으—"

미처 농귀의 말을 이해할 새도 없었다. 농귀는 말을 끝내기도 전에 발을 뻗어 무랑의 정강이를 걷어찬 것이었다.

"두 대!"

"헉……!"

정강이의 통증을 참지 못해 허리를 굽히는 사이 농귀는 팔꿈치로 무랑의 등을 내리찍었다.

"세… 아얏!"

농귀는 방심하고 있었다. 무랑이 비록 고수의 반열에 오를 정도는 되지 못했으나, 무공으로 몸이 다져진 사내란 것을 그녀는 알지 못했던 것이다.

무랑은 팔꿈치에 등을 찍히는 순간 이를 악물고 몸을 날려 농귀를 덮쳤다.

"이런 버르장머리없는 계집애! 오늘 네 버르장머리를 고쳐서 네 부모를 기쁘게 해주마. 에이라, 이……!"

농귀를 쓰러뜨린 후 잽싸게 그녀의 배 위에 올라앉아 얼굴에 주먹을 날리려던 무산은 잠시 멈칫할 수밖에 없었다. 아무리 열이 받는다 해도 어린아이에게 주먹질을 할 수는 없었던 것이다.

그것이 패인이었다.

"햐얍!"

퍽!

…….

밑에 깔려 있던 농귀가 그대로 발을 들어 올려 무랑의 뒤통수를 찍어 찼던 것이다. 그 한 수로 무랑은 깔끔하게 농귀의 몸 위로 나자빠졌다. 그리고 다시 일어서지 못했다.

"어휴, 사나운 예쁜걸. 호호, 그런데 왜 가슴이 떨려오지?"

농귀는 자기 몸을 덮쳐 누른 채 혼절해 버린 무랑 때문에 낑낑거리면서도 얼굴을 붉히고 있었다. 비록 어린아이의 몸집이지만 남자를 필요로 할 만큼 충분히 성숙한 나이였던 것이다.

"어… 어……!"

그때까지도 멀뚱히 싸움을 지켜만 보고 있던 엽수가 농귀의 머리맡을 가리키며 괴이한 소리를 내질렀다. 뭔가 말을 하고 싶었지만, 다급한 나머지 말이 나오지 않는 것 같았다.

"왜 그래, 오라버니?"

엽수의 행동을 이상히 여긴 농귀는 무랑을 밀어젖힌 후 자신의 머리맡을 살폈다. 그곳에는 무랑이 품속에 간직하고 있던 좌불 형상의 옥패가 떨어져 있었다. 무랑이 고꾸라지는 사이 흘러나온 것이다.

"어? 이건……!"

농귀의 얼굴에 당혹스런 표정이 스쳐 지나가고 있었다.

6장 기문둔갑

곰 세 마리가 한 집에 있었다.
아빠 곰, 엄마 곰, 아기 곰.
저마다 구르는 재주가 있었다.
살아남기 위해.

1
기문둔갑

당문이 자리 잡고 있는 사천성 성도 부근, 한 야산의 계곡.

무산과 당수정, 당비약, 당유작 등 네 명은 서늘한 계곡 물에 몸을 반쯤 담근 채 가부좌를 틀고 있었다. 그리고 멀지 않은 바위 위에 취설이 앉아 제자들의 수련을 감독했다.

겉으로는 평온해 보였지만 사실 운기조식에 들어간 네 명의 제자들은 뼛속까지 파고드는 한기에 치를 떨고 있었다. 아직 여름이 다 가지는 않았다 해도 이른 새벽의 계곡 물은 찌릿찌릿할 만큼 차가웠던 것이다.

하지만 아무도 불평할 수 없었다. 이제 소림에서 치러지는 무림맹 비무대회는 한 달 반가량이 남아 있었으므로 실질적으로 무공을 연마할 수 있는 시간은 한 달 정도밖에 되지 않았다.

당문 비무대회 이후 무산을 비롯한 네 명의 참가자들은 오당마환과 취설에 의해 본격적으로 무공 수련에 들어갔다. 원래는 양정과 음정까지 무공 지도에 나설 계획이었으나 자신들의 제자인 음개와 양벽이 모두 탈락하는 바람에 스스로 뒷전에 물러났다.

따라서 각각 용(龍)과 봉(鳳)의 주인이 된 당유작과 당비약의 사부 취설과 오당마환에게 전적으로 교육이 맡겨진 것이다.

하지만 지난 한 달 동안은 오당마환의 독무대였다. 적어도 실제 무공에 있어 오당마환은 당문의 최고수였기 때문이다.

반면 취설은 그저 하루에 반 시진가량 강호의 여러 무학을 강의하는 정도에서 교육을 마쳤다. 취설의 무학은 그 폭이 넓고 깊었다. 비록 하루 반 시진에 불과한 강의였지만, 그것은 우물 안 개구리였던 당문의 후학들에게 많은 도움이 되었다.

그런데 오늘은 어쩐 일인지 새벽부터 취설의 교육이 시작되었다. 원래 훈련은 묘시(卯時)부터였으나, 취설은 한 시진을 앞당겨 인시(寅時)에 네 명의 제자들을 잠에서 깨워낸 것이다. 그리고 곧장 이 계곡으로 끌고 와 다짜고짜 물속에 집어넣었다.

그것이 다였다. 일각가량이 지난 지금까지 네 명의 제자들은 한기와 싸워가며 운기조식에 들어가 있었다.

한편 취설은 작은 작대기에 낚싯줄을 엮어 그것을 물에 드리운 채 낚시 삼매경에 빠져들었다.

'젠장, 운기조식을 하는데도 왜 이렇게 추운 거야. 나만 그런가?'

이유를 알 수 없었다. 아무리 계곡 물이 차더라도 이미 일각가량이나 운기조식을 했다. 서서히 온몸에 열기가 돌고 단전이 따뜻해져야 하는데 무산의 몸은 점점 얼음처럼 차가워지고 있었다.

「추, 춥지요, 주인님. 저, 저도 얼어 죽을 것 같아요.」

휘누백이 어금니를 달그낙거리며 전음을 보내왔다. 이놈의 물귀신은 새벽잠이 덜 깬 것인지 무산의 몸 여기저기를 휘돌아 다니며 속을 불편하게 했다.

[물귀신이 물 만났으면 행복해야 하는 거 아니냐?]

무산은 다급하게 숨을 내쉬며 화답했다. 자칫 주화입마에라도 들면 큰일이었으므로 운기조식을 멈춘 것이다.

「헤헤. 주인님, 아무리 그래도 노는 물이 워낙 다릅니다요. 아직 못 느끼셨습니까요? 이 웅덩이는 음기가 지나치게 강성합니다요. 원래 이 산의 지형이 요녀(妖女)의 나신을 닮아 있는데, 이 계곡은 그 한가운데에 위치해 있습죠. 풍수지리에 입각해서 보자면, 여러 사내 잡을 계곡입니다요. 헤헤, 주인님은 그나마 저 때문에 따뜻하게 버티고 계신지 아십시오. 요놈의 음기들이 저한테만 덤벼들고 있으니 말입니다요.」

[……]

무산은 살짝 눈을 치떠 주위를 둘러보았다.

가부좌를 튼 채 흐트러지지 않은 자세를 유지하고는 있었으나 당비약과 당유작 역시 아주 고통스런 표정이었다. 어금니를 악문 채 버티고는 있으나 얼굴이 벌겋게 상기되어 있었다. 당수정 역시 마찬가지였다.

[야, 휘두백. 그런데 왜 우리 마누라까지 저 지경이냐? 우리 마누라는 여자잖아. 음기가 달려들지 않아야 정상 아냐?]

「이런, 젠장할. 주인님은 이 종놈보다 무식하군입쇼. 흔히 양과 음의 속성이 상충할 것이라고 믿지만 정반대입니다요. 양과 음은 조화의 속성을 가지고 있지요. 궁합의 바탕이 그것 아닙니까요. 오히려 같은 성인 양과 양, 음과 음이 마주했을 때 상충이 일어납니다요. 지금 마님의 상태는 네 사람 중 가장 위험한 것입죠. 온몸에서 상충이 일어나고 있으니까요.」

[뭐? 우리 마누라가 위험해?]

무산은 안쓰러운 눈빛으로 당수정을 바라보았다.

지난 비무대회 이후 무산과 당수정 두 사람의 관계는 급속도로 호전되었다. 서로가 서로를 얼마나 필요로 하는지 비로소 깨닫게 된 것이다. 그동안 속마음을 감춘 채 서로에게 으르렁거리기는 했으나, 어느새 정이 들고 말았다는 것을 두 사람은 인정해야 했다.

'이런, 마음 아픈 일이……! 수정, 내 가슴이 갈가리 찢기는 듯하구려.'

무산은 한숨을 내쉬며 연민의 표정으로 당수정을 쳐다보았다.

[이보게, 무산. 수업 태도가 상당히 불량하군.]

취설의 전음이 날아온 것도 그 순간이었다.

무산은 재빨리 취설 쪽으로 눈을 돌렸다. 취설은 파리를 잡아 낚싯바늘에 꿰며 태평한 얼굴로 앉아 있었다. 매번 느끼는 것이지만 의외로 능글맞고 잔혹한 인물이었다.

"자, 이제 모두 호흡을 가다듬고 내 말에 주목하게."

취설은 다시 계곡에 낚시를 드리운 후 담담하게 입을 열었다.

"현재 자네들의 무공 수위는 그야말로 삼류지. 솔직히 그 실력으로 무림맹 비무대회에 나간다는 것은 당문의 얼굴에 먹칠을 하는 게야."

눈은 수면 위에 둔 채 하품까지 해가며 담담하게 말하던 취설은 갑자기 고개를 돌려 무산을 빤히 쳐다보았다.

"그런데 내가 자네들에게 무공을 전수할 수 있는 시간은 짧게는 한 달, 길게는 한 달 보름 정도밖에 되지 않아. 그 짧은 시간 동안 나는 어떻게 해서든 자네들을 이류 정도로 만들어놓아야 하지. 그래서 오늘부터는 쪽집게 과외를 시키기로 했지. 이제부터 매일 새벽 여러분은 이 음계(陰溪)에 몸을 담그고 반 시진 동안 내공 연마에 들어가야 해. 그 다음 반 시진가량 강의, 혹은 실전으로 수양을 쌓게 되지. 농땡이 피다간 평생 삼류로 머무는 수가 있어. 날이면 날마다 하는 강의가 아니거든. 자, 이 부분에 이의나 질문 없지?"

취설은 여전히 무산만을 빤히 쳐다보며 말하고 있었다. '특히 너, 똑바로 해!' 라는 눈빛 표현이 제대로 전해지고 있었다.

'날이면 날마다 하는 강의가 아니어……. 흥! 뱀장수 사족이가 생각나는군. 이 능글맞은 인간에게 한 달간 시달릴 생각을 하니 갑자기 열이 나는군. 어휴— 그런데 왜 뼈가 더 시려지는 거야? 열이 나면 따뜻해져야지.'

뼈를 파고드는 한기를 더 이상 참을 수 없었다.

"질문있습니다."

무산은 웅덩이에서 벌떡 일어나며 말했다. 별로 궁금한 건 없지만 더 앉아 있다가는 얼어 죽을 것 같았기 때문이다.

"어머, 저도 질문있어요."

실과 바늘이라고 했다. 당수정 역시 나름대로 무엇인가가 궁금하거나 엉덩이가 시렸을 것이다. 여자는 무엇보다 배와 엉덩이를 따뜻하게 해주어야 하니까.

무산과 당수정의 반응에 취설은 낮게 한숨을 내쉬었다.

'음… 역시 강적이야. 특별 관리를 할 필요가 있어. 무엇보다 저 무산이란 녀석, 격리 수용을 했어야 해.'

취설은 가늘고 긴 손가락으로 고운 목 선을 매만지며 생각에 잠겼다. 강호 최고의 음양가(陰陽家)로 온갖 귀신을 부리는 그였지만, 막상 무산을 다루는 데는 어려움이 많았다. 이유는 알 수 없었으나 처음 보는 순간부터 보통 놈이 아니란 인상을 받았던 것이 사실이다.

하지만 취설 역시 결코 만만한 인물은 아니었다.

"그래, 뭐지? 그나저나 일단 앉아. 앉아서 대화를 나누도록 하지."

"……."

"편하게 앉으라니까?"

"네……."

어쩔 수 없는 일이었다. 무산과 당수정은 최대한 느린 동작으로 웅덩이에 다시 몸을 담갔다. 물론 서로를 연민의 시선으로 바라보는 것을 잊지 않았다.

다시 몸을 담그자 엉덩이와 복부로 전해지는 한기는 몇 배나 강성해진 것 같았다.

[서방님, 사실 전 별로 궁금한 게 없거든요? 서방님은 궁금한 게 많은 거 같은데 저 질문 하나만 빌려주세요.]

[수정, 사실 나도 한 가지밖에 없었소. 하지만 걱정하지 마시오. 당신도 그저 나랑 똑같은 게 궁금했다고 둘러대시구려.]

[어머, 서방님의 잔머리는 나날이 빛을 발하는군요. 호호호!]

정말 닭살이었다. 최근 당수정은 무산에게 깎듯이 남편 대접을 했고, 그런 바람직한 분위기 속에서 둘의 애정은 새록새록 피어나고, 깊어지고, 향긋해졌다.

"그래, 무산. 무엇이 궁금한가?"

취설은 회심의 미소를 지으며 무산에게 물었다.

"예…… 이거 언제 끝나나요? 아직 반 시진 안 지났나요? 미명이 밝아오는 것으로 보아 족히 반 시진은 더 된 듯한데요. 피부로 느껴지기로는 세 시진 정도는 지난 것 같고……."

"그런가? 하하, 하지만 아닐세. 이제 겨우 일각이 지났을 뿐이네. 자네가 착각을 했군. 앞으로 삼각 정도는 더 버텨야 하지. 게다가……."

"에이, 거짓말이죠?"

"자네, 입 다물게. 이제부터 함구령을 내리겠네. 그리고 나 취설은 거짓말을 못한다네."

"……."

무산의 완패였다.

하고 싶은 말은 많았지만, 성질 죽이며 살아가기로 한 만큼 무산은 굳게 입을 다무는 수밖에 없었다. 그나저나 일각이라니… 좀 더 정밀한 시계의 개발과 대중적인 보급이 절실하게 느껴지는 순간이었다.

"자, 다음. 당수정, 자네는 무엇이 궁금한가?"

"예? 호호, 방금 전에 풀렸습니다. 저도 우리 서방님과 똑같은 게 궁금했었거든요."

당수정은 낯을 붉히며 모깃소리만큼 작게 대답했다.

"그랬군. 그럴 수도 있지. 그런데 말일세…… 자네, 혼례를 치른 후 무척 무뎌지고 멍해진 것 같으이. 혹시 그런 것 못 느끼는가? 대부분의 여자들이 그렇다고는 들었으나 천하의 당수정이 그렇게 되리라고는 미처 생각지 못했어."

"……"

충격이었다. 취설의 말이 전혀 틀린 것만은 아니었다. 적어도 무산과 화해하고 나서부터 당수정은 다소 맹해졌다. 하지만 당수정이 그것에 대해 곰곰이 생각하기도 전에 취설의 말이 이어졌다.

"뭐, 어쨌든 궁금증이 풀렸다니 다행이군. 그래, 아마 뼛속까지 한기가 치고 들어올 걸세. 하지만 자네들은 그 고통을 이겨내야겠지. 지금 자네들이 들어앉아 있는 웅덩이는 순수한 음계(陰溪)의 기운으로 뭉쳐져 있다네. 원래 그 웅덩이의 바닥은 이 산의 주요한 혈(穴) 네 곳이라네. 이 계곡의 원천에서 흐른 물이 그 네 곳의 혈을 통해 산 전체를 돌게 되지. 아마 자네들은 운기조식을 하면서도 몸이 따뜻해지지 않아 이상하게 여겼을 걸세. 하지만 그것은 어쩌면 당연한 일이야. 단전의 기가 일주천하며 몸을 달구어야 하건만, 웅덩이의 음수(陰水)가 기 운행을 방해했기 때문이지. 호흡법이 다르니 어쩔 수 없는 일일 걸세. 무림인들은 내공을 수련하기 위해 각 문파마다, 혹은 저마다 독창적인 운기조식법을 개발하게 되었지만 그것이 완전할 수는 없지. 하지만 지금 자네들이 앉아 있는 웅덩이에선 순수한 방식으로 이 산의 기가 운행되고 있네. 끊임없이 음기를 빨아들이고 내쉬며 호흡을 하고 있는 것이야. 호흡은 기의 흐름과 관련된 것으로, 그 웅덩이 역시 운기조식을 하고 있다는 이야기가 성립될 수 있지. 그리고 그것이 자네들의 행공을 방해한 것이고."

취설은 이번에도 미끼만 날리고 말았는지 다시 낚싯대를 거두었다. 그로 인해 잠시 말이 끊겼으나 잠시 후 날아가는 파리 한 마리를 낚아채 바늘에 끼운 후 계속 말을 이었다.

"내공이란 자기 내부에 잠재된 기를 얼마만큼 일깨워 활용할 수 있느냐 하는 것과 관계된다네. 그 바탕이 되는 것은 끊임없는 기의 흐름이고. 그런데 그것의 가장 모범적인 사례가 어떤 것이겠는가? 1년을 주기로 흐르는 우주의 기 운행이지. 흔히 자연의 섭리라고 일컬어지는 사계의 변화 같은 것들 말일세. 자, 이제까지의 운기조식법을 잊고 그저 지금 여러분이 몸 담고 있는 웅덩이의 호흡을 느껴보게. 그게 오늘의 쪽집게 과외일세. 음… 여기까지 이해할 수 없는 부분이나 질문은 없겠지?"

다시 낚싯줄이 담긴 수면에 시선을 옮긴 취설이 담담하게 물었다.

'왜 항상 저 인간 말은 약 장수 사설처럼 들리는 거야? 물고기 한 마리 못 잡는 주제에 아는 척은 꽤나 해요. 하긴, 파리는 잘 잡더군.'

무산은 또다시 온몸을 얼려 버릴 것 같은 음수(陰水)에서 몸을 빼냈다.

"또 질문있습니다."

"자넨 발언권이 박탈되었다니까."

취설은 다소 짜증 섞인 음성으로 대답했다.

'흥! 저 인간 나를 두려워하고 있군. 하긴, 내가 워낙 정곡을 찌르는

데 능하니 그럴 수도 있겠지. 하지만 자신의 학설이 깨지는 걸 두려워하는 것은 학자로서의 자질을 의심케 하는 나약한 마음가짐이지. 히, 히, 히!'

취설의 반응과는 상관없이 무산은 허리에 두 손을 얹은 후 진지한 표정으로 다시 입을 열었다.

"하지만 질의권까지를 박탈당한 건 아니지 않습니까?"

"흠…… 좋아, 하지만 이번엔 나를 실망시키지 않았으면 좋겠군."

취설은 손을 위아래로 휘저어 앉으라는 시늉을 하면서 음산하게 말했다.

무산은 한숨을 내쉬며 웅덩이에 주저앉았다. 또다시 참기 어려운 한기가 온몸을 파고들었다.

"헤헤, 이건 정말 중요한 문제입니다요. 어쩌면 열흘에 걸쳐도 깨닫지 못할 문제일 수 있거든요. 시간이 넉넉하다면 상관없지만, 저희가 워낙 급조된 재원들이다 보니……."

"그래, 말을 해보라니까!"

"헤헤, 취 사부님답지 않게 흥분을 다 하시고… 그러면 더 노하시기 전에 핵심 사항을 여쭙겠습니다요. 저… 방금 전 웅덩이가 이 산의 혈이니 그 호흡을 느껴보시라 했는데, 그렇다면 저희는 지금 그 혈을 깔고 앉은 것입죠?"

"뭐, 표현상 좀 격하기는 하지만 그렇다고 할 수 있지."

"헤헤, 그래서 말인데… 웅덩이의 호흡을 무엇으로 느껴야 합니까? 항문으로 느껴야 하는 건갑쇼? 무릎 관절이나 발가락으로 느끼는 것보다는 아무래도 좀 더 바닥과 밀접한 호흡 기관으로 느껴야 할 것 같은데 혹시 제 생각이 틀리다면 시간을 낭비하는 것 같아서……."

"……."

무산의 말에 취설은 낚싯대를 쥔 손을 바르르 떨었다. 눈썹까지 씰룩이고 있는 것으로 보아 평정심을 잃고 있는 것이 분명했다.

하지만 그것도 잠시였다. 취설은 곧 차분한 표정으로 돌아왔다. 게다가 흐뭇한 미소까지 얼굴에 띠며 무산을 빤히 쳐다보았다.

"미처 내가 생각지 못했던 것인데 자네 말을 들어보니 일리가 있군. 인체의 모든 구멍에선 호흡이 이루어지지. 항문이라고 해서 무시당할 순 없네. 자네 말이 맞아. 항문도 하나의 호흡기라고 박박 우길 수 있지. 그렇다면 아무래도 호흡에 관련된 것이니 호흡기인 항문으로 느낄 때 더 실감나게 느낄 수 있겠군. 무산! 자네로 인해 내공 수련 시간이 단축되었으니 오늘은 이만 웅덩이에서 나오도록 하지. 자, 자네들도 이제 다 나오게."

"이얏호!"

무산은 취설의 말이 떨어지기 무섭게 웅덩이에서 몸을 일으켰다. 뭔가 구린 구석이 느껴지기는 했으나 일단 얼어 죽을 위기는 넘겼기 때문이다.

당수정 또한 존경 어린 눈빛으로 자기 낭군을 보며 몸을 일으켰고, 뒤이어 당유작과 당비약이 뭔가 미심쩍다는 표정으로 웅덩이를 빠져나왔다.

네 사람이 젖은 옷을 털어내며 한차례 몸을 바르르 떨 때 취설이 낚싯대를 거두며 느릿느릿하게 말했다.

"자, 원래 남은 시간은 새벽 귀신을 불러내 대련을 해볼 생각이었네. 방술사들이 무공을 연마할 때 이용하곤 하는 방법이지. 하지만 오늘은 첫날이니 내가 직접 자네들 중 한 명과 비무를 겨루어보지. 순수하게 연습 차원에서!"

뭔가 불길했다. 취설은 야릇한 미소를 지으며 무산을 빤히 바라보고 있었던 것이다.
 '저 인간… 정말 순수한 마음으로 지껄이고 있는 걸까?'
 무산은 다시 한 번 바르르 몸을 떨어야 했다.

2
기문둔갑

취설이 제자들을 데리고 간 곳은 계곡에서 멀지 않은 공동묘지였다.

미명이 있기는 했으나 아직 어둑어둑한 새벽에 공동묘지를 찾은 만큼 무산은 그다지 기분이 좋지 않았다. 더욱이 공동묘지 특유의 퀴퀴한 냄새로 머리가 아파올 지경이었다. 그 냄새는 분명 '상쾌한 새벽 공기'와는 거리가 먼 악취였다.

'이 인간 취향은 정말 별나단 말이야. 이 시간에 왜 묘지에 오냐고. 이러니 수염이 안 나지. 그러고 보니 정말 이상하군. 환갑이 넘었을지도 모르는 나이에 저렇게 탱탱한 피부를 가진 것도 수상해. 이 인간 혹시 둔갑한 구렁이 아냐?'

무산은 시종 툴툴거리며 취설을 따랐다. 조만간 자신에게 닥칠 위기를 막연히 느끼고 있기에 좀체 안정이 되지 않았던 것이다.

"음, 여기가 좋겠군."

취설은 공동묘지의 한가운데에 있는 널찍한 공터에서 걸음을 멈추었다. 말이 공터지, 풍상에 무너져 자취를 감춘 무덤 자리가 틀림없었다. 발에 밟히는 사토나 주변의 정황으로 살폈을 때 그것은 의심의 여지가 없었다.

"그럼 이제 시작해 볼까? 지금부터 펼쳐질 비무는 기문둔갑에 대한 이해에도 도움이 될 걸세. 비무에 앞서 잠시 기문둔갑에 대한 설명을 하고 넘어가도록 하지. 흠흠!"

취설은 태극 문양이 그려진 도포를 손으로 툭 쳐서 날린 후 뒷짐을 지었다. 그리고 다시 무산의 얼굴을 빤히 쳐다보며 입을 열었다.

"기문둔갑이 하도(河圖)와 낙서(洛書)의 수(數) 배열 원리를 근간으로 하는 병법 술수라는 것은 익히 알고 있을 것이라 믿네. 쉽게 말해 음양을 따져 그 변화하는 모습에 따라 길흉을 점치거나 은닉하는 용병술이라 할 수 있지. 제갈공명이 바람의 방향을 점쳐 화공을 이용할 수 있었던 것도 다 기문둔갑에 능했기에 가능했던 것일세. 흔히 역학에 있어 최고의 경지를 이루는 부문을 기, 을, 림 3수라 하네. 즉 기문둔갑과 태을, 육임 세 가지를 일컫는 것이지. 이 세 가지를 통달하면 지상 신선이 된다고 하지. 제갈량 외에도 장자방이 이에 능통했는데, 그가 천막 안에서 천 리 밖의 적군을 물리칠 수 있었던 것도 기문둔갑 덕분이었네. 근래에는 길거리의 점쟁이들조차 기문둔갑을 들먹이고 있으나 원래 그것의 주요 소용은 병법에 있었다는 이야기일세. 하지만 꼭 그런 것만은 아니지. 기문둔갑은 크게 두 가지로 분류되거든. 좌도기문과 우도기문이 그것인데, 지금까지 말한 병법으로서의 기문둔갑이 우도기문이고, 이제부터 내가 선보일 기문이 좌도기문일세. 좌도기문은 둔신술이나 변신술을 비롯한 각종 도술을 의미하는 것이지."

취설은 말을 마친 후 허리춤에서 부채 하나를 꺼내 들었다. 그리고 그것을 활짝 펼쳤는데, 부채에는 부적처럼 생긴 기문(奇文)이 적혀 있었다.

'그 인간 정말 말 많다. 어휴, 어떻게 숨도 안 쉬고 떠드냐? 저 인간 분명히 잘난 척하다 죽을 거야. 천기누설로 벼락 맞아 죽거나.'

무산은 취설의 장황한 설명에 얼마간 위축이 됐지만 쫄 수만은 없었다. 그래서 특유의 빈정거림으로 긴장감을 덜었다.

하지만 취설은 마치 무산의 마음을 읽고 있기라도 한 것처럼 점점 눈에 힘을 주었다. 그리고 천천히 부채질을 하며 눈매를 매섭게 만들어갔다.

'어쭈구리. 새벽에 웬 부채질? 하긴, 너무 열심히 지껄였으니 땀도 나겠지.'

눈싸움에서 밀릴 수는 없는 일이었으므로 무산은 도끼눈을 만들어 취설을 빤히 쳐다보았다. 사실 쫄 이유는 아무것도 없었다. 말 많은 인간치고 실속있는 인간은 드물었으므로.

"자, 이제 자네들 중 한 사람과 비무를 겨뤄볼까? 무엇보다 실전이 중요하니 좋은 기회가 될 걸세. 누가 자원을 하겠는가?"

취설은 부채를 접고 제자 네 명을 골고루 쳐다보며 말했다.

의외였다. 무산으로선 취설이 자신을 지목해 겨룰 것으로 생각했다. 그런데 지원자를 뽑는 공정하고 대범하며 감동적인 방법을 택했던 것이다.

'뭐, 저 인간이 그렇게 옹졸한 인간은 아니지. 겪어본 바에 의하면 나름대로 정도를 지킬 줄 아는 위인이야. 하하하.'

하지만 아니었다. 예상대로 지원자는 아무도 없었고, 취설은 실망스럽다는 눈빛으로 고개를 저으며 다시 입을 열었다.

"나와 겨루는 것이 두렵다면 무림맹 비무대회를 포기하게. 그곳엔 비록 젊지만 나보다 강한 고수들이 많다는 것을 알아야지. 자, 나와 겨루고 싶은 사람은 손을 들어보게."

"……."

취설의 비아냥거림에도 불구하고 누구도 손을 들지 않았다. 하지만 그쯤은 예상했다는 듯 취설의 입가로 야릇한 미소가 스쳐 지나갔다.

이해할 수 없는 일이 벌어진 것은 그때였다. 취설이 손에 들고 있던 부채 끝을 살짝 들어 올리자 멀쩡하던 무산의 팔이 마치 꼭두각시처럼 쑥 치켜 올려진 것이다.

"오호, 역시 무산이로군. 아까부터 학구열을 불태우더니 이번에도 나를 실망시키지 않았어. 그래, 자고로 사내란 일관성이 있어야지."

만면에 웃음을 띠는 취설과는 달리 무산은 온몸에 소름이 돋았다.

정말이지 귀신이 곡할 노릇이었다. 하지만 무산의 순발력은 아직 죽지 않았다.

"헤헤, 아닙니다. 제가 어찌 취 사부님과 겨루겠습니까? 사부님의 애제자인 당유작 대형을 추천합니다."

"……."

취설은 잠시 당황했다. 방금 전 그는 무산이 방심하는 틈을 타 술법으로 무산의 신체를 조종하기는 했으나 뚫린 입까지 막지는 못했던 것이다.

"음, 그건 아무 의미가 없을 듯하군. 유작이는 이미 나와 여러 번 비무를 겨루었네. 그리고 비약이나 수정이 역시 당문의 자식들인만큼 기문둔갑에는 얼마간 견식이 있지. 하지만 무산 자네는 좀 다른 경우지. 내 생각엔 자네가 적임자인 듯하군. 하하하……."

"……."

무산으로선 황당할 수밖에 없었다. 취설의 속이 뻔히 들여다보였던 것이다.

'인간아, 그럼 애초에 지원자를 받지 말지……!'

할 말은 많았으나 이미 정해진 취설의 마음을 바꿀 수는 없었다. 괜히 성질만 돋우었다가 봉변을 당할 수도 있는 일이고. 그저 깨끗이 받아들이는 것이 나을 듯했다.

"쩝! 취 사부님의 뜻이 정 그렇다면 어쩔 수 없지요. 대신 순수하게 가르침을 목적으로 하는 거라고 하셨으니까 우리 슬슬 해요."

"하하……! 그러지 뭐."

취설은 이마의 땀을 닦아내며 흐뭇하게 웃었다.

"자, 그럼 시작해 볼까?"

들고 있던 부채를 활짝 펼치며 취설이 말했다.

무산 역시 등에 메고 있던 검의 손잡이에 손을 뻗었다.

차르릉……!

맑은 쇳소리가 공동묘지의 새벽을 갈랐다.

무산은 크게 심호흡을 했다. 하지만 가슴까지 적시고 있는 묘지의 퀴퀴한 냄새, 취설의 이중성에 대한 분노, 당수정의 부담스런 눈빛, 당비약의 야비한 미소 따위로 인해 쉽게 집중이 되지 않았다.

"자, 이곳이 소림의 비무장이라고 생각하게. 자네는 무슨 수를 쓰든 나를 쓰러뜨려야 본선에 진출할 수 있는 상황이고."

"에이, 그냥 슬슬 하자니까요."

무산은 등줄기로 흘러내리는 땀을 느끼며 머리 속으로 여러 가지 무공을 떠올렸다.

취설은 이제껏 자신이 상대했던 상대들과는 여러모로 달랐다. 일단 비무에 임한 그는 지나치게 차분했으며 흔들림이 없었다. 아무런 살기도, 이겨야겠다는 의지도 읽혀지지 않았다. 웅숭깊은 우물처럼 잔잔할 뿐이었다.

"자, 처음으로 선보이는 것은 둔갑을 이용한 변신술일세. 잘 보게나.

변호(變虎)!"

취설은 검지와 중지만을 펼쳐 이마에 댄 후 가볍게 읊조렸다. 그러자 자욱한 연기가 취설의 몸을 감싸기 시작했다.

츠츠츳……!

"헛……!"

무산은 다급하게 뒤로 물러서며 짧은 신음을 내뱉었다. 취설을 감싸던 연기를 뚫고 한 마리의 호랑이가 뛰쳐나왔던 것이다.

하지만 잠시 후, 무산은 뒷걸음질을 멈춘 채 자신을 덮쳐 오는 호랑이를 향해 마주 날아오르며 두 발을 번갈아 내뻗었다.

"쌍호비각(雙虎飛脚)!"

순간의 판단이었다. 그리고 우연이었다.

무산은 호랑이로 변한 취설을 보며 순간적으로 두 마리의 비호를 형상화한 쌍호비각을 펼쳤던 것이다. 다행히 그 공격은 상당히 효과적이었다. 그는 아슬아슬하게 호랑이의 앞발을 스치듯 뛰어넘으며 두 발로 호랑이의 정수리를 찍어 내린 것이다.

하지만 무산의 공격 역시 위력적인 것은 못 되었다. 정수리를 맞추긴 했으나 잠시 균형이 흐트러지는 바람에 힘이 실리지 못했기 때문이다.

"큽……! 제법인걸?"

바닥으로 떨어져 내리며 몇 바퀴를 구르는 사이 취설은 본래의 모습으로 돌아와 있었다. 하지만 벌떡 몸을 일으키는 대신 또 한 번의 변신을 시도했다.

"변사(變蛇)!"

츠츠츳……!

다시 연기가 피어올라 취설의 몸을 감쌌고, 얼마 후 기분 나쁜 소리와 함께 무엇인가가 숲길을 미끄러지듯 빠르게 기어오는 소리가 들렸다.

"뱀?"

아직 어둠이 완전히 가시지 않은 탓에 무산은 바닥으로 기어오는 것의 정체를 눈으로 확인할 수 없었다. 하지만 취설이 정중하게 변신체를 밝힌 만큼 지금 바닥으로 기어오는 것이 무엇인지 눈치 챌 수 있었다.

무산은 다시 빠르게 뒷걸음질하기 시작했다. 눈에 보이지 않는 만큼 소리로 방향을 판단해야 했으나 그것이 쉽지 않았다. 일단은 거리를 좁히지 않아야 했다.

'저 인간, 정말 소름 돋는군. 하고많은 동물 중에 왜 하필 뱀이야? 토끼나 다람쥐 같은 걸로 변할 수도 있잖아? 개구리도 괜찮고.'

사사사삭!

기분 나쁜 소리가 점점 빠르게 무산을 향해 다가왔.

"취 사부, 내 검에 두 동강 나면 어쩌려고 이런 무모한 공격을 펼치십니까?"

무산은 뒷걸음질을 멈춘 후 검을 쥔 손에 힘을 실었다. 하지만 자칫 피를 볼 수도 있다는 생각에 검신을 가볍게 비틀었다. 칼등으로 내리찍기 위해서였다.

사사사삭!

"합!"

뱀이 기어오는 소리가 바로 발치까지 다가오는 순간, 무산은 거꾸로 회전해 오르며 칼등으로 소리의 발원지를 내려쳤다.

"……!"

물컹한 느낌이 미세하게 손가락을 타고 온몸으로 뻗쳐 갔다. 정확히 뱀의 몸통 어딘가를 내려친 것이다.

"그러게… 좀 그럴싸한 것으로 변신하라니까요. 병아리나 꿀꿀이 같은……."

무산은 최대한 멋있는 자세로 착지하는 데 성공했다. 그리고 곧 2단계, 귀밑머리 쓸어 넘기기를 시전하며 묵직한 저음으로 말했다. 물론 당수정을 의식한 것이기는 했으나, 어쩐지 대사와는 어울리지 않는 목소리였다.
　'이거, 영 미안하군. 비록 칼등이긴 해도 적지 않은 충격이 느껴졌을 텐데. 그것도 애제자 당유작이 지켜보는 가운데 나처럼 새파란 녀석에게 당했으니⋯⋯.'
　하지만 그것은 무산만의 착각이었다.
　"뒤통수를 조심하게!"
　찰싹⋯⋯!
　취설의 목소리가 들리는가 싶더니 곧장 그의 부채가 뒤통수를 가격해 왔다.
　"아야야!"
　무산은 바닥으로 나뒹굴며 뒤통수를 감싸 쥐었다.
　"취 사부, 뱀으로 변한 거 아니었습니까? 분명히 내가 칼등으로 내리찍었는데⋯⋯."
　왠지 속았다는 느낌이 들기는 했으나 무산은 굳이 그것을 확인하고 싶었다.
　"허허, 이 사람. 둔갑을 이용한 변신술은 일종의 환영이지. 자네가 보았던 호랑이는 내 몸 안에 내재해 있던 호성(虎性)이었네. 어쨌든 나 취설이었던 것은 분명하지. 하지만 아무리 환영술이 뛰어나다 해도 내 덩치에 어떻게 뱀으로까지 변할 수 있었겠는가. 난 그저 뱀 한 마리를 풀어 놓았을 뿐이야."
　"아니, 어떻게 그런 사특한 속임수를 쓰십니까? 분명 '변사(變蛇)!' 하고 외치지 않았습니까. 둔갑술이야 그렇다 쳐도 명예를 아시는 분이 어찌 거짓말로 제자를 농락하십니까?"

무산은 씩씩거리며 취설을 빤히 처다보았다.

아무리 생각해도 짜증나는 인간이었다. 그것도 겪으면 겪을수록 소인배의 근성을 드러내는 사이비였다.

"아, 변사 말인가? 그런 걸 우연의 일치라고 하지. 자네가 칼등으로 찍은 그 가엾은 뱀의 이름이 변사라네. 하하하!"

"……."

정말 어이가 없어 말이 나오지 않았다.

'인간아, 차라리 변명을 말지. 그런 씨도 안 먹힐 소리를……. 그나저나 뱀으로 변신하지 않았다면 어떻게 감쪽같이 사라질 수 있었던 거지?'

무산은 그제야 방금 전 취설이 펼쳤던 사기 역시 하나의 도술이었음을 깨닫게 되었다. 취설은 사기를 치되 도술의 범위 내에서 정당하게 공격한 것이다.

"하하, 그나저나 잘 보았는가? 은닉 역시 기문둔갑의 중요한 요소 가운데 하나라네. 하지만 방금 전 내가 사라졌던 것은 은닉과는 또 얼마간 다르지. 흔히 이런 기술을 둔갑장신(遁甲藏身)이라 한다네. 지형이나 진식을 이용한 은닉이 우도기문으로 분류되는 병법의 한 가지라면 둔갑장신은 좌도기문의 둔갑술로 남의 눈에서 사라지는 것을 의미하네. 몸을 은폐하는 데 필요한 사물이나 지형, 진식 따위가 필요치 않지. 순수하게 법력에 의지해 만들어낼 수 있는 기술이니까."

말 많은 취설이 자신의 실력을 자랑할 기회를 놓칠 리 없었다. 그는 촤악 펼쳐진 부채로 가벼운 바람을 만들어내며 싱글싱글 웃고 있었다.

비록 쪼잔하고 사특하며 이중적인 성격이긴 했으나, 법력만큼은 무시할 수 없는 인물이었다. 또한 말이 많고 아는 체하기를 좋아하는 만큼 공부도 무진장 열심히 했을 법한 인물이었다. 무산은 그 부분에 있어선 얼마간 취설을 존경할 수밖에 없었다.

하지만 존경하는 마음보다는 까부수고 싶은 마음이 아흔아홉 배 정도 더 간절했다.

'인간아, 내가 제일 싫어하는 부류가 남의 뒤통수 치는 족속들이야. 사부고 뭐고 없다. 오늘 한번 죽어봐라.'

무산은 멀지 않은 곳에 내팽개쳐진 검을 주워 들며 취설을 겨누었다.

"헤헤. 취 사부님, 서로 한 번씩 주고받았으니 끝을 보아야겠습죠? 이번엔 또 어떤 사특한 수를 보여주시겠습니까?"

"사특한 수라니? 자네, 내가 그렇게 설명을 했건만 아직도 기문둔갑에 대한 편견을 버리지 못했군. 하하, 어쨌거나 좋아. 역시 학구파야."

취설 역시 아직 속이 시원하게 풀리지 않은 상태였으므로 무산의 반응이 반갑게 여겨졌다. 그는 잠시 머리를 굴리기 시작했다. 덜 사특해 보이되 지독히 통쾌한 일장을 날릴 수 있는 공격을 찾아내기 위해서였다.

"음… 이번엔 축지법이 좋겠군. 기문둔갑의 유용함을 새삼 느끼게 될 걸세."

"축지법이요? 그것도 기문둔갑에 해당이 되나요?"

"이런 무식한 친구를 보았나. 축지법 역시 하나의 보법일세. 강호인 중에는 축지법의 존재를 부인하거나 정통에서 벗어난 사술로 치부하는 자들이 있지. 하지만 그런 생각 역시 무지에서 비롯된다네. 보법이란 무공뿐 아니라 인간과 관계된 모든 행위의 기본일세. 물론 무지한 자네가 이해하기엔 다소 벅찰 수도 있겠으나……."

취설은 무사의 질문에 또다시 교육열을 불태우기 시작했다.

'저 인간 또 잘난 척하는군. 아마 친구도 없을 거야. 누가 저런 인간 옆에 붙어 있고 싶어하겠어? 어휴— 당유작만 불쌍하지……!'

취설의 최대 약점이 그것이었다. 남의 무지를 결코 그냥 보아 넘기지 못한다는 것. 그는 세상의 모든 고통과 번뇌는 무지에서 비롯된다고 믿는 인간 유형이었던 것이다.

무산이 듣거나 말거나 취설의 설명은 계속 이어졌다.

"그것은 정신적인 것에 있어서도 마찬가지지. 인간의 철학이나 사고 역시 일정한 정신적 보법을 통해서 이루어지는 것이지. 축지법이란 어떤 목적을 성취하고자 할 때 그것을 최대한 단축할 수 있는 방법일세. 정신적인 것을 예로 들자면 일종의 직관이라 할 수 있지. 어떤 논리적인 단계를 거치지 않거나 그 논리적인 수순을 압축해 결론에 도달할 수 있는 것 역시 축지법이란 말일세. 이제 이야기는 간단해지지. 기문의 성격이 바로 그런 것이기 때문일세. 과거 상고 시대에 있어서의 문자는 지극히도 신비하고 상징적이었지……"

취설의 이야기가 이어지는 동안 어느새 동쪽 하늘이 붉게 물들어가기 시작했다.

'잘난 놈하고 같이 있으면 시간 가는 줄 모르겠다니까. 이것 봐라. 인간아, 벌써 날 샜다. 비무대회가 코앞이라며 그렇게 주저리주저리 떠들고 싶냐?'

지친 것은 무산만이 아니었다. 묘지 주변의 덤불에서는 취설의 이야기에 지친 새들이 새벽잠을 포기한 채 날아올랐다.

모처럼 바깥 공기를 마시러 나왔던 두더지들도 일찌감치 포기한 채 평소보다 더 깊은 땅속으로 기어들어 갔다.

취설의 설명은 정말이지 지겹고 지겨운 장황설이었다.

"기문둔갑은 위정자에게 있어선 바른 치정의 근본이며, 군(軍)에 있어선 용병(用兵)의 경전이고, 백성에게 있어선 생활의 거울일세. 축지법 또한 모든 이에게 잠재된 능력이며 어떤 식으로든 개발되어야 하는 기술이지. 하지만 정확히 하자면, 기문둔갑에서의 축지법이란 우보법(禹步法)

이라고 하는 것이 옳지. 그것은 하우씨(夏禹氏)의 걸음이란 의미로, 바로 그 말 자체에서 축지법이 기문둔갑에 속하는 것이란 사실이 증명되지. 더 상세한 답변을 원하고 있는 것은 알지만 오늘은 이쯤만 해두기로 하지. 자네의 학구열을 모르는 바는 아니지만 너무 많은 시간이 지체되었군. 대신 언제 시간이 되면 기문둔갑 및 축지법의 생성과 변천사에 대해 자세히 설명해 주겠네. 이제 되었는가?"

"……."

무산은 기가 막혀서 말이 나오지 않았다. 반면 설명을 마친 취설의 표정은 비교적 만족스러워 보였다.

'정말 강적이다. 우연히 마주치더라도 무조건 피해 가야 할 인간이 이 인간이구나. 당비약보다 더 위험한 작자야.'

무산의 입에서 절로 한숨이 새어 나왔다.

"자, 이제 시작해 볼까?"

취설이 고즈넉한 눈길로 무산을 바라보며 말했다.

"고마울 따름이죠."

어쨌거나 더 이상 그 지겨운 기문둔갑과 축지법의 설명을 듣지 않아도 되었으므로 무산은 날아갈 듯한 기분이었다.

'축지법? 좋아하고 있네. 뻐꾸기처럼 날아서 곰 발바닥처럼 묵직한 주먹을 날려주마!'

두 사람의 거리는 10여 장 정도의 거리였으나 이미 어둠이 많이 걷힌 상태였다. 보법이나 순발력에 있어선 무산 역시 누구에게도 뒤지지 않을 자신이 있었으므로 은근히 취설의 공격이 기다려지기까지 했다.

하지만 취설은 전혀 서두르지 않았다.

"아, 미리 말해 둘 게 있군. 자네, 뒤통수를 조심해야 할 거야."

"그건 또 무슨 말이죠?"

"궁금해하지 말게. 금방 알게 되네."

취설은 기분 나쁜 미소를 지으며 무산을 빤히 쳐다보았다. 그리고 바로 그 순간이었다.

……

타탁……!

믿어지지 않는 일이었다.

무산은 분명 취설이 첫 걸음 떼는 것을 똑바로 지켜보고 있었으나 이후의 동작은 미처 살필 수 없었다. 그의 신형이 갑자기 사라졌던 것이다. 동시에 뒤통수에 묵직한 통증이 느껴졌다. 그것도 두 차례에 걸쳐 사정없이.

"헉……!"

무산의 입에서 외마디 신음이 새어 나왔다. 그리고 정신이 몽롱해지기 시작했다.

'어, 어떻게 된 일이지……!'

이슬에 촉촉이 젖은 공동묘지 바닥에 나자빠져 힘없이 꿈틀거리면서도 무산은 방금 전 일어난 일에 대한 의구심을 떨칠 수 없었다. 잠시 후 그런 무산의 귀로 취설의 사특하다사특한 목소리가 들려왔다.

"어떤가? 이게 바로 축지법일세. 축지법이란 어떤 목적을 성취하고자 할 때 그것을 최대한 단축할 수 있는 방법이란 말을 이제 이해할 수 있겠는가? 하하하!"

3
기문둔갑

잠들지 못하는 자의 슬픔을 아는가.
노을 무렵부터 동녘의 들판을 적시는 해오름을 보기까지
울타리를 넘는 산양의 숫자를 세며 허벅지를 찌르는(긁적긁적)…….
이제 산양은 싫어.
은빛 비늘을 번쩍이며 바다를 가르는
날치 떼를 셀 거야.
내게는 그게 어울려.
아이야아, 나는 날치 회가 좋아(긁적긁적)……?
진정 잠들지 못하는 자의 슬픔을 아는가.
벌겋게 핏발 선 두 눈…….
하지만 나는 일어서야 해.
개밥 줄 시간이라네.
아이아이야(긁적긁적)―

어둠 속에서 낮게 시를 읊조리던 이편은 이내 고개를 저었다.

"아니야… 너무 상투적이야. 좀 더 근사한 표현이 없을까? 특히 '날치회가 좋아'라는 부분은 제대로 이해할 수 있는 청자(聽者)가 없을 거야. 칠언절구(七言絶句)니 오언절구니, 율시니 하는 틀에 박히고 고리타분한 시 경향이 지배하는 현 대륙에서 누가 그 담백하고 오도독 씹히는 시어를 이해할 수 있겠어."

정말 밤을 꼬박 새기로 한 것인지, 배은망덕 이편은 벌겋게 충혈된 두 눈으로 무섭게 천장만 쳐다보고 있었다.

그럴 만도 했다. 그나마 이재천이 있을 때는 두런두런 이야기를 나누는 재미라도 있었으나 이편은 이제 혼자였다.

"별이 빛나는 바암에, 별이 빛나는 바암에……. 헤이잉, 이것도 아니야. 밤이면 밤이지, 바암은 또 뭐야. 이런 유치한 시적 허용이 시의 수준을 저잣거리를 떠도는 무협담 정도의 수준으로 끌어내리는 거야. 사실 바암은 시적 허용이 아니라 만용이지. 시인이라고 틀린 말을 눈감아주는 건 불공평하지. 그래, 나는 이제부터 맞춤법도 잘 지키고 생활에 녹아드는 시를 쓸 거야. 그래, 그게 시인의 정신이지. 썩어가고 있는 대륙의 시단에 상큼한 활력소가 되는 거야. 그런데… 아무래도 내가 요즘 이상해지고 있는 것 같아. 하지만 신체발부(身體髮膚)는 수지부모(受之父母)라 불감훼상(不敢毁傷)이 효지시야(孝之始也)라 했거늘 매일같이 허벅지만 찌를 수만은 없는 일이야. 그래, 이제 나는 더 이상 송곳을 사용하지 않겠다!"

결심은 좋았다. 하지만 이편은 요동 치는 아랫도리로 인해 도통 잠에 들 수 없었다.

축시(丑時)가 다 지나가고 있건만 이편은 여전히 잠에 들지 못한 채 뒤척이고 있었다. 그렇다고 기발한 시상을 떠올린 것도 아니다. 고만고만한 수준을 벗어나지 못한 채 수지부모한 신체발부를 불감훼상하기 위해 기를 쓸 뿐이었다.

벌써 며칠째 이편은 그런 고통을 감내하고 있었다.

똑, 똑, 똑……!

이편이 철 지난 죽부인을 끌어안은 채 뒹굴뒹굴 뒹굴고 있는데 밖에서 문을 두드리는 소리가 들려왔다.

'허거걱……! 서, 설마……! 그래, 그냥 자는 척해야 해……!'

이편은 숨을 죽인 채 이불을 푹 뒤집어썼다.

요즘 들어 부쩍 밤이 무서웠다. 시도 때도 없이 방초가 들이닥치곤 했던 것이다. 원래 남자를 밝히는 줄은 알고 있었지만 요사이 방초는 도가 지나쳤다.

노골적으로 추파를 던지는가 하면 느닷없이 이편의 침상으로 뛰어들기도 했다. 그러다 보니 잠만 들었다 하면 방초와 관련된 악몽을 꾸게 되었다.

늘 비슷한 꿈이었으나 등장 인물은 대체로 의인화되곤 했다.

어제 꾼 꿈은 이랬다.

배은망덕 이편은 꿈속에서 조용한 연못에 사는 착한 개구리였다.

하지만 모양만 개구리였지, 연못 속 개구리 왕국에 사는 대부분의 개구리들과 마찬가지로 인간적인 면이 많았다.

착한 개구리 이편구리는 올챙이 적 꼬리가 떨어지자마자 불가에 귀의했다. 그리고 여름이 끝나갈 무렵까지 수행에만 전념했다. 쉽게 말해 좋은 시절을 절간에서 썩인 것이다.

덕분에 이편구리의 법력은 연못 안에 그 소문이 자자하게 퍼질 만큼 드높았다.
 어느 날, 연못 안 개구리 세상을 들여다보던 방초음보살구리가 문득 이편구리의 법력을 시험해 보고 싶다는 생각을 하게 되었다.
 늘 그렇듯 불행은 누군가의 호기심에서 비롯된다.
 방초음보살구리는 똥꼬가 아슬아슬하게 가려진 속곳만을 걸친 채 느닷없이 이편구리가 기거하고 있는 방으로 들이닥쳤다.
 "개굴, 개구르아항―"
 이편구리는 정말 법력이 높은 개구리였지만 방초음보살구리의 관능적인 모습에 그만 뻑 가버렸다.
 "개구르르르······!"
 이편구리는 그만 파계를 범하고 만다. 방초음보살구리를 덮쳐 버린 것이다.
 꿈이 갑자기 악몽으로 바뀌는 것은 바로 그 순간이다. 느닷없이 방초음보살구리가 도마뱀으로 변하면서 이편구리의 물건을 꽉 깨무는 것이다.
 "개구라라락······!"
 끔찍한 비명과 함께 이편은 잠에서 깼고, 몸은 언제나처럼 축축하게 땀에 젖어 있었다.

 똑똑똑!
 쉽게 물러서지 않을 모양이었다.
 '안 돼. 비록 색마의 마성이 사그라들었다고는 하나, 그것은 어디까지나 잠자고 있을 뿐이야. 내 몸은 이렇게 적나라하게 색마를 그리워하고 있지 않은가?'
 이편은 주책없이 벌떡벌떡 일어서고 있는 물건으로 인해 방금 전의 맹세를 깨고 송곳을 찾아 들었다.

퍽, 퍽, 퍽……!

"끄으으으아……!"

힘이 조절되지 않은 탓에 이편의 허벅지는 축축이 피에 젖어들고 있었다. 남들이 들으면 웃어넘길 상황이지만, 당사자인 이편으로선 정말 처절한 자신과의 싸움이었다.

"이 형, 안 자는 거 다 알고 있소. 문 좀 여시구려."

주유청의 목소리였다.

'이런, 젠장할! 정말 환장하겠군! 저 곰탱이 때문에 내가 지금 송곳으로 허벅지를 퍽, 퍽 찍어대고 있었단 말이야?'

허탈한 만큼 아팠다.

"주 형이 웬일이요?"

"그저… 사실 나도 잠이 오지 않아 이 형과 술이라도 한잔하러 왔소이다."

주유청은 세상 다 산 사람처럼 힘없는 목소리로 대답했다.

'저 곰 같은 친구가 지난겨울에 겨울잠을 너무 많이 잤나. 멀쩡한 밤에 왜 잠을 못 이루고 배회하지? 그냥 송곳이나 빌려주고 돌려보내? 아니지, 동병상련이라는데 나라도 위로가 돼주어야지.'

잠시 머리를 굴리던 이편은 문으로 다가가 손수 제작한 자물쇠를 풀었다. 방초에게 너무 시달린 탓에 묵직한 자물쇠를 만들었던 것이다.

"들어오시구려."

"고맙소, 이 형."

"별말씀을 다 하시는구려, 주 형."

최근 용문파의 족보는 그야말로 개족보였다.

나이로 따지자면 이편이 주유청보다 20여 년 위였으나, 이재천과의 관계를 고려할 때 계산은 좀 복잡해졌다. 게다가 겉으로 보기엔 동년배쯤으로 보였으므로 둘은 서로를 존대해 주며 지내고 있었다.

"하루 종일 수련을 하느라 피곤할 텐데 왜 잠을 못 자고 있는 게요? 송곳이라도 빌려 드리리까?"

"예? 송곳이라니요?"

"옛? 하하, 아, 그게, 그러니까… 하하, 송곳으로 발바닥을 긁으면 불면증이 사라진다는 이야기가 있어서……."

"아, 그렇군요. 다음에 저도 한번 해보지요. 휴— 하지만 그런다고 메마른 사막에 꽃이 피겠습니까. 다 부질없는 짓이지요. 그냥 술이나 한잔 합시다."

주유청은 길게 한숨을 내쉬며 말했다.

이편으로선 대충 짐작 가는 바가 있었다. 방초에 대한 주유청의 연정을 모르래야 모를 수 없었던 것이다.

최근 주유청은 용문가의 치한으로 거듭나고 있었다. 지붕이나 창문을 통해 방초의 일상을 훔쳐보는 것은 늘 있어온 일이었으나 차차 정도가 심해졌다.

방초는 간혹 자기 속옷이 없어졌다고 길이길이 날뛰었는데, 이편은 그것이 누구의 소행인지 훤히 알고 있었다.

이편이 보기에 주유청은 이성을 잃은 지 오래였다. 방초의 베갯속에 이상한 부적을 집어넣기도 했고, 용문마을의 무당을 찾아가 조용히 굿을 벌이기도 했다.

아무리 생각해도 이편으로선 이해할 수 없는 일이었다. 어디 여자가 없어 방초 같은 아이를 좋아하는지, 주유청의 취향이 별나게 느껴질 뿐이었다.

하지만 한편으로는 그럴 수도 있다는 생각이 들었다. 콩깍지가 씌어진 이상 단점은 덮여질 것이기 때문이다. 그저 주유청이 하루빨리 콩깍지를 떼어내고 정신 차리기를 바라는 수밖에 없었다.

"이리 앉으시오. 그 마음 모르는 바는 아니나, 언젠가 제정신 찾을 날이 올 것이오."

이편은 주유청이 들고 온 술을 건네받아 탁자에 놓으며 안쓰럽다는 듯 말했다.

"고맙소, 이 형. 나도 그렇게 믿고 있소. 방초 낭자가 언젠가는 정신을 차리겠지요."

"……."

아무리 보아도 주유청의 증세는 불치에 가까웠다.

'이거… 이 인간에게 송곳을 빌려줘야 해, 말아야 해? 송곳의 유용한 쓰임새를 알면 아마 중독될 거야. 그러면 헤어나기 힘든데……'

주머니 속에 들어 있는 송곳을 어루만지며 이편은 망설이고 있었다.

"저… 사실은 자문을 구할 일이 있어서 이 형을 찾아온 겁니다."

주유청은 얼마간 망설이며 운을 떼었다. 뭔가 상당히 심각한 표정이었으나, 이편은 별다른 궁금증을 가지지 않았다. 원래 어떤 인간이었는지는 알 수 없었으나, 현재 주유청의 상태는 환자에 다름 아니었다.

"뭐, 나 같은 사람이 도움이 되겠소만 말해 보시오."

이편은 심드렁한 표정으로 대답했다.

사실 이편이 과거 수많은 여성들을 농락하기는 했으나 그것은 어디까지나 사술을 통해서였다. 있는 그대로 표현하자면 일방적이고 강제적인 애정 행각이었고, 적나라하게 표현하자면 강간이었다. 그리고 좀 더 좋게 표현하자면… 그래도 강간이었다.

"이재천을 통해 이 형에 관해 들은 바가 있소. 여성에 관한 한 이 형만큼 해박한 지식을 가지고 있는 이가 드물다고. 내가 보기에도 방초 낭자 역시 이 형에게 사족을 못 쓰는 것 같고. 저… 그 비결이 뭔지 말해 줄 수 있겠소?"

"음… 우리 주인님이 나에 대해 어디까지 이야기해 주셨소?"

"그저 과거에 화려한 연애 행각으로 대륙을 떠들썩하게 했다는 정도였습니다."

"휴— 뭐 틀린 말은 하지 않았구려."

과거를 알고 있다는 주유청의 말에 화들짝 놀랐던 이편은 가슴을 쓸어내리며 안도의 한숨을 내쉬었다.

이편에게 있어 자신의 과거는 너무나 부끄러운 것이었고, 다시 떠올리고 싶지 않은 치부였기 때문이다.

하지만 막상 주유청에게 들려줄 만한 조언은 떠오르지 않았다. 이편은 연애의 기술이 없었다. 이성이 자신에게 호감을 가질 때까지 기다릴 필요가 없었기 때문이다.

그렇다고 자신에게 호감을 가진 여자가 없었다는 것은 아니다. 다만 그 호감은 주로 잠자리를 같이 한 다음에 급격하게 생겨났다는 게 보통의 경우와 다를 뿐이었다. 쉽게 말해 기승전결(起承轉結)의 과정에서 기승전(起承轉)이 생략되었다는…….

"이런 말이 도움이 될지는 모르겠으나… 다른 여자를 찾아보는 것이 어떨까 합니다. 사실 방초는 아직 어리기 때문에 기승전결(起承轉結)을 원하는데, 그게 아주 피곤합니다. 저… 젊은 과부를 상대로 한다면 기승전(起承轉)을 생략하고도 정당한 방법으로 얼마든지 잠자리가 성립된다는… 그러니까 내 말은 주 형이 필요로 하는 여자보다는 주 형을 필요로 하는 여자를 만나야 한평생 무난하게 살아갈 수 있다는 인생의 진리지요."

나름대로 조심하기는 했으나 이편의 입에선 순간순간 과거에 얽매인

입버릇이 튀어나오고 있었다.

'이런… 내가 아직 수양이 부족하군. 역시 사람들을 상대할 때 나는 과묵해질 필요가 있어. 실수도 덜 하고… 뭔가 있어 보이기도 하고…….'

이편은 다시 한 번 깊은 한숨을 내쉬었다.

"저… 이 형, 나 그런 말 들으려고 이 형을 찾아온 게 아니오. 내 솔직히 말하리다. 나 이 형의 정체에 대해 모두 알고 있소. 이 형이 황성마물 홍성기의 직계이며, 과거 사흘 밤낮으로 20여 명의 여자들을 희롱했다는 것도……. 일 당 이십의 전지적 인물께서 벌써 과거를 잊으신 건 아니겠지요?"

"……."

이편은 갑자기 숨통이 조여오는 느낌이었다.

믿고 있던 이재천이 천기보다 은밀하게 비밀에 묻힌 과거를 누설했다는 사실이 우선 충격과 분노로 밀려왔다. 하지만 그보다는 주유청의 달라진 눈빛으로 인해 갑자기 소름이 돋아나는 느낌이었다.

"나 이 형이 자꾸 방초 낭자와 어울리는 게 싫소. 솔직히 이 형만 없으면 방초 낭자가 이 오지에서 누구에게 눈을 돌리겠소? 구관조, 그 인간하고 이 형이 나타나기 전까지만 해도 방초 낭자는 날 오라버니라고 불렀단 말이오."

주유청은 처음과는 달리 사특하면서도 뚱한 표정으로 저 혼자 술을 따라 마시며 말했다.

'역시… 그랬었군. 하긴, 이렇게 미련한 인간은 독기를 품었을 때가 가장 위험하지, 하지만 지금 내가 갈 데가 또 어디 있겠어? 타협점을 찾아보는 수밖에.'

성격 좋은 이편은 잠시 자기 머리를 툭툭 두드리다가, 얼마간 불쌍한 표정으로 주유청을 바라보았다.

"뭐, 떠올리고 싶지 않은 기억이긴 하지만 주 형의 말은 모두 사실이오. 그럼 이제 내가 어떻게 하면 좋겠소?"

"나 정말 이런 말 하고 싶지 않았지만, 한 산에 두 마리의 곰이 살 수는 없는 법이지 않소? 이 형은 능력도 좋으니 다른 산으로 옮겨도 잘 살 수 있을 것이오. 흐흐흑……! 이 형, 나 정말 이런 인간 아니었소이다. 하지만 이대로 가다간 가슴이 터질 것 같아요. 흐흐… 흐흐흑! 이 못된 주유청을 용서해 주시구려……!"

사랑이 죄였다. 정말이지 방초를 만나기 전까지만 해도 주유청은 강호의 많은 여인들이 흠모하는 멋진 남자였다. 가슴도 넓었고, 남자다운 기개가 있었으며, 언제나 정정당당 독야청청한 사나이였던 것이다.

하지만 지금은 아니었다. 그가 과거 호랑이였다면, 지금은 겨울잠 제대로 못 잔 곰탱이에 불과했다.

'뭐, 한 산에 두 마리 곰이 못 살아? 이 인간 곰탱이 눈엔 곰탱이만 보이나, 내가 왜 곰이냐? 쯧쯧, 덩치에 어울리지 않게 찔찔 짜긴…….'

이편은 한편으론 마음이 약해지기도 했다.

물론 자신은 방초에게 아무런 관심도 없었지만, 자신의 존재 자체가 주유청에겐 위협이 되고 있었던 것이다.

"주 형, 그래서 내가 용문을 떠났으면 하는 거요?"

"흐흐흑… 나 정말 이런 인간 아니었소. 흐흑……. 될 수 있으면 아주 멀리…….."

"……."

암담했다. 이편으로선 이러지도 저러지도 못할 상황이었다.

'이 참에 불가에 귀의해 이 어지럽고 고통스러운 윤회의 굴레에서 벗어나 볼까?'

주유청의 모습을 보자 사는 게 무엇인지, 사랑이라는 게, 애욕이라는 게 무엇인지 더욱 혼란스럽기만 했다. 모든 사람이 불쌍하게 느껴질 뿐이었다. 단, 주유청만 빼고.

'생각하면 할수록 이 인간 치사하군. 방초음보살구리보다 더 무서운 놈……!'

술병을 사이에 두고 깊은 고뇌에 사로잡혀 있는 두 사내, 그들과는 상관없이 용문의 밤이 깊어가고 있었다.

7장
부러진 환(環)

어느 집단이든 정적(政敵)이 있게 마련이다.
좌(左)와 우(右)의 대립이 그렇고,
청(靑)과 백(白)의 대립이 그렇다.
아, 똥과 된장의 대립이 또 그렇다.

1

부러진 환(環)

평소 같으면 수십 명의 젊은이들이 내지르는 기합성으로 가득 찼을 연무장. 하지만 지금 그곳엔 무산을 비롯한 네 명의 젊은이들만이 경직된 자세로 늘어서 있었다.

계속된 훈련으로 녹초가 되어 있었으나, 네 명의 젊은이는 단상 위에 앉아 있는 오당마환에게 시선을 집중한 채 미동도 않았다.

비무대회 이후 당문의 모든 편의는 네 명의 무림맹 비무대회 참가자들의 수련에 맞춰져 왔다. 따라서 당문의 나머지 제자들은 이들을 위해 부득불 야외로 나가거나 뒷마당과 비좁은 공지 따위에서 조용히 무공을 연마해야 했다.

언뜻 지나친 처사이다 싶기도 했으나, 이번 비무대회에 당문이 거는 기대가 얼마나 큰가를 짐작할 수 있는 부분이기도 했다.

아니, 사실 무림맹 비무대회에 기대를 거는 사람은 많지 않았다. 차라리 개망신을 당하지 않을까 노심초사하는 이들이 많은 것이 사실이었다.

그런 점에서 본다면 근 한 달여간 이들 네 명, 즉 사신(四神)에게 주어진 최고의 예우는 그만큼 절실한 당문의 형편을 대변해 주는 것이기도 했다. 동시에 사신들에게는 더없이 부담스러운 편의였다.

"오늘은 너희들의 실력을 점검해 보겠다."

단상 위에 앉아 있던 금마가 몸을 일으켜 천천히 계단을 내려오며 말했다.

어제까지 당문의 사신은 오당마환의 지시에 따라 검술과 봉술 등의 유용한 초식을 공부했다.

오당마환이 비록 환을 무기로 삼아오긴 했으나, 과거 많은 강호인들과의 싸움을 통해 무기 전반에 대한 이해를 깊게 다져 왔다. 그런 만큼 그들의 가르침은 기존에 당문에서 익혔던 하류무공들과는 달리 아주 유용하고 날카로웠다.

오당마환은 당비약을 제자로 거두고, 그를 앞세워 당문의 실권을 장악하고자 하는 계획을 꾸준히 실천에 옮기고 있었다. 이미 음정과 양정을 포섭해 자신들을 지지해 줄 것을 약속받았고, 그동안 등한시했던 자들에게 호의를 베풀기도 했다.

하지만 그런 행동들과 병행해 이들 사신에 대한 교육 자체를 이상한 방향으로 몰고 가지는 않았다. 마음만 먹는다면 이 기회를 빌어 무산과 당수정을 곤경에 빠뜨릴 수도 있었을 것이나 어쩐 일인지 오당마환은 그러지 않았다. 적어도 어제까지는.

오당마환은 무산과 당수정에 대한 제제를 어떤 식으로 가할지 꾸준히 고민하고 있었던 것이다. 대의를 위해 걸림돌이 되는 소수가 희생당하는 것은 누천년의 역사에서 늘 있어온 일이었다. 무산과 당수정이라고 해서 예외일 수는 없었다.

당비약을 문주의 자리에 앉히고 자신들이 섭정을 하며 당문을 이끌고

자 하는 목적이 변하지 않은 이상, 이번 무림맹 비무대회 역시 그것을 위한 수단으로 삼아야 했다. 그리고 그 시작은 무산과 당수정의 제거가 될 것이다. 물론 지극히 자연스러운 방식을 통해.

이제껏 오당마환이 기다려 온 이유는 그 한 가지였다.

"비무대회에서 너희는 숱한 고수들과 겨루게 될 것이다. 따라서 몇 번의 승리가 중요한 것이 아니다. 얼마만큼 자신을 지킬 수 있느냐가 중요하다. 자칫 부상이라도 당하는 날엔 본선에도 나가지 못한 채 돌아와야 하기 때문이다."

금마는 잠시 말을 멈춘 채 네 명의 제자를 차례로 훑어보았다. 비교적 담담한 표정이었으나 그의 눈에는 분명 적이 구분되고 있었다.

"자, 이제부터는 실전이다. 상대는 우리 오당마환이 될 것이다."

……!

금마의 그 한마디로 인해 연무장은 무거운 긴장감에 휩싸였다. 특히 무산과 당수정은 알 수 없는 위기감에 몸을 떨어야 했다.

'도대체 이 늙은이 꿍꿍이가 뭐야?'

무산은 어렴풋이 자신에게 닥친 위기를 실감할 수 있었다. 가뜩이나 오당마환과의 관계가 좋지 않았으므로, 어떤 식으로든 보복이 이루어질 것이라 생각했다.

그것은 당수정 역시 마찬가지였다. 어쩌면 오늘 하루가 일생 최대의 위기가 될 수도 있겠다는 생각이 들 정도였다.

"이제 무기를 집어라. 목마와 수마, 토마, 화마가 상대해 줄 것이다."

네 명의 제자를 힐치레 훑어본 금마는 몸을 돌려 다시 계단을 올랐다. 그리고 단상 위에 있던 목마, 수마, 토마, 화마 등이 몸을 일으켰다.

그들은 저마다 다섯 개씩의 환을 손에 든 채 희미한 웃음을 흘리고 있었다.

오당마환의 사마는 한 명씩 나뉘어 무산을 비롯한 네 명의 제자 앞으로 다가갔다.

그로써 각각 목마와 당유작, 수마와 당수정, 토마와 당비약, 화마와 무산이 마주하게 되었다. 사마는 이미 약속이라도 한 듯 거침없이 그들 앞에 선 것이다.

무산은 숨을 고르며 자기 앞에 선 화마(火魔)를 쳐다보았다.

사실 무산은 오당마환이 무공을 지도하는 첫날부터 막연히 이런 순간이 오리라 예상하고 있었다. 그들에게 자신과 당수정은 눈엣가시일 수밖에 없었다. 하지만 이런 방식의 대결을 준비하리라고는 차마 생각지 못했다. 너무 노골적이었기 때문이다.

[수정, 아무래도 조심해야 할 것 같소.]

무산은 당수정에게 전음을 날리며 가볍게 한숨을 내쉬었다.

당수정이라고 해서 오당마환의 의도가 무엇인지 모를 리는 없겠지만, 지금 무산이 할 수 있는 것은 그 정도의 충고밖에 없었다.

[서방님, 느낌이 좋지 않아요.]

[글쎄, 이자들이 우리를 벼르고 있다는 것은 잘 알고 있지만, 이렇게 뻔한 방식으로 다치게 하지는 못할 것이오. 아무래도 보는 눈이 있으니.]

[모르는 일입니다. 현재 당문 내에선 이들을 상대할 수 있는 사람이 아무도 없어요. 아버지라 해도 이들의 뜻을 꺾을 수 없는 형편입니다. 일찍감치 우리의 싹을 자르고자 마음먹었다면 충분히 행동으로 옮길 수 있는 사람들입니다.]

[…….]

당수정의 생각은 전혀 틀린 것이 아니었다.

오당마환은 당문에 있어 독보적인 고수들이었다. 귀수삼방이 죽은 지금에 와서 그들의 행동을 제지할 사람은 아무도 없었다. 설령 오늘 무산과 당수정이 치명적인 부상을 입는다 해도 그것을 트집 잡을 사람이 없다는 의미였다.

오당마환은 어떤 측면에선 외곬이었다. 목적을 위해서라면 얼마간의 잡음 따위는 신경도 쓰지 않을 자들이었다. 지난 수십 년간 현역에서 물러나 무공 연마에만 전념했던 것도 그런 성격 때문이었다.

어쩌면 오늘 무산과 당수정은 불구가 되거나 치명상을 입을 수도 있다.

오당마환은 이미 오랜 칩거를 끝내고 현역으로 돌아왔다. 이제 남은 것은 어떤 방식으로든 당문 전체에 자신들의 확고한 의지를 보여주는 것뿐이었다.

"지금 너희 앞에 서 있는 원로들은 너희가 감히 상상할 수 없을 만큼 강한 고수들이다. 어쩌면 당문의 역사에서 그 유례를 찾을 수 없을 만큼 강할 수도 있다. 오늘 너희는 이제껏 알지 못했던 당문의 힘을 확인할 수 있을 것이다. 부디 부끄러움을 깨닫기 바란다."

단상 위의 금마가 굳은 표정으로 말했다.

무엇인가를 단단히 작정하고 있음이 분명했다. 그야말로 결연한 표정이었다.

잠시 후 금마가 다시 입을 열었다.

"물론 너무 두려워할 필요는 없다. 형평성을 유지하기 위해 사마는 자기 무공의 6성까지만 발휘할 것이다. 하지만 손속에 인정을 두지는 않을 것이다. 너희기 무림맹 비무대회에서 만나게 될 상대는 최소한 그 정도의 공격에 쓰러질 자들은 아니기 때문이다. 만약 너희가 이번 대련에서 치명적인 부상을 입게 된다면 깨끗하게 출전을 포기해라. 6성의 공격에도 자신의 몸을 지켜내지 못할 정도라면, 자칫 무림맹 비무대회에서는 불구가 되거나 죽음을 맞이할 수도 있는 것이다."

……

연무장은 또 한 차례 침묵에 휩싸였다.

당비약은 어떨지 모르겠으나, 남은 세 명의 제자에게 있어 방금 전 금마의 말은 상당한 위협으로 받아들여졌다.

특히 무산과 당수정에게 있어서 그것은 오당마환의 단호한 의지를 읽을 수 있는 말이었다. 금마의 말이 그 두 사람에게 초점이 맞추어져 있다는 것을 잘 알고 있었기 때문이다.

[오당마환이 아예 작정을 한 듯하구려.]

[어쩌지요, 서방님?]

[글쎄, 저들의 말처럼 치명적인 부상을 피하는 수밖에요. 하지만 적당히 맞고 쓰러진다는 생각은 버려야 할 것 같소. 쓰러진다고 해서 공격을 멈출 분위기가 아니니까. 저들이 공정하기를 바라기는 어렵지만, 최선을 다한다면 무슨 수가 생기지 않겠소?]

[……]

당수정은 침묵할 수밖에 없었다. 지금의 상황은 무산에게 무엇을 바랄 수 있는 상황이 결코 아니었기 때문이다.

무산 역시 답답하기만 했다. 아내에게 해줄 수 있는 것이 고작 쓸데없는 충고뿐이라는 사실에 자괴감이 일었다.

어쨌거나 일단 부딪쳐 보는 수밖에 없었다.

연무장으로 쏟아지는 햇빛은 마치 지난번 당문의 비무대회가 개최되었던 날처럼 따가웠다. 손에 잡힐 것 같던 가을이 저만치 달아난 느낌이었다.

오당마환은 결코 서두르지 않았다. 제자들이 마음의 준비를 할 시간을 충분히 주겠다는 듯 묵묵히 서 있을 뿐이었다.

얼마간의 시간이 그렇게 무료하게 지났다. 어쩌면 아주 짧은 시간이었을 것이다. 하지만 긴장에 휩싸인 무산과 당수정에게 있어 그것은 아주 지루하고 긴 시간이었다.

하지만 그 시간도 결국은 흐르고 말았다.

"자, 무기를 고른 후 각자의 비무장으로 이동해라. 너희가 버텨야 할 시간은 반 각이다. 향로에 꽂힌 이 향불이 다 타 들어갈 때까지 무사히 버텨주기 바란다. 부디 우리 오당마환과 당문을 실망시키지 않도록."

금마는 옆에 놓인 향로의 향을 가리키며 말했다.

잠시 후 네 명의 제자들은 저마다 무기를 골랐다. 그리고 사마가 이끄는 비무장을 향해 걸음을 옮겼다.

연무장에는 언제 그려놓은 것인지 네 개의 커다란 비무장이 그려져 있었다. 비무장은 약 20여 평의 정사각형으로, 평소 비무를 겨룰 때보다 큰 크기였다.

'동시에 대련하겠단 의도인가? 참관인도 없고. 이거, 대련이라기보다는 결전에 가까운 비무가 되겠군.'

점점 암담해지는 느낌이었다. 공정성과 형평성 따위는 애초에 포기한 대련이었다. 손속에 사정을 두고 안 두고는 철저히 오당마환에게 달렸으며, 참관인이 없는 만큼 공정성을 확인할 수도 없었다.

무산은 잠시 고개를 돌려 수마와 함께 비무장으로 들어서는 당수정을 바라보았다.

그들과의 거리는 대략 20여 장이었다. 만약 무슨 끔찍한 일이 벌어진다면 아주 확연히 그 모습을 목도하게 될 것이다.

가령 살이 찢겨져 나가거나 어딘가가 부러지는 당수정의 모습을, 혹은 무산 자신의 모습을 서로가 충분히 확인할 수 있는 거리였던 것이다. 어쩌면 그것조차도 무산 부부를 위한 오당마환의 사악한 배려였는지 모른다.

"정립(正立)!"

모두 비무장으로 들어선 것을 확인한 금마가 짧고 단호하게 외쳤다.

무산은 화마를 바라보며 차려 자세를 취했다. 화마는 무표정한 얼굴로 무산을 바라보고 있었는데, 그 눈빛에 닿자 얼마간의 긴장감이 온몸을 휘돌기 시작했다. 꾸준히 느껴온 것이지만 상당한 내력이 느껴지는 늙은이였다.

"상례(相禮)!"

뒤이어 나온 금마의 명령에 따라 무산은 포권을 취했다. 화마는 정중히 고개를 끄덕이는 것으로 답했으나 표정엔 변화가 없었다.

"결(決)!"

드디어 비무의 시작을 알리는 금마의 명령이 떨어졌다. 금마는 향로에 꽂힌 향에 불을 지핀 후 담담한 표정으로 각각의 비무장을 둘러보았다.

화마의 얼굴에 야릇한 미소가 생겨난 것도 그때였다.

"내가 이런 순간을 얼마나 기다려 왔는지는 잘 알고 있겠지?"

다분히 감정이 개입된 말이었다.

무산은 순간적으로 발끈했지만 곧 입꼬리를 말아 올리며 활짝 웃어 보였다.

"헤헤, 이 못난 제자를 그렇게까지 생각해 주셨다니 삼가 감사드립니다. 부디 오랫동안 기억될 수 있는 가르침을 부탁드립지요."

"그래, 그렇게 건방지게 나와야 이 화마가 힘이 솟지. 네 부탁대로 뼈에 사무치는 가르침을 주마. 뼈다귀를 모두 부러뜨려서라도 말이지. 하하하!"

화마가 섬뜩한 미소를 지으며 말했다.

"어이쿠, 그 말씀에 삼가 조의를. 헤헤. 아니, 감사를 표합지요. 그럼지 않아도 뼈마디가 쑤시던 참인데."

"그래, 계속 내 화를 돋우거라. 나 화마(火魔)는 그럴수록 힘이 뻗치느니……! 그럼 이제 시작해 보자꾸나."

치르르릉……!

화마는 말을 마친 후 다섯 개의 환(環)을 연결해 활짝 펼쳤다.

이미 말한 바 있듯 오당마환은 각각 다섯 개의 환(環:륜과 비슷한 고리 모양의 무기)을 무기로 하는 5인의 조직이다.

그들은 40여 년 전, 다섯 명의 인원으로 200여 명에 이르는 황불마신파를 도륙할 만큼 무서운 고수였다. 게다가 지난 30여 년간 현역에서 물러나 칩거하며 무공을 연마했으니 지금은 훨씬 고강한 무공을 성취한 상태일 것이다.

비록 일 대 일 승부인만큼, 그들 다섯이 협공할 때처럼 위력을 발휘할 수는 없다 해도 감히 무산이 상대하기에는 벅찬 상대임에 틀림없었다. 하지만 그렇다고 해도 피해갈 수 없는 싸움이었다.

차릉……!

무산은 조금의 망설임도 없이 검집에서 검을 뽑았다.

환은 비교적 낯선 무기여서 검이 효과를 발휘할 수 있을지는 의문이었다. 그러나 그나마 무산이 자신있게 다룰 수 있는 것은 검이었다. 타구봉법의 시전이 금지되었기에 선택의 폭이 좁아진 것이다.

무산은 검으로 화마를 견제하면서도 살짝 고개 돌려 당수정을 쳐다보았다. 왠지 그녀가 걱정스러워 견딜 수 없었던 것이다.

오당마횐이 작정을 한 이상 곱게 비무장을 벗어나기는 어려웠다. 그렇다고 누가 도움을 줄 수 있는 상황도 아니었다. 그저 큰 부상이 없길 기도하는 수밖에 없었다.

"이 녀석, 비무에 임한 자가 사사로운 것에 얽매여서야 어찌 승리를 얻어낼 수 있겠느냐. 꼴을 보아하니 반 각이 아니라 몇 촌도 버틸 수 없 겠구나. 그래, 난 끊임없이 네놈의 자질이 의심스러웠느니라."

"……."

화마의 말은 조금도 틀린 구석이 없었다. 무산은 좀체 비무에 집중할 수 없었다. 하지만 그 순간이었다.

「어디선가, 주인님께, 무슨 일이 생기면 휘, 휘, 휘, 휘두백, 엄청난 기운이……! 헤헤헤. 주인님, 휘두백 출현입니다요. 조금도 쫄 필요 없습니다. 여기 해결사 휘두백이 나타나지 않았습니까요?」

[아, 정말 집중 안 되네. 또 너냐, 휘두백? 저번 비무대회 때 수정을 지켜준 건 고맙게 생각한다. 하지만 이렇게 쨍쨍한 날에 너 같은 물귀신 놈이 무슨 힘을 쓰겠냐?]

한편으론 반가웠지만, 아무리 생각해도 휘두백은 그다지 도움이 될 것 같지 않았다. 상대는 오당마환, 결코 잡귀 따위가 상대할 인물이 아니었다.

「글쎄, 걱정 마시래두요. 마님은 제가 지켜 드립지요. 제 전공이 안방마님 즐겁게 해드리기 아닙니까요. 주인님은 그저 주인님 일에나 전념하십시오. 안방에 관한 모든 문제는 제게 맡기라는 말씀입지요. 헤헤.」

[…….]

휘두백의 말을 어떻게 받아들여야 할지 알 수 없었으나 기분은 참 더러웠다. 그렇다고 도와주겠다는데 성질을 낼 수도 없는 것이고……. 그러나 언제까지고 그렇게 넋 놓고 있을 수만은 없었다.

"간다, 애송이!"

화마가 미소를 거둔 채 활짝 펼쳐 들었던 환을 낮게 던졌다.

부러진 환(環)

파, 파, 파, 팟!

사슬처럼 연결된 환이 파동을 일으키며 뻗어 나왔다.

좀체 감을 잡을 수 없는 움직임이었다. 갈지(之)자를 그리며 상하로 빠르게 움직이는 듯했지만, 한편으론 더딘 속도였다.

마치 고개를 바짝 세운 채 혀를 날름거리는 독사처럼 섬뜩한 생명력이 느껴졌다.

'예측할 수 없다……!'

무산은 손잡이를 빗겨 잡아 검신을 바닥으로 향하게 한 채 환에서 눈을 떼지 않았다.

서로 연결된 친은 무산을 향해 날아들 듯 날아들 듯하면서도 일정한 거리에 멈춰 서서 희미한 파공음만을 내뿜을 뿐이었다.

"그런 자세로는 내 환을 막아낼 수 없다."

화미는 환의 한 끝을 잡고 있던 손을 놓으며 낮은 음성으로 말했다.

'이런, 세상에……!'
 이해할 수 없는 일이었다. 환은 이미 화마의 손에서 벗어났건만, 그대로 공중에 머문 채 물결처럼 기복을 일으키며 파형을 이루고 있었다.
 화마는 분명 내공을 바탕으로 한 고수였다. 결코 취설과 같은 음양가가 아니었던 것이다. 하지만 지금 화마의 공격은 다분히 비정상적이었다. 그의 손을 벗어난 환이 공중에 떠 있다는 것 자체가 상식을 벗어난 일이었다.
 "첨화(添火)!"
 단전 높이에서 두 손바닥을 마주한 채 내력을 끌어올리고 있던 화마가 우수를 가볍게 털어내며 짧게 말했다.
 화르륵……!
 갈수록 가관이었다. 마치 작은 곤충의 날갯짓처럼 끊임없이 파동을 일으키던 환에 한순간 불이 옮겨 붙었다.
 "화륜(火輪)!"
 화마는 희미한 미소와 함께 좌수를 펼쳤다.
 이제껏 파형만을 이루던 환들이 파상적인 공격을 펼치기 시작한 것은 그 순간이었다.
 쇄액— 쇄애액—
 길게 이어진 다섯 개의 환은 일제히 회전하며 긴 불의 꼬리를 달고 무산을 향해 날아들었다. 마치 벼락처럼 빠르고 위협적인 공격이었다.
 '피할 수 없다……!'
 챙… 치르르릉……!
 무산은 빗겨 잡았던 검의 손잡이를 빠르게 회전시키며 화마의 환을 쳐냈다.
 다섯 개의 환이 무산의 검을 타고 미끄러져 내리며 숱한 불꽃을 만들어냈다.

　방금 전 그 환들이 불의 꼬리를 단 채 날아들 때 무산은 어검술을 연상했다. 실제로 환은 화마의 내공이 불어넣어져 화마의 뜻에 의해 자유자재로 움직이고 있는 듯했기 때문이다.

　그런 상황에서라면 그 환을 피하는 것은 바람직하지 않았다. 한 번은 피할 수 있을지 몰라도, 빠르게 이어지는 다음 공격에 여지없이 당할 것이기 때문이다.

　또 하나, 환이 자신을 덮치기 직전에야 비로소 무산은 화마의 공격이 어검술과는 근본적으로 다르다는 것을 깨달았다. 어검술은 시전자의 심검(心劍)이 실제화된 검법의 최고 단계였다.

　반면 화마의 공격은 얼마간의 내력과 환의 회전 원리를 이용한, 지극히 현실적인 공격법이었다.

　무산이 빗겨 잡았던 검의 손잡이를 손가락 끝에 걸치듯 흘려 잡은 이유도 그것이었다. 환은 일단 검과 강하게 부딪치게 되면 파행적인 회전을 할 것이고, 검 역시 뜻하지 않은 방향으로 튕겨날 것이다. 그렇다면 뒤이어 쏟아지는 환을 방어할 수 없게 된다.

　생각대로였다. 무산은 가볍게 흘려 잡은 검을 회전시킴으로써 환의 회전 방향을 따라 함께 돌게 했다.

　"제법이구나. 하지만 얼마나 더 버틸 수 있을까?"

　손에서 벗어난 환에 내력을 집어넣으며 화마가 말했다.

　"사부님, 우리 이쯤에서 끝내고 술이나 한잔하러 가는 게 어떻겠습니까? 사부님의 내력에 이미 감동받았거든요? 내일부터 정성껏 모시고 무공 수련도 열심히 할게요."

　빠르게 검을 회전시켜 환을 쳐내던 무산이 잽싸게 대답했다. 겨드랑이에서 땀이 날 만큼 빠르게 움직이다 보니 쉽게 지쳐 온 것이다.

부러진 환(環) 237

"그렇게 주둥이를 놀리다간 자칫 장례를 치르는 수가 있다. 오로지 검에 집중하거라. 자, 이제 내력을 3성까지 끌어올려 볼까?"

"……."

끊임없이 이어지는 환의 공격으로 인해 무산은 정신이 없었다.

이 상태로만 간다고 해도 반 각을 견뎌내기 힘들 듯했다. 그런데 이런 공격이 고작 2성까지의 내력이라는 말에 무산은 어이가 없었다.

'이거, 겸허하게 대련에 임하려 했더니 영 자존심이 상해 견딜 수 없군. 그나저나 우리 마누라는 잘하고 있는지 모르겠네?'

무산은 고개를 돌릴 여유조차 없었으므로 당수정이 어떤 형편에 취해 있는지 알 수 없었다. 휘두백이 잠잠한 것을 보면 그녀를 도와주러 간 것 같기도 했으나 걱정이 되기는 마찬가지였다.

한편 당수정은 이미 녹초가 되어 있었다.

화마와는 달리 수마는 아주 느긋하게 당수정을 공략해 들어갔다. 그는 네 개의 환을 허리에 찬 채 하나의 환으로 공격을 이어갔다.

"정말 실망이로구나. 귀수삼방의 가르침이 고작 이 정도였더냐? 지금 나는 거의 무방비 상태이고 내력을 끌어올리지도 않았다. 그런데도 너는 이 늙은이보다 느리구나."

수마는 당수정의 쌍검을 동시에 처내며 한심하다는 듯 말했다.

당수정이 쌍검을 선택한 데는 나름의 이유가 있었다. 그녀 역시 오당마환의 무공을 목견한 적은 없지만, 그들이 이용하는 환의 쓰임에 대해서는 익히 알고 있었다.

오당마환은 다섯 개의 환을 이용해 동, 서, 남, 북, 중앙의 오방(五方)을 동시에 공략하는 데 능했다. 그 현란한 공격은 상대를 현혹하고 빈틈을 용납치 않았으므로, 그들을 상대하기 위해선 무엇보다 빠른 속도가 필요했다.

적어도 쌍검은 그런 방어에 용이했다. 좌수와 우수를 함께 사용함으로써 공격과 수비를 동시에 펼쳐 낼 수 있었기 때문이다.

하지만 막상 수마의 공격을 받아내고 있는 당수정은 크게 당황할 수밖에 없었다. 단 하나만의 환으로 수마는 당수정을 완벽하게 공략하고 있었기 때문이다. 만약 내력을 끌어올리거나 다섯 개의 환을 모두 이용했다면 당수정은 일찌감치 나가떨어졌을 것이다.

"도대체 네가 펼칠 수 있는 무공이 있기는 있는 게냐?"

애초의 계획과는 달리, 시간이 지날수록 수마는 갈등에 빠졌다.

오늘 이 비무를 계획할 때까지만 해도 오당마환은 무산과 당수정의 무공을 폐하기로 마음먹고 있었다.

심지어는 불구로 만드는 것까지 염두에 두었으나, 무슨 원한이 사무친 것도 아니었으므로 그 정도에서 무산과 당수정이라는 걸림돌을 제거하고자 했다.

하지만 당수정의 무공은 수마가 생각하고 있던 것 이하였다. 그저 간단한 기교에 의지하고 있었을 뿐, 심오함이 느껴지는 구석은 아무 곳에도 없었다.

'이 아이의 무공을 폐해야 할 이유도 찾을 수 없다. 귀수삼방과 당개수의 후광을 입고 있을 뿐 우리의 걸림돌이 될 만한 재목이 되지 못한다. 굳이 잔혹한 손속으로 다스려야 하는 것인가?'

오당마환 중 가장 마음이 여린 수마는 가벼운 공격으로 일관하며 쉽게 마음의 결정을 내리지 못했다.

물론 당수정의 무공이 수마가 느끼고 있는 것만큼 형편없는 것은 아니었다. 다만 그녀는 얼어 있었을 뿐이다. 당문의 제자 중 오당마환의 위명에 주눅 들지 않을 인물이 몇이나 될까? 게다가 취설의 말처럼 당수정은 무산을 받아들인 이후 꾸준히 나약해지고 있었다.

'자칫 불구가 되거나 죽을 수도 있다……!'
당수정이 걱정하고 있는 것은 그 한 가지였다.
"우측이 비었구나!"
수마는 당수정의 쌍검을 동시에 밀쳐 내며 그녀의 오른쪽 어깨를 환으로 찍어 내렸다.
"흐흡……!"
당수정은 다급히 뒤로 물러섰으나 수마의 환에 어깨를 가볍게 찢기고 말았다. 물러서지 않았다면 잘려 나갈 수도 있는 상황이었다.
"네가 정녕 실력으로 이 자리까지 올라올 수 있었더냐? 우측뿐만이 아니다. 좌측과 전후, 머리와 발, 심장과 목까지 어느 것 하나 지켜내고 있지 못하다. 어이 할꼬? 반 각은 고사하고 몇 촌도 버텨낼 수 없는 실력이니……."
수마는 공격을 멈춘 후 물끄러미 당수정의 얼굴을 쳐다보았다.
만약 금마나 화마를 상대했다면 당수정은 이미 온몸의 근육이 찢겨 반신불수가 되거나 다시는 무공을 할 수 없을 만큼 만신창이가 되었을 것이다.
'이, 이게 진정 내 모습이란 말인가……?'
당수정의 가슴속에서 무엇인가 뜨거운 것이 치밀어 올랐다. 이를 악물지만 않았더라도 그것은 눈물이 되어 쏟아져 내렸을 것이다.
그들의 뒤편에 그려진 비무장에서는 당비약과 당유작이 각각 토마와 목마를 상대로 비무를 겨루고 있었다.
무산과 당수정에 비한다면 그들의 비무는 지극히 형식적이고 일면 유익하기까지 한 것이었다. 토마는 순전히 교육적 차원에서 당비약을 상대하고 있었다.
당비약은 최근 괄목상대할 성장을 거두고 있었다. 매일 밤 오당마환의 별채에 들어 한 시진가량 개별 교육을 받았던 것이다. 그 시간에 전수받는 것들은 하나같이 독특하며 위력적인 무공들이었다.

더욱이 오당마환은 당비야의 무공을 기초부터 바로잡아 주고 있었다.

그뿐만이 아니었다. 한 사람씩 번갈아가며 얼마간의 내력을 주입해 주는 한편, 신체의 구조 자체를 바꾸는 대대적인 작업에까지 손을 뻗쳤다. 그야말로 고양이를 범으로 만드는 작업이라 할 수 있었다.

목마와 비무를 겨루는 당유작은 특유의 빠른 검술로 목마의 공략을 제법 잘 방어하고 있었다. 하지만 목마도, 당유작도 서로의 실력을 감춘 채 얼마간 맥 빠진 공격을 주고받았다.

오당마환에게 있어 당유작은 차라리 보호 대상이었다. 당유작 뒤에는 취설이라는 거물이 있었기 때문이다. 비록 취설이 오당마환보다는 항렬이 낮다 하더라도, 당문에서 차지하는 비중은 결코 적지 않았다.

더욱이 음정과 양정을 포섭한 지금에 이르러 취설을 얻느냐, 잃느냐는 아주 중요한 사안이었다. 얻지 못하더라도 잃지는 말아야 할 형편이었다.

그런 만큼 오당마환은 취설의 제자인 당유작에게도 얼마간 호의를 베풀어야 했다.

그리고 보면 오늘 비무의 목적은 지극히 확연한 한 가지로 압축될 수 있었다. 당수정과 무산, 그 걸림돌들에 대한 청소였던 것이다.

시간은 그럭저럭 흘러 향로에 꽂힌 향이 거의 타 들어가고 있었다.

"용케도 오래 버티었구나. 자, 그럼 6성까지 끌어올린 이 화마의 공격을 받아보려무나. 선방시고 긴빙진 이이야."

내력의 강도를 조금씩 더하며 무산을 가지고 놀다시피 하던 화마가 환을 회수하며 말했다. 마음만 먹었다면 화마는 이미 오래전에 무산을 쓰러뜨릴 수 있었다.

하지만 누군가를 상대로 비무를 겨루어본 것이 40여 년 전이므로, 화마는 이제껏 몸을 풀듯 장난스럽게 무산을 가지고 놀았다. 오랜만에 느껴보는 재미를 쉽게 포기할 수 없었기 때문이다.

'이렇게 강한 상대는 처음이다……!'

무산은 숨을 할딱거리며 긴장된 얼굴로 화마를 바라보았다.

무산은 이미 몸 여기저기에 가벼운 상처를 입고 있었다. 죽을 수도 있는 위기를 가까스로 넘겨왔으나 그것 역시 화마가 손속에 사정을, 아니, 재미를 두고 있었기에 가능했다.

"자, 간다!"

다섯 개 환의 연결된 부분을 푼 화마가 짧게 외쳤다.

'용등연검법밖에 없다.'

무산은 사부 일소천이 제1초식만을 가르쳐 준 용등연검법에 마지막 희망을 걸었다.

비록 1초식에 불과했지만, 지난번 입문 시험 때 그는 어검술과 유사한 검법을 펼친 적이 있었다. 어쩌면 그런 식의 검법이 다시 시전될 수 있을지도 모르는 일이었다.

하지만 그것도 화마가 방심했을 때나 가능하다.

"폭륜지환(爆輪之環)!"

10여 장 거리에 서 있는 화마가 내력이 실린 음성으로 외쳤다.

동시에 양손을 활짝 펼친 채 빠르게 몸을 휘돌리다가 쥐고 있던 환을 날렸다.

휘, 휘, 휘, 휘, 휫!

양손에 들려 있던 환은 화마의 손을 벗어나자마자 귀에 거슬리는 파공음을 내며 사방으로 흩어졌다.

각각의 환이 빠르게 회전하며 기복이 심한 파형을 이루었다. 흩어졌던 환들이 한순간 무산을 향해 빠르게 몰려들기 시작했다. 너무 빠른 속도였기에 무산의 눈에는 일순 정지된 것처럼 보일 정도였다.

하지만 정말 큰 문제는 그 환들이 다섯 방향에서 날아들고 있다는 점이었다.

전, 후, 좌, 우, 중(中)! 순간적으로나마 무산의 눈에 잡혀진 환은 세 개밖에 되지 않았다. 서로 다른 방향에서 날아드는 다섯 개의 환을 일일이 검으로 쳐낼 수는 없었다.

폭륜지환은 화마가 처음에 펼쳤던 화륜(火輪)의 초식과는 성격이 다른 공격이었다. 설불리 검으로 쳐낼 수 없는 공격이었으며, 설사 검으로 막는다 해도 그 위력을 감당해 낼 수 없을 듯했다.

방법은 오로지 하나밖에 없었다. 환을 피하는 것이다.

"혼산비!"

무산은 휘두백과의 싸움에서 선보였던 혼산비를 펼쳐 빠르게 허공으로 몸을 날렸다. 하지만 그것은 단순히 공격을 피하기 위한 수단에 불과했다.

혼산비나 혼산공 모두 영체를 상대로 하는 무공인만큼 화마와 같은 고수에게는 전혀 먹혀들지 않을 공격이었다. 그럼에도 무산이 굳이 혼산비를 펼친 데는 나름의 이유가 있었다.

쿠, 쿠, 쿠, 쿠, 쿵!

다섯 개의 환은 무산이 서 있던 바닥을 때리며 폭사했다. 상당한 내력이 실린 공격이었다. 마치 대지를 가를 것처럼 큰 굉음과 함께 흙먼지가 자욱하게 피어올랐다.

일찍이 경험해 보지 못한 파괴력. 허공의 한 지점에서 와불의 형태로 일순 정지한 무산까지도 그 먼지에 휩싸이고 있었다.

휘, 휘, 휘, 휘, 휙!

화마의 환은 여전히 빠르게 회전하고 있었다. 먼지 더미 속에 묻힌 채 거대한 회오리를 일으키며 파공음을 내고 있었던 것이다.

하지만 화마는 이내 그 다섯 개의 환을 다시 거두어들였다.

'운이 좋았다……!'

환들이 먼지 회오리를 빠져나가는 것을 확인한 무산은 그제야 바닥으로 내려섰다.

비록 무사히 위기를 벗어났으나 오싹한 순간이었다.

혼산비의 장점은 오로지 한 가지였다. 순간적으로 몸의 무게를 비워 허공에 멈춰 설 수 있다는 것. 그것은 일견 공중 부양이나 허공답보와도 같은 형태였다.

사실상 무산의 내공으로는 펼치기 힘 겨운 기술이었다. 다만 혼산비가 얼마간 영적인 힘을 빈 무공이었기에 그런 상태의 유지가 가능했던 것이다.

"하하하. 승신검의 제자라더니, 그 사부의 위명이 헛된 것은 아니었구나."

바닥으로 내려선 무산을 바라보며 화마가 다소 허탈한 음성으로 말했다. 자욱하던 먼지는 이미 걷혀진 상태였다.

3
부러진 환(環)

 화마는 내심 놀랄 수밖에 없었다. 무산이 자신의 폭륜지환을 피해낼 것이라고는 미처 생각지 못했던 것이다. 더구나 혼산비는 화마로서도 상당히 낯선 무공이었다. 그런 만큼 무산의 내공이 상상외로 강하다고 넘겨짚고 있었던 것이다.
 '시간이 얼마 남지 않았다.'
 이제 다급해진 것은 화마였다. 폭륜지환의 실패로 인해 앞으로의 일을 장담할 수 없었던 것이다. 6성의 내공을 고집하다가는 자칫 시간 내에 무산을 쓰러뜨리지 못할 수도 있다는 위기감이 찾아왔다.
 "폭륜지환!"
 멍실일 시간이 없었다. 화마는 다시 한 번 몸을 빠르게 회전시켜 폭륜지환을 펼쳤다.
 하지만 이번에 펼쳐진 폭륜지환은 방금 전의 것과는 그 위력 면에서 큰 차이를 보였다. 화마는 자신의 내공을 8성까지 끌어올리고 있었던 것이다.
쉐에에에엑……!
환이 이루는 파형 역시 처음의 것과는 확연히 달랐다.
마치 무형의 막을 찢어내며 날아들듯 환들은 예리한 파공음을 내며 허공으로 뻗어 나갔고 미처 눈으로 확인되지 않을 만큼 빠르게 흩어지고 있었다.
'최악이다……!'
미처 예상하지 못했던 것은 아니지만 무산은 어떻게 대처해야 할지 좀체 갈피를 잡을 수 없었다. 화마의 손을 떠난 다섯 개의 환은 시각이나 청각으로 잡아낼 수 없을 만큼 빠르고 은밀했다.
환들이 내는 파공성조차도 교묘하게 감추어져 있어 마치 한 방향에서 들려오는 것처럼 통일되어 있었다.
그렇다고 무작정 멈춰 서 있을 수만도 없었다. 다시 혼산비를 펼치는 것 역시 자살 행위였다. 화마의 공격은 혼산비에 맞추어 펼쳐지고 있음에 틀림없었다. 그러나 이런 방식의 공격은, 한편으로 무산이 기다리고 있던 것이기도 했다.
'하늘에 맡기는 수밖에 없지.'
무산은 치켜들고 있던 검신을 전방으로 뻗었다.
짧게 숨을 한번 고르고 난 무산은 반 바퀴 빠르게 몸을 회전시켰다. 그리고 궁신탄영을 펼치듯 허리를 꺾었다.
"용등연검법 제일초, 청단비상(靑團飛上)!"
들릴 듯 말 듯 짧게 새어 나온 한마디였다.
차르르릉!
여전히 전방을 향하고 있던 검이 파르르 떨리는가 싶더니 이내 심하게 요동했다. 허리를 꺾은 채 휘어져 있던 무산의 몸이 튕겨지듯 빠르게 화마을 향해 쏟아진 것도 그 순간이었다.

"휘리리릭……!"

무산의 신형은 빠르게 수평으로 뻗어 나갔다.

"헉……!"

비무에 임한 후 처음으로 화마의 입에서 다급성이 터져 나왔다.

화마는 미처 무산의 공격을 예상하지 못하고 있었던 것이다. 그도 그럴 것이 무산은 이제껏 수비의 초식을 펼치거나 독특한 퇴법을 펼치며 달아나기에 급급했던 것이다.

'내가 생쥐를 너무 구석으로 몰아세운 것인가?'

놀람도, 생각도 지극히 짧은 시간 동안 이루어진 것이다. 화마의 입가에 다시 묘한 미소가 머금어졌다.

"쉐에엑……! 쉐쉐쉑……!"

어딘가에서 예리한 파공음만을 내고 있던 다섯 개의 환들이 빠르게 모여드는 것인지, 보다 날카로운 파공음이 무산을 덮쳐 오기 시작했다.

"파, 파, 파, 팟……! 콰, 콰, 콰, 쾅……!"

무산이 지나친 곳으로 아슬아슬한 차이를 두며 폭사가 일기 시작했다. 그야말로 순식간의 일이었다. 1촌의 시간 동안 벌어지는 그 많은 상황의 변화들…….

'죽을 수도 있다……!'

미세한 경련과 파동을 온몸으로 느끼며 날아들던 무산의 눈에 희미하게 웃고 있는 화마의 모습이 또렷하게 들어왔다. 어찌 된 일인지 그의 우수에는 하나의 금빛 환이 들려 있었다.

"가라……!"

희미한 미소를 거두며 화마가 우수를 털어냈다.

"챠, 챠, 챠, 챠악……!"

부러진 환(環) 247

화마의 손을 떠난 금빛 환은 진동을 일으키며 무산을 향해 낮게 날아
들었다. 자잘한 모래와 자갈들이 환이 지나는 길의 양 옆으로 갈라져 튀
어 올랐다. 그리고 한순간 급격한 곡선을 이루며 회전하기 시작했다.

무산과 환과의 거리는 대략 3장여, 화마와의 거리는 5장 정도였다.

화마의 환이 만들어내는 강기가 무산에게까지 전해져 왔다. 자칫 몸의
균형을 깨뜨려 버릴 듯한 강력한 파동……!

무산의 몸이 빠르게 회전하기 시작한 것은 그때였다. 동시에 그의 손
에서 파동을 일으키던 검도 쏜살같이 뻗어 나가며 회전했다.

파, 파, 파, 팟……! 쿠콰쾅……!

두 개의 강력한 강기가 맞부딪치며 거대한 폭사가 일어났다. 그리고
무산의 몸은 그 폭사의 한가운데를 뚫고 있었다.

쿠, 쿠, 쿠, 콰쾅……!

그 순간 무산을 뒤쫓아오던 환들이 또 하나의 강기와 맞부딪치며 두
번째 폭사를 일으켰다. 연무장 전체가 폭음에 바르르 떨며 진동을 일으
키는 듯했다.

…….

아무것도 보이지 않았다. 비무장 전체가 거대한 먼지의 기둥에 휩싸였
을 뿐이다.

콰, 콰, 콰, 쾅……!

…….

몇 번의 폭사가 더 이루어진 후, 비무장으론 무거운 정적만이 감돌았
다.

각자의 비무장에서 비무를 겨루던 3환과 당수정, 당비약, 당유작. 그
리고 단상 위에 앉아 있던 금마의 눈이 초조하게 그 먼지 기둥에 모아졌
다.

…….
비무장을 가득 메우던 먼지가 서서히 걷히며 두 사람의 모습이 드러났다.
"헉……!"
"…….'
"…….'
도무지 믿어지지 않는 일이었다. 무산과 화마, 두 사람 모두 멀쩡한 모습으로 서로를 바라보며 서 있었다.
얼마간 옷이 찢기고 찰과상을 입은 듯한 모습이었으나 그 거대한 폭사의 한가운데에 서 있었다고는 믿어지지 않을 만큼 멀쩡한 모습이었다.
금마는 물론 비무를 겨루던 삼마와 제자들 역시 충격에 휩싸일 수밖에 없었다.
하지만 연무장에 있던 그 누구보다 큰 충격에 휩싸인 사람은 화마였다. 자신의 공격이 무산에게 막힌 것이다. 화마는 순간적으로 온몸을 훑고 지나가는 한기를 느껴야 했다. 수십 년 만에 느껴보는 당혹감이었다.
무산 자신도 그 상황이 어리둥절하기는 마찬가지였다. 검과 환이 맞부딪치는 순간, 그는 자신의 몸이 무형의 막에 휩싸이는 느낌을 받았다.
용문파를 떠나온 후 세 번째로 경험하는 불가사의였다. 처음으로 청단비상을 펼쳤을 때, 휘두백과 맞부딪쳤을 때, 그리고 방금 전 폭사를 뚫고 나온 바로 그 순간 무산은 자신의 것이라고는 믿어지지 않는 강력한 강기를 경험한 것이다.
화마와 무산은 잠시 서로의 모습을 멍하니 바라보았다. 마치 새끼 곰과 돼지가 우연히 외나무다리에서 마주쳤을 때처럼.
하지만 그런 어색한 대치는 곧 무산의 한마디로 인해 깨져 버리고 말았다.

"헤헤. 사부님, 금 넘어가셨네요?"

"……."

실실 쪼개며 내뱉는 무산의 말에 화마는 고개를 숙여 물끄러미 바닥을 쳐다보았다.

…….

무산의 말대로 화마는 비무장 밖으로 3촌가량 벗어나 있었다. 폭사가 일어나는 순간 다급히 장법을 펼치며 몇 걸음 뒤로 물러선 것이다.

"아휴, 이걸 어째? 아직 시간은 좀 남았지만 비무장 밖으로 나가셨으니 사부님이 진 겁니다. 헤헤헤."

"……."

"하지만 정 억울하다면 다시 한 번 기회를 드릴 수도 있습죠."

"……?"

"헤헤, 제가 살던 용문마을에서는 패자에게 관용을 베푸는 미덕이 있거든요. 주로 도박판에서 볼 수 있는 풍경인데, 돈 잃은 놈이 닭똥 같은 눈물을 뚝뚝 흘리면서 선처를 호소하면 딴 돈 중에서 반쯤은 돌려줍니다요. 헤헤!"

무산은 방긋 웃으며 화마의 얼굴을 빤히 쳐다보았다. 남 속 뒤집어놓는 데는 타의 추종을 불허하는 재주를 가진 무산이었다.

하지만 정작 화마는 닭똥 같은 눈물을 뚝뚝 흘리지도, 화를 내지도 않았다. 그로서는 아직도 자신의 패배를 실감할 수 없었던 것이다.

"내가… 진 것인가……?"

"넵!"

"……."

무산의 거침없는 대답에 화마는 조용히 등을 돌렸다. 그리고 허탈한 모습으로 걸음을 옮겼다. 자신의 오랜 거처인 별채를 향해.

화마의 모습이 시야에서 사라지기까지 모든 사람들은 묵묵히 그의 등에 시선을 고정시켰다. 화마만큼은 아니더라도 저마다의 충격에 휩싸여 있었던 것이다.

"많은 갈등에 사로잡혀 있었으나 이제는 어쩔 수 없구나."

"……."

다른 사람들과 마찬가지로 멍한 눈빛을 하고 있던 수마가 다급히 향로의 향불을 살핀 후 자세를 가다듬으며 말했다.

향불은 거의 바닥까지 타 들어가고 있었으나 쥐똥만큼의 불씨가 남아 있었다.

놀라움과 기쁨이 교차되고 있던 당수정의 낯빛이 갑자기 굳어지기 시작했다. 자신의 비무는 아직 끝나지 않았던 것이다.

차르르르릉……!

수마는 허리에 차고 있던 네 개의 환과 손에 쥐고 있던 하나의 환을 빠르게 연결했다. 하지만 마음이 급해진 것인지, 아직 충격에서 벗어나지 못한 것인지 그 손이 가볍게 떨리고 있었다.

'아이야, 미안하다. 너 하나만이라도 처리를 해야겠구나.'

수마는 조용히 호흡을 가다듬고 내력을 끌어올리기 시작했다.

하지만 그 순간이었다.

[아우님, 너무 늦었네.]

단상 위에 앉아 있던 금마가 전음을 날려 그의 공격을 제지했다.

[무슨 말씀이오, 형님?]

[당수정을 쓰러뜨리는 것은 이제 의미가 없네. 무산과 함께라면 모를까, 당수정 하나만을 제거하고자 무리수를 둔다면 우리의 입지만 좁아진다는 것이지. 그만 환을 거두게.]

[…….]

수마는 아무 말도 할 수 없었다. 그저 조용히 환을 내리는 것으로 금마의 말을 수긍했을 뿐이다.

조금도 틀린 말이 아니었다. 오당마환은 오늘의 비무를 통해 당수정과 무산이라는 두 장애물을 제거할 계획이었다.

그것은 어떤 측면에선 배수진(背水陣)이나 다름없었다. 떳떳하지 못한 방법인만큼 분명 그들에 대해 반기를 드는 세력이 생길 것이다. 그리고 문주 당개수의 반발도 만만치 않을 것이다. 첨예한 대립을 피할 수 없는 것이다.

그럼에도 오당마환은 그 계획을 감행했다. 무공이 약한 상대를 누르는 것은 강호의 순리, 결코 부끄러운 일이 아니라는 믿음이 있었기 때문이다.

사실 그것은 최상의 선택이었다. 어차피 무산이나 당수정이 제거되면 당개수를 중심으로 한 세력은 와해될 수밖에 없었다. 당개수는 더 이상의 패가 없으므로.

하지만 지금은 상황이 달랐다. 화마가 무산에게 꺾임으로써 오당마환은 단 한 번 주어진 기회를 잃은 셈이다. 설사 수마가 당수정의 무공을 폐하거나 불구로 만들어놓는다고 해서 유리할 것이 없었다.

그럴 경우 오히려 당개수 세력의 응집력을 높여줄 뿐이었다. 그리고 당개수와 오당마환 사이에서 저울질하고 있던 세력들 역시 오당마환에게서 등을 돌리게 될 것이다. 그들에게는 무산이라는 새로운 영웅이 있으므로.

당수정을 앞에 둔 채 붉으락푸르락 수시로 안색을 바꾸던 수마의 얼굴이 한순간 단호하게 굳어졌다.

"으아아압……!"

터터텅……!

수마의 입에서 짧은 기합성이 터져 나오는 것과 동시에 손에 들려져 있던 금환들이 정확히 두 동강 나 바닥에 떨어졌다.

연무장은 다시 한 차례 무거운 정적에 휩싸였다.

「주인님, 제가 뭐라고 했습니까요. 아무 걱정 마시라 했지 않습니까.」

멍하니 수마의 얼굴을 바라보고 있던 무산에게 느닷없이 휘두백이 전음을 보내왔다.

[너 지금 어디 있냐?]

「금마 옆에요.」

[거기서 뭐 하고 있는데?]

「헤헤, 발바닥 간질이고 있습죠. 다 제 덕분인지 아십시오.」

무산은 고개를 갸웃거리며 잠시 생각에 잠겼다. 좀체 휘두백의 말을 이해할 수 없었던 것이다.

[그거하고 이거하고 무슨 상관이 있냐? 그러니까 내 말은 똥하고 된장하고 닮기는 했지만, 그 둘은 명확히 다르다는 것이지.]

「헤헤, 그거야 그렇지만… 저도 나름대로 노력을 했다는 말씀입지요. 헤헤헤헤.」

[너, 석금이 닮아가냐?]

「……」

8장
우리는 소름으로 간다

세상의 모든 계곡은
바다를 향하고 있다.
하지만 모든 물이 바다에
닿는 것은 아니다.

1
우리는 소림으로 간다

 용문산은 이제 완연한 가을빛에 물들고 있었다.
 그 산자락에 자리 잡고 있는 용문마을도 마찬가지였다. 나무들은 지난 가을과 마찬가지로 단풍과 낙엽을 준비하며 저 혼자 여위어갔고, 곰들은 더욱 혈안이 되어 먹을 것을 찾아 헤맸다. 머지않아 닥쳐올 겨울을 대비하기 위해서였다.
 하지만 그곳에서 멀지 않은 황야의 가을은 언제나처럼 황량하기만 했다. 뿌옇게 하늘을 덮은 먼지바람과 더욱 뜸해진 사람들의 발길…….
 "짐은 다 챙겼느냐?"
 "예, 사부님."
 "사, 그럼 일소친 그 늙은이가 오기 전에 움직이자꾸나."
 "까다 만 생강이 있는데, 그것만 다 까고 가면 안 되겠습니까? 생강 까다 말고 다른 일을 하면 영 집중을 할 수가 없어서……."
 자루 길이 2자 9치, 날의 길이 2자 1치로 잘 벼리어진 한 자루의 도를 갈무리하는 것으로 이재천은 모든 준비를 끝냈다. 하지만 뭔가 빠뜨린 기분이었다.

"두백아, 물론 생강도 중요하지. 하지만 더 있다가는 일소천 패거리가 올 것이고, 그러면 여행 경비가 서너 배는 늘어나게 될 것이니라. 그놈들의 뒤치다꺼리를 하는 데 드는 비용이 결코 만만치가 않아."

팽이는 끔찍하다는 듯 머리를 흔들며 말했다.

이재천을 거두어들인 후 팽이는 얼마간 좀스러운 인간으로 변해갔다. 과거엔 돈에 관한 한 제법 통이 큰 위인이었고, 일소천에 대한 후원을 아끼지 않았다. 하지만 요즈음 팽이는 오로지 이재천의 뒷바라지에만 전념하고 있었다.

"알겠습니다, 사부님."

"자, 나도 모든 준비가 끝났다. 이제 우리는 소림으로 간다!"

"멋있습니다, 사부님."

"푸히히, 우리가 좀 멋있기는 하지? 이제 강호는 우리 팽두파를 주목하게 될 것이니라. 바야흐로 가장 위대한 도가(刀家)가 탄생했기 때문이다."

"와아아아―"

지난 몇 달간 그들은 무림맹 비무대회를 준비하기 위해 혼신의 힘을 다했다. 열에도 팽이는 과거 그 어느 때보다 진지했고, 이재천 역시 사력을 다해 팽이의 가르침을 받았다.

팽이와 이재천의 만남, 이재천과 도(刀)의 만남은 그야말로 완벽한 궁합이었다. 그들의 인연은 마치 수천 년 동안 준비되어 온 것처럼 완벽했으며, 그들이 이루는 화음은 세상의 어떤 음악보다 아름다웠다.

모든 일이 수월하게 풀렸다. 소림의 범현 거사는 기꺼이 팽이에게 무림맹 비무대회의 초대장을 보내왔고, 이재천의 도법도 상당한 수준에 올라 있었다. 이제 남은 것은 무림맹 비무대회에서 그 화려한 도법을 선보이는 일밖에 없었다.

팽이는 설레는 마음을 진정시키지 못한 채 입을 헤벌리며 웃고 있었다.

하지만 그때였다.

"팽가야, 이놈. 해 떨어지겠다. 어서 출발하자꾸나."

"두백 오라버니, 방초가 왔어요. 어서 나오세요."

"이보게, 천상유수. 유청이가 왔네. 배은망덕 이 형도 함께 왔으니 어서 나오게."

…….

[사부님, 문을 걸어 잠글까요?]

[소용없느니라. 우리가 너무 늦었다. 저 찰거머리들이 나타난 이상 함께 가거나 비무대회를 포기하는 수밖에 없느니라.]

[그럼 차라리 비무대회를 포기하지요?]

[…….]

바야흐로 숭산까지의 멀고 먼 여정이 펼쳐지고 있었다.

패랑검 일소천, 열해도 팽이, 배은망덕 이편, 천상유수 이재천, 주유청, 방초. 그렇게 여섯 사람이 무리를 지어 떠나는 원정은 그 가을을 전설처럼 기억되게 할 강호비사의 시작이었다.

강호는 깊은 혼란에 빠져 미처 그들을 주목하지 못했으나 그 원정대의 선두에는 강호 최고의 검객과 도객이 나란히 서 있었던 것이다.

…….

"이보게, 유청이. 자네 아직도 지붕 위에 올라가서 방초를 훔쳐보곤 하는가?"

"……."

오랜만에 만난 두 친구, 이재천과 주유청은 사부들의 뒤를 따르며 천천히 말을 몰고 있었다. 다행히 새로운 경쟁자인 이편으로 인해 주유청은 이재천에 대한 경계심이 얼마간 풀려 있는 상태였다.

"음… 짐작이 가는군."

"자네는 어떻게 지냈는가? 팽 사부가 자네 시를 이해해 주던가?"

"물론이지. 내 평생 저렇게 감수성이 예민한 노인네는 본 적이 없다네. 그나저나… 내가 방초 낭자에 대한 비밀 한 가지를 알고 있는데……. 뭐 그녀를 이해하는 데 얼마간 도움이 될 거란 생각이 들기는 하지만……."

주유청은 이재천의 말에 솔깃했으나 이내 평정심을 되찾았다.

지난번 이편과 약속한 것이 있었기 때문이다.

이편은 이번 무림맹 비무대회가 끝나면 소림에 남아 불가에 귀의할 것이라고 자신의 뜻을 밝혔다. 어차피 이편에게 있어선 절간만큼 안전한 곳이 없었다. 이제 허벅지를 찌르는 것도 한계에 다다랐으므로 불심을 빌어 완전히 색마의 근성을 잠재우기로 한 것이다.

"재천이, 내가 남의 비밀 따위에나 흥미를 갖는 하찮은 사내로 보이는가? 하지만… 뭐 먼 길 가자면 이야깃거리는 필요하겠군. 어디 은밀히 한번 얘기해 보게나."

주유청은 말머리를 이재천에게 바짝 붙이며 낮은 목소리로 말했다. 비록 조만간 경쟁자가 사라지긴 하겠지만, 유용한 정보를 포기할 이유는 없는 것이다.

"실은 방초 낭자가… 아니지. 자네 말이 맞네. 남의 비밀을 들먹이는 것도 사내가 할 짓은 아니지. 먼 길이 지루하다면 우리 서로의 시론(詩論)이나 주고받으며 가세나."

"……."

한편 그들보다 얼마간 뒤처진 곳에서는 배은망덕 이편과 방초가 나란히 말을 몰아오고 있었다.

방초의 마음은 완전히 이편에게 기운 듯 잠시도 떨어지려 하지 않았다. 방초가 천상유수 이재천에게 관심을 보인 것은 말을 빌릴 때뿐이었다. 적어도 방초에게 있어 이재천은 이제 과거의 남자에 불과했다.

"어머, 이편 오라버니. 내 말이 많이 지친 것 같아요. 이 녀석은 좀 쉬게 하고 우리 말 같이 타고 가요. 네?"

"그러게 좀 튼실한 말을 고르라고 하지 않았소. 하필 제일 부실한 말을 고집할 건 또 뭐요? 정 힘들다면 내가 주 형이랑 함께 말을 타고 갈 테니 낭자 혼자 내 말을 타시오."

이편은 기겁을 하며 말의 속력을 높였다.

"호호, 그건 동물 학대예요. 곰탱이의 몸집을 생각하셔야죠. 저것 보세요. 곰탱이 말은 벌써 다리가 후들거리고 있잖아요."

"어쨌든 나는 낭자와 함께 말을 탈 수 없소."

"어머나, 이편 오라버니 다리도 후들거리고 있네? 아이, 귀여워라. 방초를 볼 때마다 늘 그러시네요. 제가 주물러 드릴까요?"

방초 역시 말의 몸통을 걷어차며 속도를 높였다.

'이런……. 저 곰탱이는 왜 빌려간 송곳을 돌려주지 않는 거야? 이거 낭패로군…….'

이편은 마구 요동 치는 물건을 감추기 위해 말머리에 몸을 바짝 붙인 채 빠르게 내달리기 시작했다. 한시 바삐 부처님에게 귀의하는 수밖에 없었다.

히이이잉……!

이편의 말은 놀라운 속도로 내달렸다. 이재천과 주유청을 따라붙고,

일소천과 팽이까지를 지나쳐 멀리, 아주 멀리 소림을 향해 달려갔다.
"놀라운 기마술이로구나."
"히히, 그렇지? 내 보기에는 상당히 뛰어난 자질을 가지고 있는 아이라네. 나이 제한만 없었더라도 이번 비무대회에 참가해 우리 용문파의 이름을 드높일 수 있으련만……."
팽이와 일소천은 자신들을 지나쳐 쏜살같이 달려가고 있는 이편을 바라보며 혀를 내둘렀다.
"그나저나 팽 자네는 무슨 생각으로 이번 대회에 참가하는 것인가? 재천이 저 게으른 놈이 자네의 성에 찰 만큼 도법을 성취했을 리 없을 텐데……."
"모르는 소리. 두백이 저 아이는 타고난 도객이지. 그야말로 진흙 속의 진주야. 모르긴 몰라도 과거 도성(刀聖)으로 이름을 떨쳤던 우리 고조부님도 저 아이만큼의 자질은 없었을 거야. 이제 강호는 두백이 저 아이를 주목하게 되겠지. 오히려 자네가 걱정이군. 이편은 나이가 많아 참가할 수 없을 테고, 방초 저 계집애의 수준이야 10년 전이나 지금이나 제자리걸음인 것 같던데……."
팽이는 입꼬리를 말아 올리며 은근히 일소천의 속을 뒤집어놓기 시작했다.
그는 자신이 간직한 40여 년의 한을 이재천이 풀어줄 것이라고 확신하고 있었다. 팽이 자신은 결국 일소천이라는 벽을 뛰어넘지 못했다. 하지만 이재천이라면 방초나 주유청을 꺾는 것은 물론 비무대회의 우승까지도 넘볼 수 있는 실력이었다.
물론 무림맹 대회에는 강호에서 위명을 떨치는 수십 개 문파와 그 외 몇백이 될지도 모르는 강호고수들이 참가하게 될 것이다.
신생 문파가 바라보기에는 너무나 높은 벽이었다. 하지만 꼭 그런 것만도 아니었다. 이미 말했듯 일소천과 팽이는 전대 강호를 주름잡던 최고의 검객, 도객이었던 것이다.

호랑이 새끼는 호랑이 새끼일 수밖에 없다.

비록 우연을 통해서이기는 했으나 일소천과 팽이는 제자들의 자질을 충분히 살핀 후 문하로 거두었다. 다소 모자라거나 주접을 떠는 경향이 있기는 했으나 주유청과 이재천은 고수들을 흡족케 할 만한 재목이었던 셈이다.

"푸히히, 이놈의 영감탱이가 별 걱정을 다 하는군. 우리 아이들은 내게 용등연검법을 사사받았나니. 강호에 누가 있어 방초와 유청이를 상대할 수 있을까. 네놈이 아직 유청이 저 아이에 대해 잘 모르고 있는 모양이구나. 다소 미련해 보이기는 해도 유청이는 과거 아귀황을 이끌 때 이미 강호에 이름을 떨치고 있었느니라. 기초가 부실한 재천이 놈이랑은 근본부터가 다르지. 저 아이는 타고난 무골이란 말이다."

"좀 점잖게 대해주었더니 이 늙은이가 감히 남의 귀한 제자를 헐뜯어? 이놈의 영감탱이야, 당장 우리 말에서 내리거라. 그리고 꾸어간 돈도 다 갚아라."

가만히 일소천의 말을 듣고 있던 팽 영감이 평소의 버릇대로 팽, 소리를 내질렀다.

다른 것은 다 참아도 제자를 욕되게 하는 것만은 참지 못하는, 제자 사랑 유별난 팽이였던 것이다.

"푸헤헤. 이놈아, 재천이는 원래 나 일소천의 제자였느니라. 내가 그동안 쭉 살펴온 바에 입각해 한 말이니 내 말은 진실이니라."

"우아아아아― 더 이상은 못 참겠다. 이놈, 비무대회까지 기다릴 필요도 없다. 당장 여기에서 승패를 가리자꾸나."

제자 사랑은 유별나도 성격 하나는 기막히게 더러운 팽 영감은 말이 떨어지기 무섭게 말을 멈춰 세웠다.
"이 미친 영감탱이야, 정녕 메추리 알로 바위를 치고 싶은 것이냐?"
"물론 아니다, 이 제자 사랑 모르는 악독한 늙은이야. 우리 두백이 실력이면 저런 곰탱이는 50명까지 한꺼번에 상대할 수 있다."
"뭣이라? 약골 굼벵이 주접 배신자 구관조 이재천이 우리 유청이를 어째? 허, 이런 개구리 방귀 같은 소리가 있나. 정녕 맞아 죽어도 후회하지 않을 자신이 있느냐? 내가 배신자 이재천을 살려둔 것은 외롭게 늙어가는 네놈 처지를 불쌍히 여겼기 때문이다. 그저 애완용으로나 기르라고 참아주었더니 정말 분수를 모르고 날뛰는구나."
더 이상의 말이 필요없었다. 일소천은 곧장 말머리를 돌렸다. 그리고 멀찍이 떨어져 터벅터벅 말을 몰아오고 있는 주유청을 기다렸다.
'푸히히히! 차라리 잘되었다. 이 참에 나를 배신한 재천이 저놈을 처절하게 응징하리라.'
일소천의 얼굴로 야릇한 미소가 스쳐 지나갔다.
하지만 팽이 역시 자신감이 넘치고 있었다.
'저런 미련 곰딴지가 우리 재천이를 감당해? 오늘 또 본의 아니게 동물 학대를 하게 되는구나. 미안타, 곰탱이. 푸히히히……!'
하지만 정작 도마 위에 오른 이재천과 주유청은 결코 범상치 않은 그들의 사부들로 인해 또 한 번 위기감을 느껴야 했다.
"이보게, 유청이. 어쩐지 저 인간들 표정이 수상한걸."
"그러게나 말일세. 또 무슨 꿍꿍이지? 둘이 붙여놓는 게 아닌데 그랬구먼."
"그래도 우리 사부는 패랑검처럼 인정머리없지는 않네. 자네 사부 때문에 인생을 망쳤을 뿐이지. 원래는 하북팽가의 가주로 강호에 그 위명이 당당했던 분이라네."

분위기가 심상치 않음을 느낀 이재천은 은연중 자신의 사부인 팽 영감 편을 들고 있었다. 그야말로 자연스럽게 마음에서 우러난 말이었다.

"그게 무슨 소린가? 자네 사부가 미친 영감이라는 건 용문마을이 다 아는 사실일세. 하지만 우리 사부님은 강호제일이지. 감히 팽 영감 따위와 견주어질 분은 아니란 말일세."

"팽 영감이라니, 자네 식당 가문에서 크는 바람에 버릇이 없군. 우리 사부께 예를 지켜주게. 듣는 두백이 기분 나쁘군."

"이 사람, 왜 우리 가문을 들먹이고 그러나? 뼈대있는 자네 가문에선 선대에 매국을 일삼지 않았는가. 그러고도 뻔뻔스럽게 북경에 붙어 있는 것이 용하네."

"뭣이?!"

"노려보면 어쩔 텐가?"

…….

굳이 일소천과 팽 영감이 애쓸 필요가 없었다. 두 사람은 이미 스스로 불타오르고 있었다.

따지고 보면 이재천과 주유청의 그런 껄끄러운 경쟁 관계는 지난 20여 년 가까이 지속되어 온 것이었다.

어린 시절, 주유청은 학업에서는 이재천을 앞섰으나 연애에 있어선 백전백패였다. 힘에 있어서도 앞섰으나 가문의 위세에는 눌렸다.

물론 이재천이 자기 가문 따위를 팔아먹는 인간은 아니었으나 아주 가끔 주유청의 가문을 깔아뭉갰다. 가령 북경반점에서 외상을 안 받아주거나 주유청에게 쥐어 터졌을 때.

"어서 이리들 와보거라. 헤헴……. 그러니까 지금부터 내가 하는 얘기를 잘 들어보거라. 이 사부들이 상의를 해보니, 아무래도 비무대회 이전에 너희들의 실력을 점검해 볼 필요가 있을 것 같더구나. 그래서 말인데…….”

일소천은 스스로 생각하기에도 무안했는지, 최대한 말을 부드럽게 돌려 품위를 유지하려 했다. 자칫 늙은 사부들이 주접 떤다고 욕먹게 될까 봐 두려웠던 것이다.

"그놈 참… 겁나냐? 내가 얘기하마."

가만히 일소천의 이야기를 듣고 있던 팽이가 앞으로 나서며 입을 열었다.

"사실 이 사부들은 지난 40여 년 동안 최고의 무공을 만들어내기 위해 노력했느니라. 물론 일소천 이 늙은이는 용등연검법을 꾸준히 우려먹었지만 나 열해도 팽이는 뼈를 깎는 노력으로 최강의 도법을 창안했지. 이제 우리는 늙었으니 너희들을 통해 그 무공의 우열을 검증받고 싶구나."

…….

다분히 자기 위주로 한 말이었지만, 팽이의 의사는 용문파와 팽두파의 두 제자에게 무리없이 전달되었다.

"그러니까 쉽게 말해서 한판 신나게 붙어보란 말씀입지요?"

"푸하하하! 사부님들, 이 주유청이 늘 바라고 바라던 순간입니다."

…….

이재천과 주유청의 두 눈에서 불꽃이 튀기 시작했다.

2

우리는 소림으로 간다

일행의 발길이 느닷없이 멈춰 선 그곳.

용문산의 모습이 까마득히 멀어진 산서성 태원의 어느 들판으로 선선한 바람이 스쳐 지나가고 있었다.

해는 어느덧 뉘엿뉘엿 서산으로 기울기 시작했다.

붉게 물들기 시작한 그 하늘로는 멀리 호숫가에서 날아오른 수백, 수천의 새들이 수놓여졌다. 노을을 가로지르던 구름이 황금빛으로 물들었고, 들판은 바람에 눕는 풀과 곡식들로 일렁이고 있었다.

팽이와 일소천은 어느새 화가 풀린 것인지 바위 위에 나란히 앉아 제자들의 모습을 바라보고 있었다.

40년이 결코 짧은 시간은 아니었던지, 20여 년의 나이 차이도 잊은 채 그들은 마치 부부처럼 한 방향에 시선을 고정시키고 있었다. 지극히 다정하고 아름다운 모습이었다.

"우리가 정말 늙긴 늙었구나. 벌써 검을 잡는 것이 귀찮아졌으니……."

"그러게 말이다. 애들한테 싸움이나 붙여놓고…… 지금이라도 말릴까?"

"음, 아무래도 나잇값을 못한 것 같긴 하지만… 좋은 싸움 구경을 놓치면 아깝지 않겠느냐?"

일소천이 귀밑머리를 손가락에 끼워 뱅뱅 돌리며 말했다. 바람이 너무 좋다 보니 솔솔 잠까지 밀려오고 있었다.

"푸히히, 그건 그렇구나. 우린 어찌 이다지도 마음이 잘 통할까?"

"그러니 좋은 친구가 아니겠느냐."

"나 열해도 팽이는 죽는 순간 이렇게 말할 것이다. 승신검 일소천이 있었기에 내 삶이 아름다웠노라고."

"크하, 노을보다 아름다운 말이구나. 나 일소천 역시 열해도로 인해 이 삶이 즐거우니라."

두 노인은 아예 어깨동무까지 한 채 지는 해를 바라보며 자신들이 살아온 파란만장한 인생을 되돌아보고 있었다.

원한도 오래 묵히면 향기를 내는 것인지 모른다. 아주 향긋한 술처럼.

"검을 쥔 자세가 제법이구나."

오랜 침묵을 깨고 이재천이 먼저 입을 열었다.

아무리 생각해도 이런 식의 대치를 계속한다면 자신이 점점 불리해질 것 같았다. 주유청의 연검은 거의 무게가 느껴질 것 같지 않은 반면, 자신은 5척에 이르는 무거운 도(刀)를 들고 있었기 때문이다.

"푸하하하! 구관조 이재천의 입에서 그런 말을 듣게 될 것이라고는 미처 생각지 못했다. 네놈이 검을 아느냐? 색마의 직계답게 치마끈에 대해서나 논한다면 모를까……. 쯧쯧!"

"유청아, 이놈. 구관조라니? 내가 너를 똥청이라고 부르면 기분이 좋겠느냐? 두백이라는 멋진 외호를 두고 왜 하필 구관조냐? 그리고 색마의 직계라? 뭐 과거를 숨기고 싶지는 않지만 그것도 다소 듣기가 거북하구나."

아무래도 말이 길어질 것 같자 이재천은 아예 도(刀)를 바닥에 늘어뜨린 채 느릿느릿 말했다. 그러자 한결 몸이 가벼워졌다.

하지만 주유청이 깐족이는 바람에 이재천은 휴식을 끝낼 수밖에 없었다.

"알았다, 구관조야. 앞으로는 구관조 두백이라고 불러주마, 공평하게."

"이런 곰탱이 같은 놈. 실력으로 제압하는 수밖에 없겠구나."

긴말이 필요없었다. 이재천과 주유청, 그들의 관계는 피 터지는 싸움이 아니고서는 좀체 풀릴 성질의 것이 아니었다.

"구관조야, 사부님으로부터 전수받은 용등연검법을 네놈에게 제일 먼저 시전해 보일 수 있다는 사실이 나를 얼마나 행복하게 하는지 아느냐? 그동안의 아니꼬왔던 감정을 오늘 확실히 풀어버리도록 하마."

주유청은 노을에 붉게 물든 연검을 하늘 높이 치켜들며 말했다.

"연검 따위로 내 도(刀)를 막겠다? 좋다, 네놈을 쓰러뜨린 후 그 툭 튀어나온 배 위에 올라서서 아주 슬픈 시 한 수를 읊어주마. 하하하핫—"

이재천은 바닥에 늘어뜨렸던 도의 끝을 가볍게 발로 팅겨 세웠다. 그리고 2자 9치에 이르는 손잡이의 양끝을 넓게 펼쳐 잡은 후 허공을 향해 한차례 크게 휘둘러 보았다.

묵직한 피공음과 함께 황금빛 잔상이 들판에 뿌려졌다. 마치 창술을 연상시키는 그 동작은 상당히 정교하면서도 위협적이었다.

'음, 예상 밖이군. 이재천에게 저런 정교함과 힘이 있었던가?'

주유청은 얼마간 긴장할 수밖에 없었다.

사실 동문수학하던 시절만 해도 싸움에 있어 이재천은 자신의 상대가 되지 못했다. 하지만 언제부턴가, 그가 한 기인을 통해 놀랄 만한 무공을 전수받았다는 소문이 북경 전체에 퍼지게 되었다. 물론 검증받은 바는 없지만, 근거없는 소문이라는 것은 애초에 없는 법이었다.

더욱이 지금 이재천이 보여주는 도법은 언뜻 보기에도 상당히 고강한 수준인 듯했다. 그 묵직한 도를 휘두름에 있어 결코 빈틈이 보이지 않았던 것이다.

'연검이라……? 정말 꼴불견이군. 저 곰 같은 덩치에 파리채같이 얄팍한 검이나 들고 있다니. 그렇지만 부조화의 조화랄까, 의외로 균형 잡힌 자세다. 결코 쉽게 볼 수 없겠어…….'

이재천 역시 주유청의 견고한 자세에 얼마간 두려움을 느끼고 있었다.

연검과 도(刀). 외모나 덩치로만 본다면 이재천과 주유청은 서로 어울리지 않는 무기를 들고 있는 셈이었다. 그럼에도 다른 한편으론 그들의 모습이 상당히 정갈하게 느껴지기도 했다.

'저 곰탱이가 의외로 나를 감동시키는군. 정말이지 구성미가 돋보이는 자세야. 하지만 영 싸가지가 없지? 기회가 닿았을 때 버릇을 고쳐 놓아야 해. 그래, 오늘 나 이재천은 이 도(刀)를 치웅도(治熊刀)라 이름 짓겠다.'

팽이로부터 하사받은 도(刀)를 물끄러미 쳐다보던 이재천은 자신의 작명이 마음에 드는지 헤벌쭉이 웃어 보였다.

'저 미소는 뭐지? 우아한 미소인 것만은 분명한데 사특함이 느껴지는군. 그래, 나 주유청, 사특한 두백이를 응징한다는 의미에서 이 연검에 응천검(懲天劍)이라는 이름을 붙이노라!'

주유청 역시 자신의 검에 이름을 붙인 후 희미한 미소를 내비쳤다.

그 순간 두 사람의 싸움을 기다리던 까투리 한 마리가 기다림에 지쳐 날아올랐다. 그리고 그것을 신호로 이재천과 주유청이 서로를 향해 검과 도를 찔러 들어가기 시작했다.

"간다……!"

"나도 간다……!"

챙, 채채챙……!

빠르기에 있어선 주유청의 연검이 단연 앞섰다. 하지만 이재천은 일일이 주유청의 연검을 쳐내며 힘으로 그를 제압해 갔다.

차르릉……!

이재천의 치웅도는 그 길이만큼이나 묵직한 무게였다. 주유청의 가녀린 웅천검으로 치웅도의 힘을 감당한다는 것이 쉽지 않았다.

하지만 주유청은 능란한 검법으로 치웅도를 막아내며 때로는 휘감아 돌고, 때로는 튕겨냈다. 덩치에 어울리지 않게 감각적이며 현란한 움직임이었다.

일전일퇴의 싸움이 근 일각가량이나 이어졌다. 그동안 두 사람은 조금도 쉬지 않았다. 숨이 가빠지고 온몸이 땀에 젖어들고 있었다.

'저 무거운 도를 자유자재로 다룰 수 있다니……. 좀체 믿어지지 않는 일이다.'

'저 여린 연검으로 내 도를 막아내다니…….'

주유청과 이재천은 서로의 도법과 검법에 경악하고 있었다.

하지만 더 이상의 소모전은 무의미했다. 진정한 승부를 가리기 위해선 어쩔 수 없이 자신들의 절기를 펼쳐 보이는 수밖에 없었다.

차르릉, 챙―

힘을 겨루던 연검과 도를 거의 동시에 밀어내며 두 사람은 3장가량 뒤로 물러섰다. 마지막 일격을 가하기 위해서였다.

'이렇게 일찍 파룡도법(破龍刀法)을 펼치게 될 것이라고는 예상치 못

했다. 그것도 주유청 저 곰탱이에게…….'
 '강호제일의 검법이라는 용등연검법이 구관조에게 시전될 줄이야……. 정말이지 괄목상대할 성장이다. 자칫 저 녀석에게 뒤처질 뻔했다.'
 두 사람의 눈빛에는 이제 조금의 장난기도 남아 있지 않았다.
 "소천아, 어째 분위기가 심상치 않다."
 "팽이, 네가 보기에도 그러하냐? 우리 유청이가 용등연검법을 시전할 모양이구나. 그렇게 되면 재천이는 살아남기 힘들 텐데……."
 "무슨 소리냐, 이놈아. 우리 재천이의 파룡도법은 철저하게 용등연검법을 깨뜨리기 위해 개발된 도법이다. 그야말로 천지개벽할 위력을 가졌다. 유청이의 목숨이 경각에 달린 것이라 보아야 하느니라."
 편안히 앉아서 제자들의 비무를 지켜보던 일소천과 팽이는 얼마간 걱정스런 눈빛으로 서로를 바라보았다.
 "말려야 하지 않을까?"
 "아무래도 그래야겠지?"
 일소천과 팽이는 서로에 대해 너무나 잘 알고 있었다.
 결코 호락호락하지 않은 상대들이었다. 게다가 이미 주유청과 이재천의 비무를 지켜보며 내심 감탄하고 있었다. 두 제자 모두 범의 새끼들이 되었다. 어느 쪽이 이기든 두 사람 모두 치명적인 상처를 입을 수도 있다.
 하지만 늦었다. 이재천과 주유청은 이미 자신들의 절기를 펼치고 있었던 것이다.
 "용등연검법 제일초 청단비상……!"
 "파룡도법 제일초 뇌전난주(雷電亂走)……!"
 정적에 휩싸여 있던 석양의 들판에 한순간 벼락이 떨어지는 듯했다. 천지를 가를 것 같은 굉음과 함께 사라져 가던 노을 빛이 다시 들판을 덮었다.
 주유청의 응천검은 바르르 경련하며 허공을 가르고 있었다. 어둠이 내려앉던 하늘이 연검에 반사된 노을 빛으로 가득 차더니 이내 찢겨져 나갈 것처럼 굉음을 내뿜었다.
 한편 이재천의 치웅도는 들판의 한가운데에 찍혀져 있었다. 마치 범의 정수리를 찍어 내린 것처럼 도가 심하게 요동하며 붉은 서기를 내뿜고 있었다.
 하지만 단순한 힘겨루기인 듯 응천검의 검기와 치웅도의 강기는 서로에게 쏟아지지 않은 채 서로의 몸에서 갈무리되고 있었다.
 "버르장머리없는 구관조의 입이 절로 다물어지리라. 용등연검법 제이초 홍단비상……!"
 허공의 한 지점에서 바르르 떨며 굉음을 내던 응천검이 어느 순간 빠르게 주유청의 손을 벗어났다. 그리고 빠르게 회전하며 붉은 빛을 내뿜더니 이내 자취를 감추어 버렸다.
 "헉……!"
 그 순간 이재천의 입에서 신음이 새어 나왔다.
 주유청의 검법을 지켜보고 있던 팽이 역시 흠칫 놀라며 가볍게 신음을 내뱉었다. 일소천도 놀라기는 마찬가지였으나 그의 입에선 신음 대신 가벼운 미소가 그려지고 있었다.
 그 짧은 기간 동안 이룬 성취라고는 믿어지지 않을 만큼 완벽에 가까운 검법이었다.
 하지만 아직 끝난 것이 아니었다.
 "치웅도의 힘으로 곰을 다스리리라. 파룡도법 제이초 천지개벽(天地開闢)……!"
 이재천은 대지를 가를 듯 요동 치고 있는 치웅도를 번쩍 들어 올린 후

머리 위로 한 차례 휘둘렀다. 그 동작을 신호로 이재천은 현란하게 방위를 밟으며 춤을 추듯 신기에 가까운 도법을 펼치기 시작했다.
 휙, 휙휙, 휙……!
 잠시 후 이재천을 중심으로 한줄기 회오리가 일기 시작했다. 주유청이 만들어낸 붉은 빛이 흩어지기 시작한 것도 그 순간이었다.
 "이런……!"
 일소천은 놀란 눈으로 이재천을 바라보며 탄성을 내질렀다. 반면 팽이는 흡족한 미소를 내비치며 고개를 끄덕였다.
 "놀랍지 않느냐. 유청이가 숨긴 검을 우리 재천이가 찾아내고 있구나. 낄낄낄! 저것 보려무나. 연검이 끌어들인 노을 빛이 흩어지고 있어. 낄, 낄, 낄……!"
 "이 늙은이야, 그거야 해가 다 졌으니 노을 빛이 사라진 것뿐이다. 마음만 먹었다면 재천이 저놈은 벌써 유청이 손에 죽어났느니라."
 "어허, 이런 고약한 늙은이. 이제껏 우리 재천이가 손속에 사정을 두고 있었느니라."
 "이놈이 제자 잡을 늙은이구나. 지금 말리지 않으면 네놈 제자는 정녕이 들판에 묻히게 될 것이니라."
 …….
 일소천과 팽이의 눈빛에 무섭게 불꽃이 튀겼다.
 하지만 그것도 잠시였다. 허공 중에 멈춰 선 주유청이 다음 공격을 펼치기 시작한 것이다.
 "용등연검법 제삼초 구사비상……!"
 자취를 감추었던 응천검이 등 뒤에서 떠오르며 천천히 주유청의 손으로 옮겨졌다. 그 검은 마치 뇌기(雷氣)를 머금은 것처럼 치칙거리며 타오르고 있었다.

아무 일도 없었다는 듯 하늘은 평소처럼 어둠에 묻혀갔다. 다만 주유청이 그 한가운데에 멈춰 있다는 것이 다를 뿐이었다.

웅천검을 쥐고 있는 주유청은 강력한 강기에 휩싸여 있었다. 마음만 먹으면 언제든 그 막강한 강기를 내뿜을 수 있는 상태였다.

'음… 알 수 없다. 내 파룡도법은 어딘가 용등연검법과 닮아 있다. 철저하게 그 검법에 대한 방어와 역공의 형태를 취하고 있어…….'

이재천은 이상하다는 듯 고개를 흔들었다.

"파룡도법 제삼초 뇌전흡기(雷電吸氣)!"

이제 이재천은 온몸을 휘감고 있던 뇌전(雷電)을 서서히 치웅도로 옮기기 시작했다. 언제든 강력한 강기를 뿜어낼 수 있는 자세였다.

숨통이 조여드는 느낌이었다.

주유청과 이재천은 그렇게 팽팽한 긴장을 이룬 채 서로를 노려보았다. 가히 절정고수들이나 펼칠 수 있는 기전(氣戰)을 펼치고 있었던 것이다.

"이놈, 소천아. 도대체 저 곰 같은 녀석에게 얼마만큼의 내공을 주입해 준 것이냐?"

멍하니 주유청을 바라보고 있던 팽이가 일소천의 어깨를 두르고 있던 팔로 갑자기 목을 조르며 말했다.

"그게 무슨 씨도 안 먹힐 말이더냐, 이놈아. 저건 어디까지나 최강의 무공인 용등연검법이 이끌어내는 현상이니라. 네놈이야말로 저 변변찮은 두백이 놈에게 내공을 낭비했구나. 그것도 바닥까지 박박 긁어서."

일소천은 팽이의 사타구니를 움켜쥔 채 바닥으로 몸을 날리며 반격을 가했다. 그로 인해 두 노인은 엎치락뒤치락하며 힘겨루기를 하기 시작했다.

"과거에는 어떠했는지 몰라도 이제 용등연검법은 둘째가는 무공이니라. 푸히히히. 나 열해도 팽이가 드디어 용등연검법을 능가하는 파룡도법을 개발했기 때문이지. 실로 40년 만의 쾌거라 할 수 있느니라. 푸하하하."

팽이는 일소천을 깔고 앉은 채 크게 웃어 젖혔다.

"네놈이 용등연검법을 깨? 푸히히. 용등연검법은 앞으로 천 년간 결코 깨지지 않을 최강의 검법이니라. 닭모가지 자를 때나 쓸 수 있는 칼질을 어디 도법이라고 제자까지 거두느냐. 에이힝, 한심한 놈!"

일소천은 배를 튕겨 팽이를 밀쳐 내고 그의 등에 기어올라 타며 소리 질렀다.

하지만 힘에 있어선 아직 젊은 팽이가 더 유리했다. 그는 머리 뒤로 손을 뻗쳐 일소천의 입에 두 개의 엄지손가락을 끼워 넣은 후 사정없이 잡아뜯었다.

"이 처절하게 무식한 놈, 네놈이 도법을 아느냐? 어디서 계집애들이나 가지고 놀 야들야들한 칼로 사특한 검법이나 만들어내 펼치는 주제에……."

정말이지 고수들답지 않은 싸움이었다. 개들이 진흙탕에서 싸움질을 벌여도 일소천과 팽이보다는 품위가 있을 듯했다.

이재천과 주유청은 사부들의 모습을 한심하다는 듯 쳐다보며 고개를 가로저었다.

그들의 몸을 휘돌던 강기는 이미 사라져 있었다. 허공에 비상해 있던 주유청이 강기를 거두며 내려서자 이재천 역시 기를 갈무리한 후 치웅도를 바닥으로 늘어뜨렸던 것이다.

그 두 사람은 서로의 실력을 충분히 확인했기에 더 이상의 싸움이 무의미하다는 것을 깨달았다. 어차피 무림맹 비무대회에서 마주칠 것이기 때문이다.

"아주 개판이군."

"그러게 말이다. 사부들이 절정고수인 것만은 인정할 수밖에 없지만, 아무리 보아도 인성 교육은 덜 된 느낌이야."

"우린 저렇게 늙지 말아야 할 텐데……."

"설마 저 지경까지야 갈라고……."

우리는 소림으로 간다

"자, 이제 우리는 소림으로 간다."

단상 위에 오른 당개수가 감회에 젖은 목소리로 서두를 장식했다.

과거의 명성을 갉아먹으며 숨죽여 살아온 지 30여 년. 하지만 이제 당문은 새롭게 거듭나고 있었다. 그 중심에는 두말할 것 없이 무산이 있었다.

당개수는 오늘 새벽 일찍 사당에 향을 지핀 후 출정을 고했다.

절로 눈물이 솟아나는 순간이었다. 당개수는 문주의 자리에 오른 후 이날만을 기다려 왔다. 당문의 후학들이 정정당당하게 강호에 나가 당문의 위명을 떨칠 날을 말이다.

무산이 오당마환의 화마를 겪은 이후 당문의 분위기는 이전과 크게 달라졌다.

마치 막혀 있던 어느 한구석이 뻥 뚫리며 고인 채 썩어가던 물이 대해를 향해 빠르게 흘러가는 듯한 느낌.

요사이 당개수는 그 어느 때보다 큰 지지를 얻고 있었다. 허수아비 혹은 물(水)에 비유되며 농락당하기 일쑤이던 그에게 사람들이 모이기 시작했다.

이제껏 오당마환과 당개수 사이에서 어느 편에 설까 고민하던 여러 세력들이 당개수의 편에 가담한 것이다. 더욱이 취설 역시 당개수에게 힘을 보탤 것을 약속했다.

최근 당문은 모처럼 생기에 차 있었다. 과거 여러 갈래로 나뉘어 서로의 영역만을 고수하던 세력들까지도 발 빠르게 움직이며 대소사에 동참했다.

지난번에 당문 내에서 최초로 개최된 비무대회가 큰 반향을 이끌어낸 셈이다.

아무런 희망도 계획도 없이 침잠해 가던 젊은 후학들에게 비무대회는 하나의 새로운 돌파구로 받아들여졌다. 그리고 젊은이들의 그런 움직임으로 인해 당문은 활기(活氣)를 되찾았다.

하지만 그것은 아직 하나로 일치된 힘은 아니었다.

오당마환은 여전히 건재했다. 비록 화마가 비무장 밖으로 밀려나기는 했으나 그것이 화마나 오당마환의 패배를 의미하는 것은 아니었다.

그 사건 이후 위기감이 고조된 오당마환은 더욱 활발히 움직이며 여러 세력을 포섭해 갔다. 평소 당개수와 껄끄러운 관계를 유지하던 세력들 역시 오당마환에 버금가는 위기감을 느끼고 있었으므로, 그들의 동맹은 아주 자연스럽게 이루어졌다.

더욱이 정통 당문의 피를 이어받은 자들 중에는 순수 혈통을 고집하며 무산이나 그를 사위로 맞아들인 당개수를 달갑지 않게 바라보는 자들이 많았다. 그런 세력 역시 당개수가 세력을 넓혀가는 것을 못마땅히 여겨 속속 오당마환의 편에 서고 있었다.

그로 인해 이제 당문은 당개수 파와 오당마환 파로 크게 양분되기 시작했다.

어찌 되었든 이러한 변화는 비무대회, 그리고 무산이라는 신인에 의해 비롯된 현상이었다. 어떤 식으로든 변화의 바람이 불어닥치게 된 것이다.

"지난 30여 년 동안 우리 당문은 이날을 기다려 왔다. 당문이 정정당당하게 서는 날! 이제 그동안의 치욕을 씻어내고 위명을 떨칠 기회가 주어졌다. 그리고 우리는 그 기회를 결코 놓치지 않을 것이다. 후학들이여, 이제 우리 당문은 강호로 나선다! 우리는 새롭게, 과거 그 어느 때보다 위대하게 거듭날 것이다!"

당개수의 눈가에 언뜻 물기가 내비치고 있었다. 지난 세월이 주마등처럼 스치고 지나갔기 때문이다.

"와아아— 와아아—"

잠시 후 연무장에 가득 들어찬 당문의 후학들이 환호성을 내질렀다.

그들 역시 이런 날을 기다리고 있기는 마찬가지였다. 패배주의에 빠져 젊음을 낭비하고 있던 그들에게 이제 새로운 희망이 생겨나고 있었던 것이다.

하지만 단상 위, 당개수의 뒤편에 늘어앉아 있던 오당마환은 얼마간 굳은 표정으로 일관하고 있을 뿐이었다.

비록 당개수와 좋지 않은 관계이기는 했으나 오당마환 역시 당문의 부활을 꿈꾸며 이제껏 살아왔다. 그러나 오당마환은 이번 비무대회에 큰 기대를 가지고 있지 않았다.

비록 지난 몇 달간의 훈련을 통해 비무대회 참가자들의 실력이 크게 향상되었다고는 하나 아직은 우물 안의 개구리였다.

물론 취설의 제자인 당유작과 화미를 비무장 밖으로 밀어낸 무산은 기대 이상이었다. 그러나 그들 역시 아직 고수의 반열에 오를 수준은 아니었다. 소림이나 무당, 화산 등 명문정파의 제자들은 당개수가 생각하고 있는 것만큼 호락호락하지 않을 것이 분명했다.

오당마환의 생각은 결코 기우가 아니었다. 명문정파의 전통은 결코 헛된 것이 아니었다. 보유하고 있는 무공의 정도도 그랬지만, 특히 내공에 있어 현격한 차이를 드러내게 마련이었다.

큰일을 앞두고 싹수가 보이는 후학들에게 전대 고수들이 내공을 주입해 주는 경우는 흔했다. 따라서 그들은 당문이나 기타 군소방파와는 비교가 되지 않을 만큼 고강한 수준에 이르게 된다.

더구나 이번 무림맹 비무대회는 새로운 무림맹주를 뽑기 위한 한 방편인만큼 그 수준은 과거 그 어느 때보다 높을 것이다. 결코 현재의 당문이 낄 자리가 아니었다.

'차라리 잘된 일인지도 모른다. 어차피 비무대회는 우리를 위한 것이 아니다. 하지만 그 결과가 참담하면 참담할수록 당개수의 입지는 좁아지는 것이지. 그래, 아직은 때가 아니다. 하지만 우리 오당마환이 당문을 진정으로 거듭나게 하겠다. 앞으로 10년. 그래… 10년이면 충분하다.'

비무대회의 참가로 들떠 있는 당문의 연무장. 하지만 단상 위의 금마는 두 눈을 내려 감은 채 길게 한숨을 내쉴 뿐이었다.

무림맹 비무대회를 위해 소림으로 향하는 당문의 인원은 모두 여섯 명이었다.

우선 비무대회 참가자인 무산과 당수정, 당유작, 당비약이 있었고, 막바지 훈련을 책임질 취설, 그리고 문주 당개수가 그들이었다.

생각 같아선 기재가 엿보이는 후학 20여 명을 더 데려가고 싶었지만, 무림 전체에서 참여를 하는 만큼 인원에 제한을 둘 수밖에 없었다. 아무리 드넓은 소림이지만 너도나도 많은 인원을 데리고 올 경우 그들을 감당할 수 없기 때문이다.

당개수 등을 태운 여섯 마리의 말은 사천을 벗어나 섬서성 화산 부근까지 이르러 있었다. 사천에서 소림에 이르기 위해서는 섬서성을 지나는 길과 호북성을 지나는 길이 있는데, 어느 쪽으로 가든 비슷한 거리였다.

섬서성을 지날 경우 화산을 거치게 되고, 호북성을 지날 경우 무당파의 제자들과 마주칠 확률이 있다. 당문으로선 어느 쪽과도 친분이 없었다. 다만 당개수는 최근 무림맹의 동향에 대해 천우막에게 들은 바가 있으므로 굳이 섬서성을 선택했다.

천우막에 의하면 무당파의 낙화유검 장소천과 아미파의 적선 사미, 소림의 범현 거사가 이번 비무대회의 배후에 있다고 했다. 그렇다면 적선 사미는 소림으로 향하는 길을 무당이 있는 호북성으로 잡을 확률이 높았다.

그런데 당개수는 지난번 적선 사미와 껄끄러운 일이 있었다. 까닭에 될 수 있는 한 그녀를 피하고 싶었다. 그러자면 어쩔 수 없이 섬서성으로 피해가야 했다.

"수정, 며칠째 혼자 자려니 이거 영 옆구리가 허전해 잠이 오지 않는구려."

"어머. 서방님, 무슨 그런……. 호호, 사실은 저도 그렇답니다."

일부러 일행의 뒷부분에 처져 있던 무산과 당수정은 말의 속도를 늦추며 은밀한 대화를 주고받고 있었다.

당문을 벗어난 지 닷새째. 일행은 쉬지 않고 말을 몰아왔다. 비무대회를 제대로 치르기 위해선 일찌감치 소림 근처에 당도해 숙박을 하며 여독을 풀 필요가 있었기 때문이다.

하지만 시간이 지날수록 당문의 사신(四神)들은 녹초가 되어갔다. 당문을 떠나기 하루 전까지 혹독한 훈련을 감내해야 했으므로 심신이 지쳐 있었던 것이다.

더욱이 일행에 합류한 취설은 쉬는 틈틈이 무학을 강의하거나 아주 독특한 무공들을 연마케 했다. 취설의 상식이 어느 정도로 폭 넓은지는 알 수 없으나 그는 단 한 번도 같은 무공을 교육시킨 적이 없었다.

제자들이 이해하건 말건 가르칠 것만 가르치고 금세 다른 무공으로 넘어가곤 했다. 다행히 무산의 경우 일소천으로부터 받았던 교육 대부분이 그런 식이었으므로 쉽게 적응할 수 있었다.

당유작도 마찬가지였다. 그는 취설의 교육 방식이 아주 익숙한 듯 무산보다 더 빨리 이해하는 눈치였다.

문제는 당비약과 당수정이었다. 그들은 상급무공을 이해하기 위해 상당한 시간과 노력을 투자했으나 무산과 당유작에 미치지는 못했다.

당비약의 경우 오당마환에게 개별 교육을 받는 동안 그 실력이 일취월장했으나 그것은 도법과 환에 한정되어 있었다. 짧은 시간 동안 새로운 무공을 받아들이는 순발력에 있어선 무산과 당유작에 비할 바가 못 되었던 것이다.

반면 당수정은 아예 무공에 관심이 없어 보였다. 그녀는 이제 지어미의 도리라거나 아들 낳는 법, 요리 따위로 관심 분야를 옮겨 버린 것 같았다.

"우리 오늘 밤 은밀히 시간을 내도록 합시다. 내가 뭐 홀아비도 아니고 계속 독수공방할 수는 없는 일 아니오."

"아무리 그래도……. 호호. 서방님, 그럼 우리 저물 무렵부터는 물레방앗간을 유심히 살피도록 해요. 아무래도 남들 이목도 있고 하니……."

"물.레.방.앗.간……! 흐히히. 알겠소이다."

시간이 지나면 지날수록 무산 내외는 닭살부부가 되어가고 있었다. 언제 어디서나 찰싹 달라붙어 떨어질 줄 몰랐고, 농밀하고 다소 저질스럽기까지 한 대화를 거리낌없이 나누었다.

"문주, 혹 수정이 저 아이가 요사이 많이 멍청해졌다는 생각 들지 않는가?"

무리의 앞에서 말을 몰아가던 취설이 덤덤한 얼굴로 말했다.

"예? 아, 예……. 그저 신혼 시절 잠시 그렇게 보일 수도 있겠지요. 사숙님이야 결혼을 안 해보셨으니 모르겠으나, 신혼이란 것이 대체로 그렇습니다. 남들 보기엔 닭살이지만 당사자들은 행복에 겨워 아무것도 안 보이지요. 하하하."

당개수는 취설의 말이 얼마간 당혹스러웠으나, 그저 가볍게 웃으며 농담으로 되받아치는 수밖에 없었다.

하지만 취설은 곧 묘한 눈빛으로 당개수를 쏘아보았다.

"자네, 내가 결혼을 해보았는지 아닌지 어떻게 아는가? 자네가 홀아비인 것처럼 나도 홀아비일 수 있지 않은가. 지금 나 무시하고 있는 겐가?"

"예? 저, 저는 그저……."

하긴 그랬다. 취설의 과거는 안개에 묻혀 있었다. 그가 당문에 들어오기 전에 어느 작은 나라의 왕이었다고 우겨도 누구 한 사람 반증을 제시할 수 없었다. 확인할 수 없는 문제였기 때문이다.

"자네는 한 번밖에 안 해본 결혼, 나는 여섯 번이나 해보았네. 나는 하기 싫었지만 왕실의 후사를 위해 멸사봉공해야 했거든. 임금이란 자리가 편한 자리만은 아니더군."

"……."

당개수는 말문이 막힐 수밖에 없었다. 자신의 머리 속에 있는 생각을 꿰뚫어 보는 것인지, 취설은 농담을 해도 곧잘 넘겨짚어 했던 것이다.

"그나저나 자네는 내 생각과는 많이 다르구먼. 내가 보기엔 수정이 저 아이 상태가 나날이 심해질 것 같은데……."

"……"

일행이 저마다 깊은 생각으로 말을 달리고 있는 사이, 들판이 끝나고 작은 촌락 하나가 모습을 드러냈다.

날은 이미 저물어 있었으므로 일행은 그곳에서 일박을 하기로 했다.

평소 같았으면 밤이 이슥해질 때까지 말을 달렸을 것이나 조금만 더 가면 화산파의 영역이 시작되기 때문이다. 당문이 화산과 원한을 산 일은 없었으나 당개수는 될 수 있는 한 그들과 접촉을 피하고 싶었다.

최근 화산이 초화공과 손을 잡고 강호의 물을 흐린다는 소문이 공공연히 나도는 만큼, 행동을 신중히 하기 위해서였다.

"자, 요 며칠 노숙을 했으니 오늘은 저 객잔에 들어 편안한 잠에 들어 보자꾸나."

마을로 들어서며 거리를 살피던 당개수가 객잔 하나를 발견한 후 소리 쳤다.

히히히힝!

조용한 촌락의 정적을 깨며 말이 길게 울어 젖혔다.

4
우리는 소림으로 간다

 자시(子時)! 부엉이 울음소리와 풀벌레 소리만이 간혹 들려올 뿐 주위는 고요했다.
 주민 대부분이 농사로 먹고 사는 촌락인지라 모두 깊은 잠에 빠져 있을 시각이었다. 게다가 워낙 외진 곳에 위치한 만큼 개 짖는 소리조차 들려오지 않았다.
 비단 외진 곳이라는 이유 때문은 아니었다. 아무리 사랑에 굶주린 청춘 남녀라도 이 시각, 이 음침한 곳까지 찾아올 엄두를 내지는 못할 것이다. 행여 밤길을 걸어온 나그네가 있다 해도 차마 이곳에서 걸음을 멈추지는 않을 것이다.
 오늘처럼 달빛조차 숨어버린 그믐의 밤엔 더 더욱.
 "서방님, 아무리 그래도 상엿집은 너무하잖아요. 으스스한 게……."
 "온 동네를 다 뒤져 보아도 물레방앗간이 없는 걸 어쩌겠소. 차라리 잘된 일일지도 모르오. 누가 감히 이곳에 들어올 생각을 하겠소. 자, 이리 오시오, 수정……! 내 활활 타오르는 가슴으로 그대의 으스스한 몸을 녹여주리다."

"호호. 서방님, 저 눈사람이고 싶어요."

"수정……!"

검(劍)에도 도(刀)에도 정도가 있듯 닭살에도 정도가 있다.

하지만 며칠째 합궁을 하지 못한 무산과 당수정에겐 아무것도 없었다. 그저 용솟음치는 청춘을 한시 바삐 잠재우고 싶은 욕망만이 남아 있었을 뿐이다.

나이가 지긋한 만큼 젊은 부부의 욕정을 알 법도 하건만, 당개수와 취설은 철저하게 무산과 당수정의 잠자리를 갈라놓았다. 오늘 같은 방법을 동원하지 않는다면 앞으로 한 달 넘게 당수정과 무산은 생과부 생홀아비가 되어야 할 형편이었다.

"이야~ 언제 만져 보아도 탐스러운 가슴이구려. 정말 빵빵하오."

"서방님…… 저 지금 수줍어서 돌아누워 있거든요? 거기… 가슴 아니여요."

당수정의 말에 무산은 화들짝 놀라며 손을 뗐다.

"……."

"호호, 다소 유치하고 저급한 상황이네요?"

"그.렇.구.려……."

무산은 조용히 한숨을 내쉴 수밖에 없었다. 가뜩이나 으스스한 장소에서 벌어진 일이라 더욱 곤혹스러웠다.

「어휴~ 제가 한마디 해도 되겠습니까요? 주인님이 점점 망가져 가는 꼴을 보니 도저히 가만히 있을 수 없습니다요」

휘두백이었다. 자칭 해결사인만큼 이런 위기 상황에 나타나는 것은 당연했다. 하지만 무산은 지금 초라한 자신의 모습을 누구에게도 보여주기가 싫었다.

[그래, 난 가슴하고 엉덩이도 구분 못하는 머저리다. 그러니까 꺼져, 꺼져 버리란 말이야!]

「헤헤, 저를 필요로 한다는 거 다 알고 있습니요. 제가 아무 때나 튀어나오는 게 아니거든요. 저는 주인님과 교감을 하고 있습죠. 헤헤헤.」

[……]

「게다가 이번엔 강의하러 나온 게 아닙지요. 그저 위로 차원에서 등장한 것뿐입니다요. 그러니까 그냥 겸허하게 받아들이세요.」

[그래, 그럼 마음대로 지껄여 봐라.]

무산은 다시 한 번 한숨을 내쉬었다.

요사이 긴장이 풀어진 탓에 어이없는 실수를 저지르고 말았다. 어쩌면 휘두백의 조언이 약이 될 수도 있겠다는 생각이 들었다.

「주인님, 너무 낙담할 것 없습니다요. 솔직히 지금 그 체위가 그다지 형편없는 건 아닙니다요. 간혹 그런 체위를 즐기는 여성도 있습죠. 물론 가슴과 엉덩이를 구분 못한 어처구니없는 실수는 초보자의 한계를 드러낸 것이지만, 초보라는 것 역시 부끄러운 것은 아닙지요. 저라고 해서 처음부터 이 분야에 정통했겠습니까요. 안방마님, 큰아씨, 작은아씨, 주방에서 일하던 삼순이 등등 혹독한 조련에 의해 오늘날의 휘두백이 탄생한 것입지요. 헤헤. 굳이 조언 한마디를 하자면, 순발력을 키우라는 것 정도……. 정말 엉덩이를 가슴으로 착각했다면, 그 상황에서 주인님은 이렇게 말해야 옳았습니다요. '정녕 이것이 엉덩이란 말이오? 어허… 이건 가히 예술혼으로 빚어낸 신의 걸작이라 할 수 있구려. 이 정교한 조화미와 탄력, 견고함……. 내가 어찌 당신을 사랑하지 않을 수 있겠소! 이제 그만 뒤집어주시구려, 수정.' 어떻습니까요.」

[꽤나 저질스럽다. 그런데 정말 여자들이 그런 유치한 표현에 넘어갈까?]

「휘두백의 이력을 걸고 맹세합지요.」

[……]

부엉이 소리도, 풀벌레 소리도 한순간에 잦아들었다. 이제 상엿집으론 감당하기 어려울 정적만이 내려앉았다.

하지만 그것은 무산과 휘두백의 어처구니없는 밀담 때문은 아닌 듯했다. 잠시 후 한 무리의 발걸음 소리가 상엿집을 향해 다가오고 있었던 것이다.

"서방님, 인기척이……."

"이런… 나도 들었소. 아무래도 이 촌락에선 여기가 물레방앗간 대용인가 보오."

"어쩌지요?"

"글쎄, 좀 억울하긴 하지만 조금이라도 많이 즐긴 우리가 숨어줍시다. 이거야 원, 부부도 이런데 바람 피는 족속들은 정말 간이 좁쌀만해지겠구려."

부싯돌을 켤 수도 없는 상황이었으므로 무산은 조심스럽게 주위를 더듬거렸다. 그리고 어렵게 상여를 찾아낼 수 있었다.

"자, 좀 찝찝하긴 하지만 일단 들어가 봅시다. 저… 부인, 그건 그렇고 사실 아까 미처 하지 못한 이야기가 있소."

무산은 상여 뚜껑을 연 후 당수정을 밀어 넣으며 말했다.

"호호, 뭔데요?"

"정녕 아까 그것이 엉덩이였소? 어허… 당신의 그 부위는 가히 예술혼으로 빗어낸 신의 걸작이라 할 수 있구려. 그 징교한 조화미와 탄력, 선고함……. 내가 어찌 당신을 사랑하지 않을 수 있겠소!"

"무슨 말씀인지…… 아까 서방님이 만진 곳은 제 종아리였어요."

"……."

무산은 조용히 상여 안으로 들어가 뚜껑을 덮었다. 그리고 상여가 꺼질 만큼 무거운 한숨을 내쉬었다.

잠시 후 상엿집의 문이 삐그덕거리며 열렸다. 그리고 한 무리의 사내들이 들어섰다.

사내들은 낮은 목소리로 서로 말을 주고받았으나 무산과 당수정은 단 한 마디도 알아들을 수 없었다. 왜나라의 말이었기 때문이다.

하지만 곧 무산과 당수정이 알아들을 수 있는 말이 시작되었다. 다소 억양이 이상하긴 했으나 또렷한 발음으로 이루어진 중원의 말이었다.

"나, 날 살려주게. 이대로 죽는다면 나는 눈을 감지 못할 걸세."

무산과 당수정 모두의 귀에 익은 목소리였다.

"삼불원 사부, 이 뢰원을 난처하게 만들지 마시오. 나라고 해서 사부를 죽이고 싶겠소? 하지만 우리 초혼야수의 내규를 잘 알고 있지 않소. 내 고통없이 죽여주리다."

뒤이어 비교적 젊은 사내의 목소리가 들려왔다. 부하들을 의식한 것인지 그 역시 중원의 말을 사용하기 시작했다.

"천둥벌거숭이 뢰원! 지금의 자네를 만들어준 이가 나라는 것은 잊지 않았겠지? 이건 부탁도 아니고 명령도 아니네. 애끓는 호소일세!"

다시 들려온 노인의 목소리. 분명했다.

'저 목소리는……'

무산과 당수정은 거의 동시에 얼굴을 마주 보았다. 하지만 상여 속은 칠흑 같은 어둠에 휩싸여 있어서 서로의 표정을 확인할 수 없었다.

"흥! 말이 나왔으니 얘긴데, 사부 같은 구닥다리 때문에 지금의 내 꼴이 이렇소. 취운을 보시오. 그자가 나보다 잘난 게 뭐가 있소. 하지만 그자는 최고의 사부를 만났고, 나는 정말 형편없는 사부를 만나 취운과 주종의 관계처럼 되어버렸소. 나는 사부에게 원망이 많은 사람이오. 그러니 그만 죽어주시오."

천둥벌거숭이 뢰원. 얼마 전 아미파의 우담화, 그리고 석금이와 일전을 벌인 초혼야수의 살수였다.

그는 삼불원 소뢰가 종적을 감춘 이후 새롭게 중원에 파견된 살수였다.

뢰원은 원래 삼불원 소뢰의 제자였으나 암습과 암살에 워낙 탁월한 재능을 가지고 있어서 이른 나이에 소뢰와 같은 반열에 오를 수 있었다. 더욱이 중원의 말에도 능해 소뢰를 대신해서 대륙에 퍼져 있는 초혼야수들을 통솔하게 된 것이다.

대륙에 잠입한 뢰원은 초화공의 지시에 따라 각지에서 사건을 만드는 한편, 수하 몇 명으로 수색대를 조직한 후 그들을 풀어 삼불원의 소재를 파악하기 시작했다.

더없이 드넓은 대륙이었으나 같은 초혼야수였기에 수하들이 삼불원을 찾는 데는 오랜 기간이 필요하지 않았다. 살수들의 행동반경이라는 것이 대개 비슷했기 때문이다.

뢰원의 부하들은 우선 삼불원이 갑자기 종적을 감춘 이유를 캤다. 거기엔 별 어려움이 없었다. 삼불원의 부하들 중 용문에서 목숨을 구한 자들이 대륙 분타로 집결했고, 그간의 사정을 자세하게 보고했기 때문이다.

수색대는 문제의 용문산 일대에 잠복하며 삼불원이 나타나기를 기다렸고 얼마 전 그를 발견하게 되었다.

소뢰는 당비약이 이끄는 18위와 일전을 치른 이후 수하들을 돌려보내고 홀몸으로 복수를 준비하며 용문산에 머무르고 있었다.

다소 엉뚱하긴 했으나 소뢰는 당비약에게 입은 피해조차도 일소천의 탓으로 돌리고 있었던 것이다. 그러니 목적은 여전히 일소천의 제거였다.

소뢰는 지난 몇 달간 짐승을 잡아먹거나 나무 열매로 끼니를 해결하며 일소천 주위를 맴돌았다. 정말이지 집요한 구석이 있는 늙은이였다.

수색대는 소뢰를 발견하는 즉시 뢰원에게 보고했다. 뢰원은 10여 명의 부하들을 더 보냈고 결국 삼불원을 포획해 온 것이다.

"뢰원…… 좋아. 정 죽여야겠다면 그렇게 하게. 하지만 한 가지 부탁만은 들어주기 바라네."

삼불원은 죽기를 작정한 것인지 얼마간 비장한 목소리로 말했다.

"정말 귀찮은 늙은이군. 어디 들어나 봅시다."

"내 원수를 갚아주게. 내 인생이 이렇게 망가진 것은 다 일소천이라는 늙은이 때문이야. 반드시, 반드시 그 늙은이를 죽여줘."

"……."

삼불원의 이야기를 듣고 있던 무산은 귀를 쫑긋 세웠다. 자기 사부의 이름이 나온 만큼 그냥 흘려들을 수 없었던 것이다.

"그건 삼불원 사부의 일! 나와는 상관이 없소. 그저 지옥에서 그를 기다리는 것이 바람직하겠지. 마지막 소원을 들어주지 못해 미안하구려. 어쨌거나 그만 죽어주어야겠소이다."

"차릉……!"

잠시 후 칼을 뽑는 소리가 들렸다.

40여 년의 한을 끝내 풀어버리지 못한 채 삼불원이 죽음을 맞이하는 순간이었다. 하지만 소뢰는 마지막 발악을 하는 것을 잊지 않았다.

"잠깐……! 초화공께서도 이 일을 알고 계신가?"

"이건 초혼야수의 일이오. 그러나 아마 내일 아침쯤이면 알게 되겠지. 내가 사부의 목을 베어 초화공에게 전한 후, 전후 사정을 이야기할 테니까."

"그건 안 될 말이다. 초화공은 물론 취운 역시 나와 돈독한 사이, 취운을 받아들인 것도 나 삼불원이다. 과연 그들이 이 일을 조용히 덮어두려 할까?"

소뢰는 진지한 목소리로 말했다. 그리고 잠시 정적이 맴돌았다.

[서방님, 저 원숭이영감 기억나시죠? 여기서 또 만나게 되네요. 그나저나 승신검 사부님까지 거론되고 있는데 혹 무슨 관계가 있는 걸까요?]

[어렴풋이 짚이는 게 있긴 한데……]

[뭔데요?]

[음… 이야기가 좀 깁니다. 하지만 당문과도 무관한 일이라곤 할 수 없으니 이거 어찌해야 할지……]

무산은 잠시 생각에 잠겼다.

석금이를 통해 들은 바로는, 당문의 18위와 초혼야수에 의해 용문파가 위기를 맞은 것이 분명했다. 하지만 무산은 아무런 내색 없이 그저 당비약을 경계하고 있을 뿐이었다.

취설 역시 소림에 다녀온 이후 배은망덕 이편에게 들은 바를 당개수에게 전했으나 그들 역시 그저 모른 체 지내오고 있었다. 18위의 시체가 용문도장에 있었다는 것만으로는 당비약이 항명을 하고 거짓 보고를 올렸다는 확실한 물증을 삼을 수 없었기 때문이다.

물론 최근 당비약과 오당마환이 뭔가 심상치 않은 움직임을 보인다는 것은 알고 있었다. 그래서 당개수 세력은 그에 대한 만반의 준비를 하고 있었다. 용문파에 관한 일체의 일을 비밀에 부친 이유 또한 괜한 경계심을 불러일으키지 않기 위해서였다.

하지만 지금 소뢰와 뢰원이 나누는 대화는 그 일과 관계된 것임이 분명했다. 더욱이 초화공의 이름까지가 거론되는 것을 보면 그것은 단순히 당문이나 용문파만의 일도 아니었다. 강호 전체에 영향을 미칠 어떤 음모가 있는 것이다.

[서방님······.]

[잠시 더 살펴봅시다, 부인.]

[저··· 그게 아니라 서방님 가슴이 너무 따뜻해서······. 아무 생각 없이 그냥 잠들고만 싶어요.]

[······.]

잠시 아찔한 현기증이 일어난 것은 사실이지만, 한편으론 당혹스러웠다. 최근 당수정에게서 자꾸만 방초의 모습을 떠올려야 했기 때문이다.

하지만 지금은 그런 걸 생각할 때가 아니었다.

"푸하하핫······!"

한동안 침묵을 지키고 있던 뢰원이 숨 가쁘게 웃음을 토해냈다.

"사부, 당신처럼 무능한 위인이 어떻게 아직까지 초혼야수에 붙어 있을까 늘 궁금했소. 푸하하. 결국 초화공과 취운의 그늘 덕이었군. 쯧쯧쯧. 하지만 나 뢰원에게도 그런 배경이 통할까?"

뢰원이 싸늘한 음성으로 말했다.

"정말 어리석구나, 뢰원. 넌 지금 하나밖에 없는 후견인을 쳐내는 것이야."

"······."

또다시 침묵이 찾아왔다. 실수답지 않게 뢰원은 많은 갈등에 사로잡혀 있었던 것이다.

[부인, 우리가 저 원숭이영감을 구할 수 있을까?]

[글쎄요, 서방님 정도의 실력이라면······.]

[해볼 만하겠지? 아무래도 우리에게 절실하게 필요한 늙은이란 생각이 드는구려.]

무산은 갈등할 수밖에 없었다.

적어도 소뢰는 많은 비밀을 알고 있는 늙은이였다. 어쩌면 당비약과 관련된 정보뿐 아니라, 최근 강호를 떠도는 숱한 풍문의 진상들을 밝혀낼 수도 있다는 생각이 들었다.

더 망설일 시간이 없었다.

"어차피 우리 두 사람의 골은 너무 깊어졌고, 이제는 돌이킬 수도 없는 일. 당신은 내 배경이 되어줄 수 없으니, 잘 가시오."

숨 막힐 것 같던 침묵을 깨고 뢰원은 여전히 음산한 목소리로 말했다. 그는 비로소 살수의 냉정함을 되찾은 것이다.

하지만 어둠 속에서 뢰원의 도가 치켜지는 순간이었다.

"잠깐! 내가 몇 가지 물어볼 게 있는데?"

무산의 단호한 음성과 함께 시렁 위에 놓여 있던 상여가 아래로 쿵, 떨어져 내렸다. 그리고 어둠을 가르며 두 사람의 인영이 빠르게 움직이기 시작했다.

"쳐라!"

뒤이어 터져 나온 뢰원의 다급성.

상엿집 안은 한순간에 아수라장으로 변하고 있었다.

〈제5권 끝〉

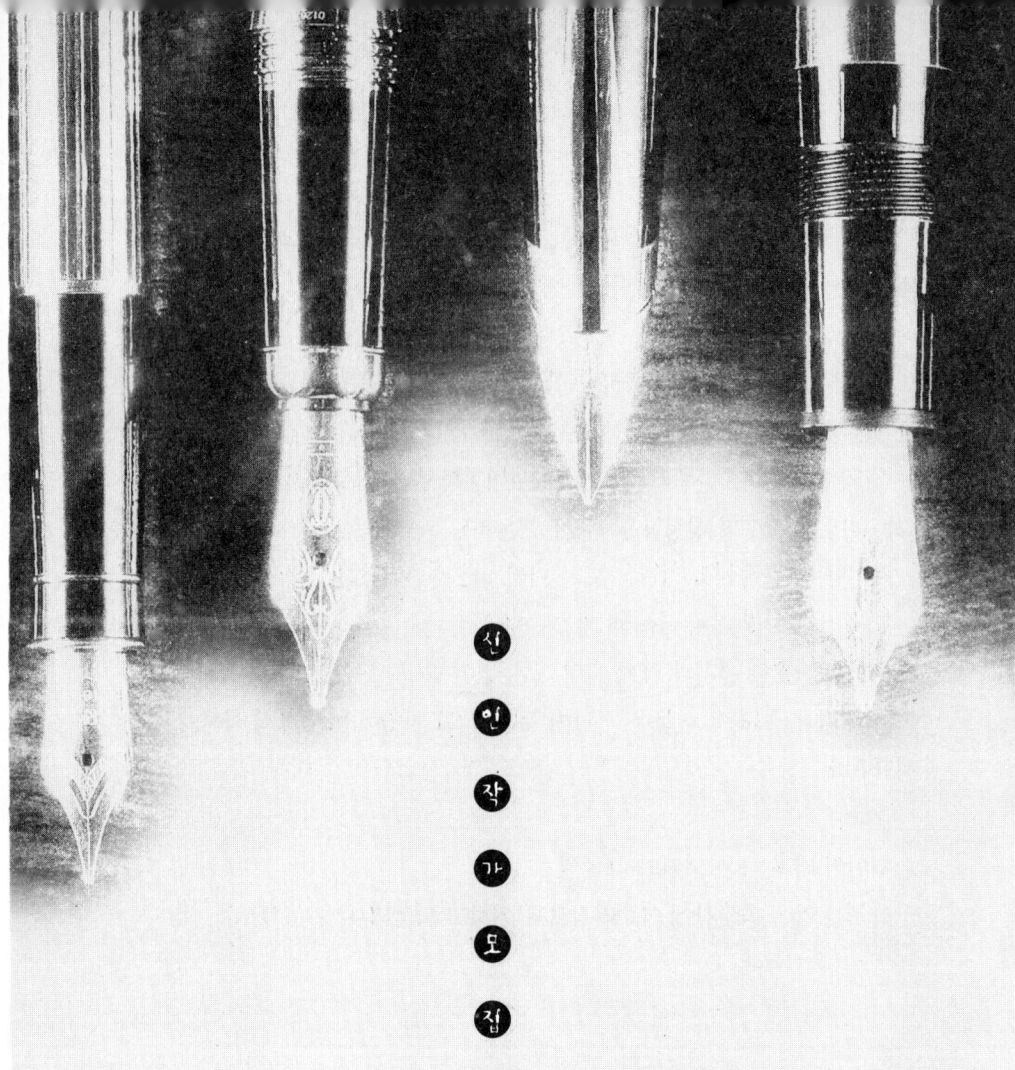